1

Homestead, territoire de l'Idaho, mai 1890

– Ton père a été libéré.

Rose faillit laisser échapper la marmite de pot-au-feu qu'elle allait poser sur la cuisinière. Ce n'était pas possible, elle devait faire un mauvais rêve... Elle ferma les yeux, espérant retrouver le décor rassurant de sa chambre, mais non, elle était bien dans la cuisine, et sa mère était toujours immobile sur le seuil.

Rose se retourna vers elle avec l'impression que les murs de la pension de famille tanguaient autour d'elle.

– Il... il va revenir ? demanda-t-elle d'une voix tremblante.

Virginia Townsend hocha la tête et lui tendit l'enveloppe qu'elle tenait à la main.

Ce n'est pas vrai, ce n'est pas possible...

– Quand ?

– Dans une quinzaine de jours, d'après sa lettre.

Rose secoua la tête. Elle n'arrivait pas à y croire.

– Mais pourquoi revient-il *ici* ?

– Où veux-tu qu'il aille ? Son saloon de Denver a été vendu et puis cette maison est toujours la sienne.

Elle marqua un temps et ajouta avec un sourire las :

– Et je suis toujours sa femme.

– Arrête, maman ! s'écria Rose, exaspérée. S'il revient, ce sera à nouveau l'enfer, et tu le sais.

Virginia ouvrit les bras dans un geste d'impuissance.

– Je l'ai épousé pour le meilleur et pour le pire, je n'ai pas le droit de le jeter à la porte.

Rose faillit rétorquer qu'elle en avait non seulement le droit mais le devoir, après ce qu'il leur avait fait endurer à toutes les deux. Pourtant, elle savait que c'était peine perdue. Sa mère ne se révolterait jamais. Si elle avait dû le faire, elle l'aurait fait depuis longtemps. Elle l'aurait fait la première fois que son mari avait levé la main sur elle ou sur l'un de ses enfants.

Non, tout ce que Rose pourrait dire ne changerait rien. Son père reviendrait et, quand il serait là, tout recommencerait comme avant : les bouteilles s'empileraient à nouveau dans la remise, il y aurait encore des cris, des coups, et sa mère ressortirait son vieux chapeau à voilette pour cacher aux voisins les bleus sur son visage.

Non ! Non, non et non ! Je ne revivrai pas ça !

– Ecoute, maman, j'ai mis vingt-cinq dollars de côté sur ma paie du restaurant... Avec ça, nous pourrions quitter Homestead, aller à San Francisco. Je trouverai du travail, je m'occuperai de toi.

– Tu es bien trop jeune pour assumer une telle charge.

– J'ai presque dix-neuf ans. Allons, dis oui !

Virginia secoua la tête.

– Je ne peux pas partir, Rose, tu le sais bien.

– Alors j'irai seule !

– Rose !

– Je ne supporterai pas de le revoir, pas après tout le mal qu'il nous a fait, à nous et...

Elle laissa sa phrase en suspens. Dix ans après, l'incendie de la scierie hantait encore ses nuits mais elle n'avait jamais confié à personne ses soupçons sur ce qui s'était vraiment passé le jour du départ de son père.

Virginia la regarda longuement puis soupira :

– Très bien, comme tu voudras. Je ne pourrai pas beaucoup t'aider, mais si j'arrive à économiser un peu d'argent avant que tu partes, il sera pour toi.

Rose eut un sourire amer. Economiser ! Comment aurait-elle pu économiser quoi que ce soit ? Le peu que la pension de famille rapportait à Virginia finissait invariablement dans la poche de son fils Mark, qui s'empressait d'aller le boire au saloon.

– Non, ce ne serait pas raisonnable. Voilà quinze jours que nous n'avons plus de pensionnaire et Dieu sait quand le prochain arrivera. Garde ce que tu as, tu en auras plus besoin que moi.

Rose défit son tablier et l'accrocha à côté de l'évier. Elle s'apprêtait à sortir quand sa mère la rappela :

– Rose ?

– Oui ?

– Quand penses-tu partir ?

– Avant que papa ne revienne. Par la première diligence si je peux.

– Si vite ?

– Oui.

Virginia hocha la tête avec un soupir résigné.

– Tu me manqueras, Rose.

– Tu me manqueras aussi, maman.

Michael Rafferty arrêta son cheval et parcourut du regard l'unique rue du bourg. Son père l'avait prévenu qu'Homestead n'était ni Denver ni San Francisco, mais il avait tout de même espéré mieux.

Pressant les flancs de son étalon bai, il descendit la rue au pas, dressant au passage l'inventaire des commerces. L'épicerie-quincaillerie était sans doute le plus ancien. Sa façade fraîchement repeinte lui donnait un petit air pimpant mais elle devait être là depuis quinze ou vingt ans. Venaient ensuite une banque dont les solides murs de brique ne devaient pas avoir plus de deux ou trois ans, une écurie de louage, un petit restaurant, un saloon et une boutique de barbier. Il y avait aussi une poste, une école, une prison et naturellement une église. Les bourgades que Michael avait traversées depuis son départ de San Francisco ressemblaient toutes à celle-ci. Il ne manquait qu'une chose : un hôtel. Et c'était précisément la raison de sa présence.

John Thomas doit être tombé sur la tête pour m'avoir envoyé dans ce trou.

John Thomas Rafferty possédait des dizaines d'hôtels dans les plus grandes villes des Etats-Unis. Il avait appris à son fils toutes les ficelles du métier dans ses palaces de Denver, New York et San Francisco, et Michael en savait maintenant presque autant que lui. Mais il n'avait aucune idée de la façon dont il allait s'y prendre pour construire un hôtel dans un endroit comme Homestead.

C'est sans doute pour cela que papa m'a envoyé ici : pour que je fasse mes preuves sans pouvoir m'appuyer sur mes expériences passées.

« Puisque vous refusez de travailler ensemble, avait décrété John Thomas quelques mois plus tôt, je léguerai les Hôtels Palace à celui de vous deux qui se montrera le plus capable de prendre ma suite. »

Michael était encore fortement ébranlé par le sentiment d'injustice que cette décision avait fait naître en lui. Il considérait sans aucun doute que les Hôtels Palace lui revenaient de droit, Dillon ne pouvait prétendre à rien. Mais à quoi bon ressasser son amertume ? Il allait devoir se battre pour obtenir son dû ? Eh bien, il se battrait ! Autant se faire à cette idée et retrousser tout de suite ses manches, parce que Dillon ne lui ferait pas de cadeau.

Michael arrêta son cheval devant une petite gargote en bois fièrement baptisée *Chez Zoé*.

Il se mettrait en quête d'une chambre après avoir pris un bon repas. Il mit pied à terre, essaya de secouer toute cette poussière accumulée lors du voyage et poussa la porte à double battant.

La salle était vide et personne ne vint l'accueillir. Seuls la bonne odeur de rôti et les bruits de vaisselle s'échappant de la cuisine indiquaient que le restaurant était ouvert.

Michael s'assit à une table et attendit. Quelqu'un finirait bien par venir prendre sa commande...

Quelques minutes plus tard, la porte du restaurant s'ouvrait et Michael crut voir apparaître une enfant, tant cette jeune personne était petite et gracile. Mais en la voyant de plus près, il s'aperçut qu'elle devait avoir dix-huit ou dix-neuf ans. Son visage aux traits fins, encadré par de lourds cheveux bruns relevés en chignon, semblait même étonnamment mûr pour son âge, et l'expression de ses yeux noisette était si triste qu'il en eut le cœur serré.

– Rose, c'est toi ? lança une voix dans la cuisine.

– Oui, madame Potter. Excusez-moi, je suis un peu en retard.

Une femme entre deux âges, les joues rougies par la chaleur des fourneaux, apparut dans l'ouverture du passe-plat.

– Ce n'est pas grave, Rose, je finissais tout juste de...

Apercevant Michael, elle s'arrêta au milieu de sa phrase et balbutia :

– Je suis désolée, je ne vous ai pas entendu entrer. Rose, tu veux bien prendre la commande de monsieur ? Il faut que je sorte mon rôti du four.

Rose disparut dans la cuisine pour en ressortir un instant plus tard, un tablier de coton blanc noué autour de la taille et un petit bloc de papier à la main.

– Vous désirez, monsieur ? demanda-t-elle en s'approchant de Michael.

Ses yeux étaient plutôt brun-vert, avec au centre comme de minuscules paillettes d'or. Mais Dieu qu'ils étaient tristes !

– Monsieur ?

– Excusez-moi, j'avais la tête ailleurs.

Michael se tourna vers le tableau d'ardoise et jeta un œil au menu inscrit à la craie.

– Je prendrai un poulet sauté et des beignets de maïs.

– Et comme boisson ?

– Un café.

– Bien, monsieur, je vous l'apporte tout de suite.

Au moment où la serveuse retourna en cuisine, deux clients entrèrent – l'un en costume de ville et cravate, l'autre vêtu d'un jean et d'une chemise à carreaux sur laquelle était piquée une étoile en cuivre.

Le premier devait être le banquier de la ville. Michael se promit de faire au plus tôt sa connaissance. Dans une petite communauté comme celle-ci, ce devait être un homme de poids. Le shérif, lui, était un géant débonnaire aux cheveux déjà grisonnants, qui inspirait confiance au premier regard.

Michael salua les deux hommes d'un signe de tête. Deux autres clients entrèrent presque aussitôt, le dévisageant avec curiosité : une petite femme toute ronde d'environ soixante ans et un homme chauve, aussi grand que maigre, qui devait être son mari.

Comme ils s'installaient à la table voisine de celle du shérif, la serveuse revint, apportant le café de Michael.

– Bonjour, Rose, lui lança la petite femme ronde.

– Bonjour, madame Barber, répondit la jeune fille avec un sourire amène.

Elle posa le café devant Michael et se dirigea vers la table du banquier.

– Monsieur Stanford, shérif, qu'est-ce qui vous dirait

aujourd'hui ? Nous avons du rôti de bœuf, du poulet sauté, et une tarte aux cerises dont vous me direz des nouvelles.

Michael l'observa tandis qu'elle prenait sa commande. Vive, avenante, le sourire aux lèvres : une serveuse parfaite. Et une bien jolie fille... Plus d'une élégante de San Francisco aurait envié son visage à l'ovale parfait, sa bouche finement ourlée et ses grands yeux de biche... sans parler de sa taille, qui semblait faite au tour.

Si Lilian me voyait, elle m'arracherait les yeux, songea Michael en portant la tasse de café à ses lèvres. Elle s'était vraiment mise en colère quand il lui avait annoncé son départ. « Un an ? Tu vas passer un an là-bas ? Et que suis-je censée faire pendant ce temps ? T'attendre en brodant des napperons ? »

Sans doute aurait-il dû se sentir coupable. Bien que n'étant pas officiellement fiancés, tout le monde s'attendait à leur mariage. Lilian Overhart était par ailleurs une jeune femme charmante : belle, intelligente, cultivée et, qui plus est, l'héritière d'une des plus vieilles familles de San Francisco. Michael n'avait aucune raison de ne pas l'épouser, il était même certain qu'il finirait par le faire. Rien ne pressait, voilà tout.

Son regard se posa à nouveau sur la serveuse. Il tenta de s'imaginer marié à quelqu'un comme elle, menant une petite vie tranquille ponctuée de repas mijotés et de longues veillées au coin du feu. C'était impensable, il s'ennuierait à mourir, loin de la ville et de ses affaires, sans les sorties au théâtre entre amis, ou les parties de poker au club.

Elle avait beau être jolie, cette petite serveuse aux yeux tristes n'était pas une épouse pour lui – aussi sûr qu'il s'appelait Michael Thomas Rafferty.

– Tu sais d'où vient ce monsieur ? demanda Zoé quand Rose revint en cuisine.

– Aucune idée, répondit la jeune fille, et elle poursuivit en tirant de la poche de son tablier le calepin où elle avait noté les commandes des Barber et de leurs voisins de table. Il me faudrait une salade de chou rouge, deux beignets de maïs, un poulet sauté, un rôti frites, et deux jambons braisés. Je vais refaire du café, je crois que nous en aurons besoin.

L'indifférence de Rose était à moitié feinte. Il passait pas mal de monde à Homestead – des ouvriers qui partaient chercher du travail dans les mines ou dans les forêts du Nord, quelques fermiers en quête de terres bon marché plus haut dans la vallée. Mais ce voyageur n'était de toute évidence ni un fermier ni un ouvrier, et elle se demandait ce qu'il pouvait bien venir chercher ici.

En sortant de la cuisine avec le plateau chargé de hors-d'œuvre, elle risqua un coup d'œil dans sa direction. Elle n'avait jamais vu quelqu'un d'aussi beau. Ses yeux étaient d'un bleu profond, aussi pur que celui du ciel en été, ses cheveux étaient blonds comme les blés, et ses traits fermes et réguliers donnaient une singulière impression de calme et d'assurance. Il ressemblait à un dieu grec, pensa Rose qui avait vu de semblables visages sur les illustrations de ses livres d'histoire, étant enfant.

Une telle perfection aurait pu le rendre arrogant ou imbu de sa personne. Bien au contraire, on devinait en lui autant de douceur que de simplicité.

Il leva les yeux et leurs regards se croisèrent. Rose se détourna aussitôt en rougissant.

– On dirait que tu as un admirateur, Rose, lui glissa Emma Barber comme elle apportait une carafe d'eau à sa table. Qui est-ce ?

– Aucune idée, c'est la première fois que je le vois.

– Stanley, tu connais ce monsieur ?

– Ni d'Eve ni d'Adam.

– Il vient probablement d'arriver. Je me demande s'il a l'intention de rester...

Rose se le demandait aussi mais elle préféra ne rien dire. De plus, d'ici quelques jours je serai partie, pensa-t-elle. Sa gorge se noua.

Elle n'avait jamais quitté Homestead. Réussirait-elle à se débrouiller seule, dans une ville inconnue ?

Une fois les hors-d'œuvre servis, elle retourna en cuisine, le cœur serré. Cependant, sa décision était prise. La vie ne serait peut-être pas facile à San Francisco, mais ce n'était rien en comparaison de l'enfer qui l'attendait ici, une fois son père de retour.

Emma Barber aurait donné cher pour savoir qui était ce bel étranger et ce qu'il venait faire à Homestead. Elle avait discrètement suggéré à son mari de lier connaissance avec lui mais, naturellement, Stanley avait refusé.

– Que veux-tu que je lui dise ? Je ne le connais pas, moi, cet homme...

Et voilà ! Emma soupira bruyamment. Quarante ans de mariage, six beaux enfants, un amour aussi fort qu'au premier jour, mais du diable si elle s'habituerait jamais aux manières de sauvage de son mari !

Décidant de prendre les choses en main, elle attendit que l'étranger lève à nouveau les yeux et lui demanda avec un sourire avenant :

– Je ne crois pas vous avoir vu à Homestead auparavant... Etes-vous arrivé récemment ?

– Il y a une heure à peine, répondit-il en laissant tomber quelques pièces dans la soucoupe où Rose avait posé sa note.

Il ramassa son chapeau et se leva pour partir. Mais Emma poursuivit :

– Vous avez l'intention de vous installer dans la région ?

– Pas vraiment. Disons que je suis ici pour affaires, dit-il en s'approchant de la table du vieux couple. Je me présente : Michael Rafferty.

– Stanley Barber. Et voici ma femme, Emma.

– Enchanté de faire votre connaissance, madame Barber. Peut-être pourriez-vous m'indiquer une chambre à louer par ici ?

– Vous trouverez une pension de famille près de l'église. C'est Mme Townsend qui la tient, ses prix sont raisonnables et c'est une excellente cuisinière. Vous verrez, vous serez comme un coq en pâte.

– Townsend, dites-vous ?

– Virginia Townsend. Elle prend des pensionnaires depuis plus de dix ans. Sa maison est juste derrière l'église, vous ne pouvez pas la manquer.

– Merci de votre conseil. Au revoir, madame. Monsieur...

L'étranger s'inclina poliment et sortit.

– Charmant jeune homme, commenta Emma. Je me demande bien quelles peuvent être ces affaires qui l'amènent à Homestead...

– Comment veux-tu que je le sache ?

– En tout cas, il est très séduisant. Peut-être qu'Annalee...

– Pour l'amour du ciel, Emma ! Annalee est déjà fiancée !

– Pas officiellement, et Sigmund Leonhart n'a pas l'air pressé de demander sa main. Cela ne ferait pas de mal à notre fille de se rendre compte qu'il existe d'autres jeunes gens sur terre. Après tout, elle a vingt-cinq ans... A son âge, j'étais déjà...

– Mariée et mère de deux enfants, je sais ! Mais ce n'est pas une raison pour pousser Annalee dans les bras du premier venu. Son Sigmund est un très gentil garçon, alors laisse-la donc faire sa vie tranquille.

2

Yancy n'avait jamais imaginé qu'il pourrait tomber amoureux. Mais il n'avait jamais pensé non plus qu'il pouvait rencontrer quelqu'un comme Laura Rider. Il lui arrivait de songer que passer le reste de ses jours simplement à la regarder le rendrait heureux.

Elle semblait si sereine, ainsi immobile, la main sur l'encolure de sa jument, le regard fixé sur les sommets enneigés des montagnes. Le vent caressait son visage – un visage si doux, couleur d'ambre poli, des yeux brillants comme des perles de jais – et ses cheveux noirs flottaient sur ses épaules.

Brusquement, elle se retourna.

– Yancy Jones, qu'est-ce que vous regardez comme ça ?

Pris de court, il ne put que répondre la vérité.

– Vous, mademoiselle Laura.

Un sourire malicieux passa sur les lèvres de la jeune fille.

– Moi ? Je croyais que vous étiez censé surveiller le troupeau.

Yancy détourna les yeux. Il savait parfaitement pour quoi on l'avait engagé – et ce qu'il lui en coûterait si son patron découvrait ses sentiments pour Laura. Il se mettait à sa place, d'ailleurs... Quelle idée, à trente ans, de tomber amoureux d'une jeune fille de dix-sept ans ? Surtout lorsqu'on ne possède qu'une selle, un cheval, et les vêtements qu'on porte sur le dos.

Laura avait grandi dans une belle maison où l'on ne manquait de rien, elle avait étudié, appris le piano... Yancy, lui, travaillait depuis l'âge de douze ans, louant ses services de ranch en ranch pour un salaire de misère. Alors, que pouvait-il espérer ? Que sa vie se transforme en un conte de fées où le pauvre bûcheron épouse une princesse ? Allons donc !

– J'adore le printemps, pas vous, Yancy ?

Il sursauta, brusquement arraché à ses pensées.

– Oui, c'est une belle saison.

– Les fleurs, les bourgeons qui s'ouvrent, les oiseaux qui chantent à tue-tête...

Elle mit pied à terre et descendit jusqu'au ruisseau, menant sa jument par la bride.

– Venez, Yancy, j'aimerais vous montrer quelque chose.

Yancy hésita. Il aurait dû retourner près du troupeau. Will Rider le payait pour surveiller ses bêtes, pas pour faire la conversation à sa fille. Mais comment pouvait-il résister au sourire de Laura ?

– Juste une minute, alors, dit-il en se laissant glisser de sa selle.

Et il la suivit sous le couvert des arbres qui bordaient la rive.

Laura l'attendait au pied d'un vieux saule, les yeux levés vers les branches entremêlées dont les bourgeons commençaient à peine à s'ouvrir.

– Regardez, dit-elle en pointant un doigt vers le ciel.

Il regarda mais n'aperçut rien.

– Je ne vois rien !

Laura s'était approchée de lui et le dévisageait gravement.

– Vous ne voulez pas m'embrasser, Yancy ? dit-elle après un long silence.

Yancy faillit s'étouffer.

– C'est-à-dire, mademoiselle Laura, je ne crois pas que ce serait du goût de votre père.

– Mon père vous aime bien, et comme je vous aime aussi... où est le problème ?

Elle lui tendait ses lèvres et, si elle continuait à le regarder comme ça, il ne résisterait pas bien longtemps.

– Yancy, je ne suis plus une petite fille, vous savez.

Ma mère – ma vraie mère – était déjà mariée, à mon âge.

– Laura, je...

– Chut ! ne dites rien. N'avez-vous pas encore compris que je vous aime ?

Ses bras graciles l'enlacèrent et ses dernières défenses tombèrent. L'instant d'après, il l'embrassait avec toute la fougue d'un amour trop longtemps retenu.

Rose aurait voulu avoir une discussion privée avec Zoé, mais le restaurant ne désemplit pas de l'après-midi, et quand elle retourna en cuisine, une fois le dernier client parti, elle la trouva en grande conversation avec Doris McLeod et sa petite-fille Sarah.

– Bonjour, Rose, dit Doris en repoussant sa chaise pour lui permettre de poser son plateau de vaisselle sale.

– Bonjour, Doris. Bonjour, Sarah. Ouf, quelle journée ! Je crois que je vais m'asseoir un moment avec vous.

– Ta mère va bien ?

– Très bien, merci.

Rose se retourna vers Zoé. Elle aurait vraiment préféré lui parler seule à seule mais, sachant que Doris et elle en avaient pour une bonne heure à papoter, elle se décida à l'interrompre :

– Madame Potter ?

– Oui ?

– Voilà... Je vais quitter Homestead, je ne pourrai plus venir au restaurant.

Zoé lui jeta un regard incrédule.

– Quitter Homestead !

– Je vais aller à San Francisco, j'essaierai de trouver du travail là-bas. Je pourrai continuer à venir jusqu'à mardi mais je prendrai la diligence de mercredi pour Boise.

– Mais pourquoi, mon Dieu ?
– Il faut absolument que je parte.
Zoé comprit qu'elle n'en tirerait rien de plus.
– Tu vas me manquer, soupira-t-elle. Si jamais tu changes d'avis, reviens me voir ; j'aurai toujours du travail pour toi, je veux que tu le saches.
Rose hocha la tête, trop émue pour articuler le moindre mot. Parler à Zoé avait été plus difficile qu'elle ne le pensait. Et quitter Homestead serait sans doute plus dur encore.
Elle rangea la vaisselle sur l'évier, dit au revoir aux deux femmes et sortit précipitamment de peur de fondre en larmes devant elles.
Elle n'avait pas fait trois pas dans la rue que Sarah, essoufflée, la rejoignait.
– Rose ! Rose, tu pourrais faire quelque chose pour moi quand tu seras à San Francisco ?
– Quoi donc, Sarah ?
– M'écrire. Me raconter comment c'est, là-bas. Oh, j'aimerais tellement pouvoir t'accompagner ! Je n'ai que douze ans, grand-mère ne me laisserait jamais partir, mais quand je serai grande, moi aussi j'irai vivre à la ville. A Chicago, à New York ou à Paris... Je n'ai pas encore décidé mais je partirai.
Rose caressa les boucles blondes de la fillette. Dieu qu'elle l'enviait ! Sarah avait perdu ses parents alors qu'elle n'était qu'un bébé mais elle avait grandi auprès de ses grands-parents, choyée et dorlotée comme une princesse. Partir représentait pour elle l'aventure, le frisson de la découverte, alors que pour Rose...
– Bien sûr que je t'écrirai, Sarah, dit-elle en se forçant à sourire. Je te raconterai tout.
– Promis ?
– Promis juré.
Sarah l'embrassa sur les deux joues et tourna les talons. Rose la regarda s'éloigner le cœur lourd. Les paroles de Zoé lui revenaient en mémoire : si jamais

elle changeait d'avis... Mais elle ne changerait pas d'avis, elle le savait. Elle ne voulait plus voir sa mère battue et humiliée par un ivrogne, devoir à nouveau se cacher quand les coups tomberaient trop dru, vivre dans la terreur et faire comme si de rien n'était.

Elle se rappela ce qu'elle avait éprouvé quand elle avait appris l'arrestation de son père et sa condamnation pour attaque de banque, là-bas, dans le Colorado. Son soulagement avait été si grand qu'elle avait pleuré.

Glen Townsend était parti à la fin de l'automne 1880. Quelques mois plus tard, sa mère et elle apprirent qu'il s'était installé à Denver, où il avait acheté un saloon, mais seule la nouvelle de son arrestation était parvenue à la rassurer. Maintenant, il ne reviendra plus, plus jamais, avait-elle pensé.

Elle s'était trompée, encore une fois.

Rose secoua la tête. A quoi bon ressasser le passé ? Il fallait penser à l'avenir. Il ne lui restait que quelques jours pour préparer son départ et, d'ici là, elle voulait nettoyer de fond en comble la pension de famille : faire les carreaux, cirer les planchers, passer les meubles à l'encaustique... De sorte que sa mère n'aurait pas à le faire, au moins pendant quelque temps. Pauvre femme, ce n'était pas son mari qui allait l'aider – et encore moins Mark.

Chaque fois qu'elle pensait à son frère, le proverbe « tel père, tel fils » lui revenait à l'esprit. Glen et Mark Townsend en étaient la preuve vivante ; même carrure de déménageur, même visage taillé à coups de serpe, et surtout, même tempérament égoïste et violent. Heureusement Mark venait rarement les voir, il était ainsi plus facile d'éviter ses sautes d'humeur – et ses poings !

– Rose ! Rose !

Rose leva les yeux et vit Laura qui venait à sa rencontre, rayonnante, sur sa petite jument, Plume noire. De toute évidence, elle avait une grande nouvelle à lui annoncer.

Les deux amies se connaissaient depuis que Laura était arrivée à Homestead après la mort de ses parents dix ans auparavant. C'était alors une petite fille timide et effacée, s'excusant quand on la bousculait et fondant en larmes pour un rien. Comme elle avait changé ! A croire qu'une bonne fée s'était penchée sur elle et, d'un coup de baguette magique, l'avait transformée en une jeune beauté pleine d'assurance et de joie de vivre.

Rose sourit en songeant que c'était sans doute la même fée qui avait permis à leur amitié de survivre malgré l'hostilité de Mark. Celui-ci ne supportait pas que sa sœur fréquente une petite « Peau-Rouge » – c'est ainsi qu'il appelait Laura, dont le vrai père avait du sang sioux. « Si je te prends à traîner avec elle, disait-il, je te promets la raclée de ta vie ! » Mark tenait toujours ses promesses, mais elle avait continué de voir Laura en cachette. Elles étaient devenues inséparables et se confiaient tous leurs secrets.

Comme elle va me manquer ! Comme je vais me sentir seule sans elle !

– Rose ! Devine ce qui m'arrive ?

Laura avait sauté de son cheval et la serrait tellement fort qu'elle faillit l'étouffer. Elle paraissait si heureuse que Rose ne voulut pas gâcher sa joie en lui annonçant tout de suite son départ.

– Yancy m'a embrassée !

– *Embrassée ?*

– Un vrai baiser, sur la bouche, il y a une heure à peine ! J'en ai tellement rêvé... Yancy va me demander en mariage, j'en suis sûre ! N'est-ce pas merveilleux ? Oh, je suis si heureuse...

Rose eut un pincement au cœur. Laura avait vraiment de la chance. Addie et Will Rider, ses parents adoptifs, l'aimaient autant que leurs propres enfants, le petit Preston et la petite Naomi, qui lui vouaient une véritable adoration ; elle avait une belle maison, de jolies robes, et voilà que maintenant...

Elle eut honte de son sentiment de jalousie, après tout Laura aussi avait eu sa part de malheur, et ce n'était pas sa faute si son frère était un ivrogne et son père un gibier de potence.

– Je suis vraiment heureuse pour toi, dit-elle. Mais es-tu sûre que ton père te laissera épouser Yancy Jones ?

– Quand il saura combien je l'aime, il n'hésitera pas une seconde, répondit Laura avec assurance. Je te raccompagne chez toi ?

Elles se mirent en route, bras dessus bras dessous, menant Plume noire par la bride.

– Tu as déjà embrassé un garçon ? demanda Laura au bout d'un moment.

– Moi ? Bien sûr que non ! D'ailleurs, cela ne m'a jamais tentée.

– Il te faudra bien en passer par là, si tu veux te marier.

– Je ne veux *pas* me marier. Pour finir comme ma mère...

– Ce n'est pas parce que ta mère n'a pas eu de chance que tu dois rester vieille fille, non ? Attends donc ton premier baiser, tu verras les choses autrement. Si tu savais l'effet que ça fait... J'ai l'impression de flotter sur un petit nuage.

Rose s'arrêta brusquement de marcher et la retint par le bras.

– J'ai quelque chose à te dire, Laura. Quelque chose d'important.

– Quoi ? Tu es amoureuse, toi aussi ?

– Non. Mon père va revenir.

Le sourire de Laura s'évanouit.

– Oh, non ! gémit-elle. Que vas-tu faire ?

– Partir. Quitter Homestead. Je prendrai la diligence de mercredi.

– Mais, Rose, tu...

– Je n'ai pas le choix. Je ne veux pas revivre le même

enfer. Ce n'était déjà pas drôle avec Mark, mais lui au moins...

Elle laissa sa phrase en suspens. Laura savait très bien comment Glen Townsend les traitait, elle et sa mère, mais même avec sa meilleure amie, Rose se sentait gênée d'en parler. Elle avait toujours l'impression d'être responsable du comportement violent de son père.

– Tu pourrais venir t'installer au ranch. Mes parents t'adorent, je suis sûre qu'ils seraient ravis de t'accueillir chez eux.

– Même là-bas, mon père ne me laisserait pas en paix.

– Qu'en sais-tu ? Peut-être que la prison l'aura changé.

– Il n'a pas changé, à moins qu'il ne soit devenu encore plus méchant.

– Pourquoi pas ? Nous avons bien changé, nous, depuis son départ – eh bien quoi, c'est vrai, non ?

– Nous n'étions que des enfants, Laura.

– Exact. Et nous sommes devenues des femmes.

Rose eut un sourire amer.

– Nous voilà bien avancées.

– Tu n'es plus une gamine sans défense, Rose ! Si ton père essaie de te frapper, tu peux aller trouver le shérif. Tu verras qu'il réfléchira à deux fois avant de recommencer !

– Peut-être. Mais ça ne l'empêchera pas de battre ma mère comme avant et elle ne dira rien. Non, je ne veux pas revivre tout cela.

Elles marchèrent un moment en silence puis Laura soupira :

– Et moi, qu'est-ce que je vais devenir sans toi ? Excuse-moi, se reprit-elle aussitôt, atterrée par son égoïsme. Tu es dans une situation impossible et tout ce que je trouve à dire...

– Ne t'excuse pas, je me posais la même question il

y a un instant. Moi non plus, je ne sais pas ce que je vais devenir sans toi.

Les deux jeunes filles s'étreignirent. Laura sanglotait. Rose n'avait pas moins envie de pleurer mais elle ne voulait pas laisser libre cours à son chagrin de peur de perdre tout courage.

– Il faut que je rentre, maintenant, dit-elle en repoussant doucement son amie. Je dois aider ma mère, préparer mon départ...

– Tu as besoin d'argent ? J'ai quelques économies, je pourrais...

– Non, je préfère me débrouiller seule. Si je dois apprendre à me battre, autant commencer tout de suite.

Laura sourit à travers ses larmes.

– Tu as toujours su te battre. Tu te rappelles ce coup de tête que tu as donné à ton frère ? Tu étais haute comme trois pommes mais tu l'avais drôlement sonné.

– Et je m'étais retenue ! dit Rose en riant.

Mais son rire sonnait faux, et celui de Laura aussi.

– Il faut vraiment que j'y aille, maman va s'inquiéter. Je te verrai dimanche à l'église. On pourra peut-être passer l'après-midi ensemble...

– Entendu. A dimanche, ma Rose.

– A dimanche, Laura.

Michael, accoudé à la fenêtre de sa chambre, vit la petite serveuse du restaurant s'engager dans l'impasse qui menait à la pension de famille. Il aurait pourtant juré être le seul pensionnaire de la maison.

Laissant retomber le rideau avec un haussement d'épaules, il alla s'étendre sur son lit, les mains sous la nuque. Le voilà à peine arrivé qu'il s'ennuyait déjà. Qu'est-ce que ce serait dans un an ?

En sortant du restaurant, il avait fait un tour en ville et choisi l'emplacement de son hôtel. Demain, il irait voir le banquier afin d'obtenir des renseignements sur le propriétaire du terrain ; d'ici la fin de la semaine, la vente serait conclue, dans moins d'un mois, les travaux seraient presque achevés, un mois de plus pour les finitions, et l'hôtel pourrait ouvrir dans le courant de l'été. Mais ensuite, que ferait-il de son temps ?

« Vous êtes fous ! Aussi fous les uns que les autres ! s'était écriée sa belle-mère à l'issue du conseil de famille. John Thomas, tu n'agirais pas autrement si tu voulais dresser tes fils l'un contre l'autre. Et toi, Michael ? Dillon était ton meilleur ami et, depuis que tu as appris que vous êtes demi-frères, c'est tout juste si tu daignes lui parler ! Tu n'en as pas assez de cette petite guerre idiote ? Oh, ne souris pas, Dillon ! Tu ne vaux pas plus cher que lui. Toujours à faire ce qu'il fait, à vouloir ce qu'il veut... Qu'espères-tu prouver de la sorte ? Et à qui ? »

En bonne Irlandaise, Kathleen n'avait pas l'habitude de mâcher ses mots ni de renoncer facilement. Mais cette fois-là, elle avait compris qu'il était vain de lutter. Ses yeux verts s'étaient emplis de larmes – de colère ou de chagrin, Michael n'aurait su le dire – et elle était sortie en leur lançant :

« Une bande d'imbéciles, voilà ce que vous êtes ! Ce n'est même pas la peine de vous parler, vous n'entendez rien. »

Elle avait raison, bien sûr. Entièrement raison.

Mais même avec le recul, Michael ne voyait pas ce qu'il aurait pu faire d'autre que d'accepter la décision de son père. John Thomas ne lui avait pas laissé le choix : il devait jouer le jeu et le jouer pour gagner.

3

– Tu sais quoi, ma petite fille ? Nous avons un pensionnaire. Un certain M. Rafferty, de San Francisco. Je l'ai installé dans la chambre verte.

L'étranger du restaurant, pensa Rose.

Curieusement, la question de Laura lui revint à l'esprit. « Tu as déjà embrassé un garçon ? »

Le terme de « garçon » convenait assez mal à ce beau voyageur mais elle se demanda quelle impression cela pouvait faire d'embrasser quelqu'un comme lui.

Cesse donc de rêver, se sermonna-t-elle. Tu ne crois ni aux dieux grecs ni aux preux chevaliers, et même s'ils existaient, ils ne s'intéresseraient sûrement pas à toi.

– Je vais finir de préparer le dîner, dit Virginia. J'ai mis un carré de porc au four, je le servirai avec des pommes sautées et des haricots verts. Tu veux bien mettre la table ? Compte quatre couverts, Mark viendra peut-être manger avec nous.

– Pour ça, on peut lui faire confiance, grommela Rose en suivant sa mère dans la cuisine.

Elle connaissait Mark : chaque fois qu'elles avaient un nouveau pensionnaire, il venait faire main basse sur les quelques dollars que celui-ci aurait payés d'avance. C'était toujours la même chose.

– Je t'en prie, soupira Virginia, ne fais pas ta mauvaise tête. Il ne vient déjà pas souvent, alors si tu l'accueilles avec des reproches...

– C'est ça, ça va être ma faute !

– Je n'ai pas dit que c'était ta faute. Essaie de comprendre. Mark est mon fils, je ne peux pas lui tourner le dos sous prétexte que...

– N'en parlons plus, coupa Rose d'un ton sec. De toute façon, nous ne serons jamais d'accord là-dessus.

Mais elle enrageait de voir sa mère s'aveugler à ce

point. Ne voyait-elle pas que Mark se moquait d'elle ? Qu'il ne venait la voir que pour lui soutirer de l'argent ou profiter d'un repas gratuit ? Sa paie de barman était pourtant confortable, et sa chambre au-dessus du saloon ne lui coûtait pas un sou. Mais naturellement, entre ce qu'il buvait et ce qu'il perdait au jeu...

Ne pense plus à Mark ! Il t'empoisonne suffisamment la vie quand il est là, non ?

Elle mit son tablier et commença d'éplucher les pommes de terre pour le dîner. Sa mère était sortie chercher du bois pour la cuisinière. Bercée par le tic-tac de la pendule et le grésillement du rôti qui cuisait dans le four, Rose oublia peu à peu sa colère et se mit à rêver à la vie qu'elle aurait à San Francisco.

Chad Turner, le maréchal-ferrant, y allait régulièrement voir sa sœur. D'après ses récits, Rose imaginait une ville immense où tout le monde pouvait se faire une place au soleil, avec un peu de courage et de persévérance. Si elle réussissait à trouver du travail et à mettre un peu d'argent de côté, elle pourrait certainement s'installer comme gérante d'hôtel ou de restaurant – peut-être même ouvrir sa propre affaire. Le tout serait de tenir les premiers mois.

Elle se leva pour aller chercher une poêle et la posa sur la cuisinière.

Oui, les premiers mois seraient difficiles. Mais les difficultés ne l'effrayaient pas, et comme disait le proverbe : « Tout ce qui ne tue pas endurcit. »

Elle prit une nappe propre et alla mettre la table dans la salle à manger.

Combien de temps lui faudrait-il pour aller à San Francisco ? Deux jours ? Trois ? Elle savait qu'il y avait une ligne de chemin de fer à partir de Boise mais aurait-elle assez d'argent pour s'offrir le voyage en train ? Peut-être vaudrait-il mieux prendre une deuxième diligence. Elle demanderait à Chad Turner, il devait sûrement savoir. Et puis sa sœur accepterait peut-être de l'héberger quelques jours, le temps qu'elle trouve un travail et une chambre d'hôtel...

Rose repensa à l'homme du restaurant. Sa mère n'avait-elle pas dit qu'il était de San Francisco ? Il pourrait la conseiller ou lui donner quelques adresses utiles.

– Alors comme ça, vous habitez ici ?

Rose sursauta. C'était lui, l'homme du restaurant. Il avait dû entrer pendant qu'elle triait les couverts car elle ne l'avait pas entendu.

– Désolé de vous avoir fait peur, dit-il en souriant. Je me présente, Michael Rafferty.

C'était vraiment le plus bel homme qu'elle ait jamais vu. Même Peter, l'oncle de Laura, ne pouvait soutenir la comparaison.

Tu as déjà embrassé un garçon ?

Non, cela ne l'avait jamais tentée. Quelques jeunes gens du bourg avaient bien essayé de lui faire la cour, mais elle avait toujours repoussé leurs avances.

Attends donc ton premier baiser, tu verras les choses autrement.

Son regard s'attarda sur la bouche de Michael, sur ses lèvres pleines où semblait toujours flotter un demi-sourire. Que ressentirait-elle si ces lèvres effleuraient les siennes ? Aurait-elle l'impression de marcher sur un nuage, comme Laura ?

Troublée, elle se força à lever les yeux vers ceux du jeune homme, mais ils étaient encore plus déconcertants et semblaient dire : « J'ai deviné vos pensées. »

– Rose Townsend, balbutia-t-elle. Je suis la fille de votre logeuse. Le dîner n'est pas encore prêt.

– Oh, j'ai tout mon temps. Voulez-vous que je vous aide à mettre la table ?

– C'est très gentil, mais...

– Vous avez peur que je ne casse quelque chose ?

Elle n'eut pas le temps de répondre qu'il lui prenait les couverts des mains et les disposait sur la table.

– J'ai l'habitude, vous savez. Dans ma famille, nous sommes sept frères et sœurs. Quand nous étions petits, nous avions chacun notre jour de corvée, les garçons comme les filles.

Sa famille... San Francisco...

Au lieu de le regarder avec cet air idiot, tu ferais mieux de lui demander... Quoi donc au fait ? Cinq minutes plus tôt, les questions se bousculaient dans sa tête, et maintenant...

– Ma mère m'a dit que vous étiez de San Francisco, c'est vrai ?

– Je suis né là-bas et j'y ai toujours vécu. Et vous, vous avez toujours habité ici ?

– D'aussi loin que je me souvienne.

Il se tenait derrière une chaise, les mains sur le dossier, et la regardait en souriant. Ce regard, ce sourire achevèrent de la troubler. Elle repensa à Laura, à son petit nuage... et oublia complètement San Francisco.

– Et vous, mademoiselle Townsend, vous avez de la famille ici – en dehors de votre mère, je veux dire ?

– Un frère, mais il ne vit pas avec nous. Il travaille au *Pony Saloon*.

– Et votre père ?

– Il n'habite plus ici. Excusez-moi, je dois aller aider ma mère. Si vous voulez attendre dans le salon, nous allons bientôt passer à table.

Quelle étrange personne ! pensa Michael. Elle bavardait gentiment et l'instant d'après on aurait dit une bête prise au piège, essayant désespérément de s'enfuir. Je me demande bien pourquoi...

Il haussa les épaules et passa dans le salon. C'était une petite pièce claire et agréable, meublée en tout et pour tout de quatre fauteuils capitonnés et d'une table basse. Rien à voir avec le salon de son père ou ceux des luxueuses suites qu'il louait pendant ses voyages d'affaires, mais cette simplicité même était pleine de charme.

Michael s'approcha de la fenêtre et écarta le rideau de dentelle. Deux cavaliers descendaient la grand-rue, le Stetson rabattu sur les yeux pour se protéger du soleil. Ils s'arrêtèrent à hauteur du shérif qui prenait le frais sur le pas de sa porte, échangèrent quelques mots avec lui, puis continuèrent leur chemin, bercés par le pas nonchalant de leurs chevaux. Dans le saloon, quelques maisons plus loin, quelqu'un jouait une vieille valse sur le piano désaccordé.

Une journée comme les autres à Homestead. Seigneur, si elles étaient toutes pareilles, ces douze mois allaient être interminables ! Michael pensa à son frère. Newton, en Oregon, n'avait pas la réputation d'une ville trépidante d'activité, il s'ennuierait probablement autant que lui.

Peut-être auraient-ils dû essayer de s'entendre ? Dillon voulait les Hôtels Palace uniquement parce qu'il savait que Michael y tenait. Il devrait essayer de trouver un compromis. Mais Dillon refuserait certainement, il avait trop à prouver dans cette affaire – trop à gagner, surtout.

Michael secoua la tête. Que cela lui plaise ou non, il était bloqué ici pour un an !

Au moment où il s'éloignait de la fenêtre, il vit un jeune homme remonter l'impasse à grands pas et disparaître sous le porche de la pension de famille. Il devait avoir à peu près son âge, voire quelques années de moins, mais son visage marqué de couperose le faisait paraître plus vieux.

Michael entendit une porte claquer, un bruit de pas dans le vestibule, et l'homme entra dans le salon.

– Je suppose que vous êtes le nouveau pensionnaire de ma mère ?

Le frère de Rose, probablement. Et l'odeur de whisky qui envahit la pièce montrait qu'il n'était pas uniquement serveur au saloon.

Voyant qu'il ne répondait pas, le jeune homme insista :

– Michael Rafferty, c'est ça ?

Michael hocha la tête tout en se demandant comment cet ivrogne pouvait être le frère de sa jolie serveuse.

– Townsend. Mark Townsend. Vous comptez rester longtemps ici ?

– Assez longtemps. Je suis ici pour affaires.

– Vraiment ?

– Oui, je suis dans l'hôtellerie.

Le regard du jeune homme se fit plus aigu.

– Eh bien, je vois mal quel genre d'affaires vous pourriez faire à Homestead, mais ça vous regarde. Du moment que vous payez d'avance... Ma mère n'ose jamais demander de caution, et certaines personnes sont parties sans payer...

– Je paie toujours d'avance, répliqua Michael d'un ton sec.

La discussion commençait à s'envenimer lorsque Virginia entra.

– Mark ! s'écria-t-elle. Comme je suis contente ! Tu restes dîner avec nous ?

– C'est prêt ? dit-il sans même la regarder. Je meurs de faim.

Il la repoussa alors qu'elle s'apprêtait à l'embrasser puis se dirigea vers la salle à manger.

Le sourire de Virginia s'effaça. Ses épaules s'affaissèrent. En quelques secondes, elle semblait avoir vieilli de dix ans.

4

– Laura, je t'ai déjà dit que ton père ne reviendrait pas avant la nuit ou même demain matin. Rentre, maintenant, il commence à faire froid.

Laura obéit mais, au lieu de venir s'asseoir avec sa mère près de la cheminée, elle marcha jusqu'à la fenêtre et resta là, le front appuyé à la vitre.

Addie Rider soupira et posa son ouvrage.

– Qu'est-ce que tu as, ma petite fille ? Tu n'as pas dit un mot depuis que tu es rentrée.

– Maman... murmura Laura sans se retourner.

– Oui ?

– Comment as-tu su que tu étais amoureuse de papa ?

Amoureuse ? Addie eut un frisson d'appréhension. Laura n'était qu'une enfant, elle ne pouvait pas être amoureuse, pas déjà...

Son regard s'attarda sur la mince silhouette qui se découpait dans le contre-jour de la fenêtre. Il fallait avouer que ce n'était plus vraiment une enfant.

Leur première rencontre, à l'orphelinat où elle travaillait comme institutrice, lui revint en mémoire. Elle avait ressenti une telle émotion au moment où la fillette avait levé vers elle ses grands yeux pleins de larmes, et une telle joie quand, pour la première fois, elle avait accepté de lui donner la main ! Peu à peu des liens très forts s'étaient tissés entre la petite orpheline et la jeune femme solitaire qu'elle était alors, et puis elle avait épousé Will Rider. La procédure d'adoption était alors à peine engagée mais Addie se considérait déjà comme sa mère et elle avait pleuré de joie quand, en sortant de l'église, Laura l'avait appelée maman pour la première fois.

– Comment as-tu su ? insista la jeune fille.

– Eh bien, c'est difficile à dire. Je ne me souviens plus vraiment, tu sais...

– Est-ce quand il t'a embrassée ?

Embrassée ? Cette fois, Addie abandonna pour de bon son ouvrage.

– Embrassée ? répéta-t-elle tout haut.

Laura se retourna en hochant la tête. Ses yeux brillaient comme des étoiles. Son sourire radieux semblait illuminer la pièce.

– Oui, maman, je suis amoureuse.

Elle courut se jeter aux pieds de sa mère et lui étreignit les mains.

– J'ai tellement hâte de le dire à papa !

– Puis-je savoir qui est le jeune homme ? s'enquit prudemment Addie, qui craignait la réaction de son mari.

Laura baissa les yeux en rougissant.

– Yancy Jones, murmura-t-elle avec la gravité d'une novice prononçant ses vœux.

Addie sursauta.

– Yancy Jones ? Laura, est-ce que cet homme a fait quoi que ce soit pour... pour encourager tes sentiments ?

– Rien, justement. On aurait dit qu'il ne me voyait pas. Bonjour, mademoiselle Laura... Bonsoir, mademoiselle Laura... C'est tout. Alors, cet après-midi, j'ai pris mon courage à deux mains et je le lui ai dit.

– Tu lui as dit *quoi* ?

– Mais que je l'aimais, bien sûr !

Addie ferma les yeux.

– Et comment a-t-il réagi ?

– Il m'a embrassée, répondit Laura avec un sourire extatique. C'était merveilleux. Je n'avais jamais rien éprouvé de pareil. Je comprends, maintenant, pourquoi papa et toi, vous vous embrassez si souvent.

– C'est différent, nous sommes mariés.

– Mais vous le faisiez bien avant, je vous ai surpris plus d'une fois.

Addie rougit légèrement. C'était vrai. Will et elle n'avaient pas attendu le mariage pour s'embrasser, et ils étaient même allés bien plus loin, lors de leurs rendez-vous dans la vieille cabane de Pony Creek. Seulement, ils avaient vingt-cinq ans et ils savaient tous deux ce qu'ils faisaient.

– Tu n'as que dix-sept ans, Laura Rider, dit-elle du ton sévère qu'elle employait autrefois pour gronder ses élèves. Jones en a trente et il n'est que...

– Il a vingt-neuf ans, pas trente.

– Quoi qu'il en soit, il est bien trop vieux pour compter fleurette à une enfant. Je ne sais pas comment réagira ton père quand il rentrera, mais je crains que ton amoureux n'en soit quitte pour faire ses valises et chercher du travail ailleurs.

Laura se releva d'un bond.

– Ce n'est pas juste ! s'écria-t-elle. Puisque c'est moi qui lui ai demandé de m'embrasser !

– Ça, soupira Addie, je n'en doute pas une seconde. Seulement, il n'aurait pas dû profiter de ce coup de tête !

– Ce n'était *pas* un coup de tête. Je l'aime. Je l'aime depuis des mois. Si vous le renvoyez, papa et toi, j'en mourrai – tu comprends : j'en mourrai.

Laura éclata en sanglots. Sa mère voulut la prendre dans ses bras mais elle se dégagea d'un geste brusque et courut vers sa chambre. Addie l'entendit monter l'escalier quatre à quatre, claquer la porte derrière elle, puis le silence retomba dans la maison.

Rose porta la vaisselle sale dans la cuisine. Sa mère était déjà en train de laver le plat du rôti. Adossé au placard près de l'évier, Mark la regardait faire en fumant une cigarette.

– Pose ça et dégage, lança-t-il à sa sœur. J'ai besoin de parler à maman.

– Tu lui parleras aussi bien si tu prends un torchon pour l'aider, non ?

– Je t'ai dit de dégager !

Rose posa sa pile d'assiettes sur la table et se campa devant son frère, les poings sur les hanches.

– Et naturellement, tu en profiteras pour lui demander l'avance qu'a versée M. Rafferty...

– Ça te regarde ?

– Oui, ça me regarde ! Maman n'a pas un sou de côté, elle aura besoin de cet argent quand...

Elle se mordit la lèvre. Elle ne voulait pas dire à son frère qu'elle allait partir. D'ailleurs, à quoi bon discuter puisque, de toute manière, il finirait par obtenir ce qu'il voulait ?

– Toujours aussi grippe-sou, hein ? ricana Mark. Tu as pourtant ta paie du restaurant, tu ne vas pas te retrouver sur la paille si maman me prête quelques malheureux dollars.

– Parce que tu as l'intention de les lui rendre ? Ce serait bien la première fois !

Mark leva la main pour la frapper mais sa mère s'interposa :

– Je vous en prie, ne vous disputez pas. Rose, retourne donc au salon voir si M. Rafferty n'a besoin de rien. Je m'occuperai de la vaisselle, il n'y en a pas beaucoup. Et puis Mark me tiendra compagnie...

Rose sentit les larmes lui monter aux yeux mais elle les ravala bravement. Elle ne pleurait jamais, surtout pas devant son frère : il y aurait vu une marque de faiblesse et n'aurait pas manqué de s'en servir contre elle.

Elle sortit sans mot dire mais s'arrêta dans le vestibule. Elle avait besoin de se calmer, de rester seule un moment. Pourquoi se mettait-elle dans des états pareils ? Elle savait pourtant que cela ne servait à rien.

Mark avait toujours été le préféré de sa mère. Il avait toujours eu tous les droits, toutes les excuses. Virginia était incapable de lui refuser quoi que ce soit et, quand Rose essayait de la défendre contre sa propre faiblesse, c'était elle qui passait pour une égoïste.

Pourquoi ? se demanda-t-elle. Pourquoi lui donne-t-elle toujours raison contre moi ?

Elle secoua la tête comme pour chasser cette question de son esprit. Elle se la posait depuis tant d'années qu'elle n'allait certainement pas trouver la réponse ce soir.

Prenant une profonde inspiration, elle s'approcha de la porte entrouverte du salon et risqua un coup d'œil à l'intérieur.

Michael était assis près de la fenêtre, un livre ouvert sur les genoux. Mais il ne lisait pas, il regardait la rue d'un air distrait, visiblement perdu dans ses pensées.

Rose se demanda si elle ne ferait pas mieux de le laisser tranquille et de monter tout de suite se coucher, mais au même instant il se retourna vers elle.

– Je vous dérange ? demanda-t-elle.

– Pas du tout. Je n'avais pas la tête à lire.

Il referma son livre et sourit. Les derniers rayons du soleil couchant entraient à flots par la fenêtre, formant comme un halo doré autour de ses cheveux blonds. Une nouvelle fois, Rose pensa aux dieux grecs de ses livres d'histoire. La ressemblance était vraiment frappante. Elle faillit le lui dire puis se ravisa. Il la prendrait pour une folle.

– Vous désiriez quelque chose ? demanda Michael.

Comme il disait ces mots, le soleil disparut derrière les montagnes et le halo s'évanouit. Rose rougit, honteuse du cours fantasque qu'avaient pris ses pensées.

– C'est-à-dire... balbutia-t-elle en s'asseyant près de lui. Oui, j'aurais aimé que vous me parliez de San Francisco.

– Ah, San Francisco... quelle belle ville ! La mer, le

soleil, les palaces, les théâtres qui jouent les succès du monde entier ! Mais que vouliez-vous savoir au juste ?

– Eh bien, je dois y aller la semaine prochaine et...

– Vraiment ? Qu'est-ce qui vous amène là-bas ?

– Je compte m'y installer et chercher du travail, mais je ne connais personne là-bas.

Michael secoua la tête.

– Seule ? Ce ne serait pas très raisonnable...

– Peut-être pourriez-vous m'indiquer une pension ou un petit hôtel bon marché ? Je n'ai pas beaucoup d'argent, si je pouvais trouver à me loger sans trop dépenser, je...

Sa voix s'étrangla. Michael lui avait pris la main et l'étreignait d'un geste paternel ; elle en fut si troublée qu'elle l'entendit à travers une sorte de brume.

– Je suis désolé, mademoiselle Townsend, mais je manquerais à tous mes devoirs si je vous encourageais à tenter pareille aventure. San Francisco est une belle ville mais certains quartiers sont très mal famés. Une jeune provinciale sans méfiance serait une proie facile pour les mauvais garçons, et jolie comme vous êtes...

– Vous parlez comme si j'étais une petite innocente qui ne sait rien de la vie.

– La vie à Homestead est une chose, la vie à San Francisco en est une autre...

Rose fut exaspérée par la condescendance qui perçait dans sa voix.

– Rien ne vous oblige à me renseigner, dit-elle en retirant sa main d'un geste brusque. De toute façon, cela ne change pas mes projets : je partirai par la diligence de mercredi.

Elle se leva et marcha vers la porte. Elle pensait que Michael essaierait de la retenir mais il n'en fit rien.

– Dans ce cas, je vous souhaite bon voyage, mademoiselle Townsend, soupira-t-il en reprenant son livre.

Will Rider rentra chez lui fourbu. Il venait de passer plus de quinze jours à courir les foires aux bestiaux de l'Oregon et ne rêvait plus que d'un bon repas, d'un bain chaud et d'un lit douillet.

Ce n'est pas exactement ce qui l'attendait.

– Will, comme je suis heureuse que tu sois là ! s'écria sa femme avant même qu'il ait refermé la porte. Il faut absolument que nous parlions.

Il la vit venir à lui, la flamme de la lampe allumant des reflets de braise dans ses cheveux roux. Comme elle était belle ! Aussi belle qu'au premier jour. Malgré les deux enfants qu'elle lui avait donnés, sa silhouette restait celle d'une jeune fille et son visage reflétait le charme épanoui de la maturité.

– Parler, parler... dit-il en l'attirant contre lui. Tu ne crois pas que nous avons mieux à faire ?

Et il l'embrassa longuement.

– Will, je t'en prie, c'est important ! Laura...

– Quoi, il lui est arrivé quelque chose ?

– Non, ne t'inquiète pas. Elle est dans sa chambre, elle dort – du moins je l'espère... Viens, je crois que nous ferions mieux de nous asseoir.

Will fronça les sourcils. Il ne pressentait rien de bon. Suivant sa femme près de la cheminée, il se laissa tomber dans l'un des fauteuils, attendant la suite.

Addie prit une profonde inspiration.

– Eh bien, voilà... Laura pense qu'elle est amoureuse.

– *Quoi !* Mais de qui, grands dieux ?

Il réalisa qu'il avait crié. Sa femme le regardait en se mordant la lèvre, hésitant à répondre.

– L'aîné des Barber ?

– Non.

– Le cadet, alors ?

– Non plus.

– Ne me dis pas qu'elle est amoureuse du petit Stanford ? Ce garçon est une mauviette.

– Non, ce n'est pas lui.

Will passait en revue tous les jeunes gens du bourg mais, vraiment, il ne voyait pas.

– Ne cherche pas, tu ne trouveras jamais. C'est M. Jones.

– *Yancy* ?

C'était si ridicule qu'il resta un moment interloqué. Sa fille ? Amoureuse de Yancy ? Quelle plaisanterie ! Brusquement, il partit d'un grand rire. Une plaisanterie, bien sûr ! Comment ne l'avait-il pas compris tout de suite ?

– Tu mériterais que je t'étrangle ! Et moi qui marchais, comme un idiot... On n'a pas idée de faire des farces pareilles !

Mais Addie n'avait nullement l'air de plaisanter.

– C'est très sérieux, Will. Laura jure qu'elle l'aime. Elle prétend qu'elle veut l'épouser, qu'elle mourra si on les sépare. Elle m'a aussi dit que...

– Que quoi ?

– Qu'il l'avait embrassée.

Cette fois, Will ne cria pas. La fureur le laissait sans voix.

– Ne t'emporte pas, mon chéri, dit sa femme en posant la main sur son bras. Laura n'a que dix-sept ans. Elle croit sincèrement l'aimer mais ce n'est qu'une passade comme en ont toutes les filles de son âge. Laissons faire le temps, elle s'en apercevra d'elle-même. Quant à ce M. Jones...

– Je vais aller lui dire deux mots, moi ! Et tout de suite !

– Will ?

– Laisse-moi faire. Une bonne explication d'homme à homme, et tu verras que le problème sera vite réglé.

Sur ces mots, il prit son chapeau et sortit.

La fraîcheur de la nuit lui fit du bien. Il avait l'impression que son sang bouillait dans ses veines, qu'il allait exploser s'il restait enfermé une minute de plus.

Marchant à grands pas, il traversa la cour qui séparait la maison du bâtiment des ouvriers.

Yancy Jones l'attendait, assis sur les marches.

– Je suppose que c'est moi que vous cherchez, dit-il en se levant.

Il n'avait pas fini d'écraser sa cigarette qu'un formidable coup de poing l'envoyait rouler dans la poussière. Will Rider fit craquer ses doigts, attendant qu'il se relève. Mais Yancy ne se releva pas. Il se redressa sur un coude, passa la main sur sa mâchoire et dit simplement :

– Ça venait du cœur, pas vrai ?

– Du fond du cœur !

– Je comprends. Si Laura était ma fille, j'en aurais fait autant. Je crois même que vous ne seriez pas sorti de mes mains vivant.

Will l'entendait à peine. Il n'attendait qu'une chose : qu'il se relève pour pouvoir le frapper à nouveau. Il avait *besoin*, littéralement besoin, de le frapper.

– Je suppose que vous ne me croirez pas si je vous dis que je n'ai rien fait pour encourager ses sentiments...

– Parce que c'est elle qui vous a aguiché, peut-être ? Fichez-moi le camp, Jones, et que je ne vous revoie plus !

Yancy se releva lentement, ramassa son chapeau et le tapota sur sa cuisse.

– Je pense, dit-il en regardant Will droit dans les yeux, que je ferais mieux de vous avouer mes sentiments pour elle.

– Je me fous de vos sentiments !

– Je l'aime.

Le poing de Will partit comme un boulet. Cette fois, Yancy encaissa le coup sans tomber. Il chancela, se raidit, mais ne chercha pas à riposter.

– J'avais dit à Laura que vous seriez furieux. Vous pensez que je ne la mérite pas, c'est ça ? Je le sais bien, allez... Je me le répète assez moi-même !

Qu'il se taise, bon sang ! Qu'il se taise ! pensait Will que chaque mot exaspérait un peu plus.

– Un simple cow-boy, amoureux de la fille du patron... ça ne fait pas sérieux. Je n'ai pas d'argent, pas de terres, pas de maison. Pas vraiment le gendre dont on peut rêver... Mais je vous prouverai que je suis capable de travailler dur – pour Laura.

– Laissez ma fille tranquille, gronda Will en serrant les poings. Et filez avant que je ne perde le peu de patience qui me reste.

Sur quoi, il tourna les talons.

Il n'avait pas fait trois pas que Yancy le rappelait :

– Monsieur Rider...

– Quoi encore ?

– Si Laura pense que je mérite son amour, je ferai tout pour le mériter – je veux dire, le mériter vraiment. Et si j'y arrive... si elle veut encore de moi... alors je vous demanderai sa main.

Yancy avait de la chance, Will n'avait pas son revolver sur lui. Sans quoi il lui aurait volontiers réglé son compte.

– Filez ! siffla-t-il. Et ne remettez plus jamais les pieds dans ce ranch !

5

Rose n'avait guère le cœur à écouter le sermon du révérend Jacobs. Assise au pied de la chaire à côté de sa mère, elle guettait anxieusement l'arrivée de Laura. Elle avait tant de choses à lui dire ! La veille, elle avait longuement parlé de San Francisco avec Chad Turner et les descriptions qu'il lui en avait faites enflammaient encore son imagination. Naturellement, elle n'avait pas dit à Chad qu'elle comptait partir seule là-bas – sa discussion avec Michael Rafferty lui avait servi de leçon. Le maréchal-ferrant aurait sans doute eu la même réaction. Les hommes étaient tous pareils, ils considéraient les femmes comme de pauvres créatures sans défense incapables de se débrouiller par elles-mêmes.

Rose regarda discrètement par-dessus son épaule mais, chose étrange, le banc qu'occupaient d'ordinaire les Rider était encore vide. Ils ne manquaient pourtant jamais l'office. Comme elle parcourait du regard les travées voisines, elle aperçut Michael Rafferty assis tout au fond de l'église. Il était vêtu d'une redingote noire et semblait parfaitement à son aise, contrairement aux hommes du bourg qui avaient toujours l'air guindé dans leurs vêtements du dimanche.

Leurs regards se rencontrèrent et il la salua d'un petit signe de tête, qu'elle fut la seule à remarquer, mais elle en éprouva un curieux sentiment de gêne et se détourna en rougissant.

Elle ne l'avait pas vu la veille. Il avait déjeuné à la pension pendant qu'elle travaillait au restaurant, mais il n'était pas rentré pour le repas du soir. Elle se demanda ce qui avait pu le retenir si tard. Non que sa présence lui manquât... Elle était curieuse, voilà tout.

– Et maintenant, mes frères, levons-nous et chantons.

Le révérend Jacobs fit signe à sa femme Priscilla qui tenait l'harmonium et entonna *Le Seigneur est mon berger* d'une voix à faire trembler les murs. Il chantait beaucoup trop fort, et au moins un demi-ton trop haut.

Rose regrettait la voix basse et profonde du vieux révérend Pendroy. Depuis sa mort – il y avait de cela deux ans –, elle n'allait plus à la messe avec le même plaisir. Simon Jacobs prenait sa charge à cœur, ses sermons étaient parfaits, mais chaque fois qu'elle le voyait monter en chaire, elle se disait qu'il n'avait pas l'air d'un vrai pasteur. Sans doute parce que, pour elle, un « vrai » pasteur se devait d'avoir une longue barbe blanche et une belle voix de basse...

Il y eut un murmure au fond de l'église. Les Rider venaient d'arriver et remontaient la travée vers leur banc. En voyant le visage de Laura, Rose comprit tout de suite que quelque chose de terrible lui était arrivé. Ses yeux étaient cernés, ses traits bouffis par les larmes. Jamais elle ne lui avait vu l'air si misérable même lors de son arrivée à Homestead.

Son père ne faisait même pas semblant de chanter. Il serrait si fort les mâchoires que ses lèvres n'étaient plus qu'un trait. Addie se tenait près de lui, l'air presque aussi accablée que sa fille.

Elle leur a parlé de Yancy, pensa Rose.

Elle se doutait bien que les parents de Laura ne seraient pas enchantés d'apprendre qu'elle était tombée amoureuse d'un des cow-boys du ranch, mais ils semblaient avoir pris cela encore plus mal qu'elle ne le pensait.

L'hymne s'acheva et tout le monde se rassit pour écouter le sermon. Rose se retourna vers la chaire mais elle avait peine à entendre ce que disait le pasteur. Elle n'avait qu'une envie : parler à Laura.

Michael assistait toujours à la messe. Il tenait cette habitude de son père, qui s'y pliait autant par piété que par sens des affaires. « Les gens font plus facilement confiance à quelqu'un qu'ils ont vu à l'église », affirmait-il – et c'était vrai, Michael l'avait vérifié plus d'une fois. Certes, il était croyant, mais également pragmatique, et ne perdait jamais de vue ses intérêts.

« Tu prends tes affaires trop à cœur, lui répétait toujours sa belle-mère. Il n'y a pas que le travail, dans la vie... Pourquoi n'essaies-tu pas de te marier, de fonder une famille ? Donne-toi une chance de trouver le bonheur. Ton père n'est pas un saint et cela ne l'empêche pas d'être un excellent homme d'affaires. »

Michael sentit sa gorge se nouer, comme chaque fois qu'il pensait à son père. Que John Thomas ne fût pas un saint, il le savait mieux que personne. La première fois qu'il avait rencontré Dillon, il lui avait semblé voir son propre reflet dans un miroir. Dillon était brun et lui blond, mais c'était bien la seule différence. Il aurait dû tout de suite comprendre, mais il n'avait que dix ans, et ne pensait qu'au plaisir d'avoir un nouvel ami.

John Thomas venait d'épouser Kathleen et il se sentait délaissé, exclu de leur bonheur. Il avait toujours vécu seul avec son père. L'arrivée de cette « étrangère » avait tout bouleversé, malgré les efforts qu'elle faisait pour gagner son affection.

Dillon avait été comme une bouffée d'air pur. Très vite, Michael et lui étaient devenus inséparables. Les domestiques, à qui ils jouaient des tours pendables, les avaient surnommés « les deux petits diables », et le personnel des Hôtels Palace où la famille descendait pour les vacances les voyait toujours arriver avec appréhension. Cette amitié avait duré jusqu'à leurs seize ans, qu'ils avaient fêtés à trois jours d'intervalle. John Thomas, les jugeant alors suffisamment mûrs, leur avait avoué la vérité : Dillon n'était pas simplement un orphelin que Kathleen et lui avaient adopté, c'était aussi son fils.

Depuis, l'affection que Michael portait à son demi-frère s'était changée en aversion. L'idée que son père avait trompé sa mère lui était insupportable et il ne pouvait pardonner à Dillon d'être le fruit de cette trahison.

Il ferma les yeux. Il ne voulait plus penser à tout cela. Le passé était le passé. On ne pouvait le changer, si douloureux fût-il.

Il rouvrit les yeux et regarda les gens qui l'entouraient. Des gens simples, menant des vies sans histoires. Comment pourraient-ils jamais le comprendre ?

Son regard s'attarda sur sa logeuse. Pauvre femme, comme elle paraissait vieille et usée ! Avec son petit chapeau démodé et ses épaules déjà voûtées, elle semblait l'image même de la résignation. Quel contraste avec sa fille... Michael se souvint de la façon dont Rose s'était emportée quand il avait essayé de la dissuader de partir seule à San Francisco. Peut-être avait-il eu tort après tout ? Elle avait assez de fougue et de ténacité pour réussir là où d'autres auraient à coup sûr échoué.

– Laura, attends-moi !

Rose dévala les marches de l'église et rattrapa son amie juste au moment où elle allait monter dans la voiture de ses parents.

– Je pourrais faire quelques pas avec Rose ? demanda Laura.

– Entendu, répondit son père. Mais ne tarde pas trop, il nous faut encore préparer les bagages.

Laura hocha la tête et prit le bras de son amie. Elles marchèrent jusqu'au jardin du presbytère et s'assirent sur le vieux banc où elles venaient, étant enfants, prendre leur goûter après l'école du dimanche.

– Pourquoi ton père a-t-il parlé de bagages ? demanda Rose, la gorge serrée.

Les yeux de Laura s'emplirent de larmes.

– Il a décidé d'emmener toute la famille à Boise. Il pense que la séparation me fera oublier. Il prétend que je ne sais pas ce qu'est l'amour, que je suis trop jeune... Mais il se trompe, Rose ! J'aime Yancy, je l'aimerai aussi longtemps que je vivrai !

Elle prit un mouchoir et essuya ses yeux rougis. Rose

lui prit la main. Elle ne savait que dire pour la consoler.

– Il a renvoyé Yancy, poursuivit son amie entre deux sanglots. Il l'a chassé du ranch et lui a dit de ne plus jamais remettre les pieds chez nous. Et tout ça à cause de moi. C'est tellement injuste ! Yancy n'a rien fait de mal... S'il avait de l'argent et quelques années de moins, je suis sûre que papa verrait les choses autrement, mais ce n'est qu'un cow-boy et il est nettement plus âgé que moi...

– Ne pleure pas. Tout finira par s'arranger, tu verras.

– Je l'espère... Rose, je peux te demander un service ?

– Oui, bien sûr.

Laura tira de son corsage une enveloppe soigneusement pliée.

– Avant de quitter Homestead, trouve Yancy et donne-lui ce mot de ma part.

– Tu sais où il est allé ?

– Non. J'ai entendu Frosty dire que la scierie embauchait, peut-être y est-il allé ? Si Dieu existe, Il ne le laissera pas partir avant qu'il ait lu ma lettre. Oh, Rose, j'ai si peur de le perdre !

Elle enfouit la tête dans ses mains et se remit à pleurer.

– Laura, appela Preston de l'autre côté de la haie, papa dit qu'il est temps de partir.

– Une seconde, j'arrive... Rose, tu me promets que tu ne partiras pas avant de l'avoir vu ?

– Je te le promets.

– Merci. Merci du fond du cœur. Ô Seigneur, qu'est-ce que je vais devenir sans toi ? Tu es ma seule amie.

Sa voix se brisa. Elle se leva brusquement et courut rejoindre ses parents. Rose la vit disparaître derrière la haie, elle entendit un bruit de portière, un claquement de fouet, et la voiture s'ébranla.

Il lui sembla qu'elle emportait avec elle toute une partie de sa vie.

Nichée au fond de la vallée, tout près de l'endroit où le ruisseau de Pony Creek rejoignait la rivière, la vieille ferme des Hadley disparaissait à demi sous les ronces et les clématites. Vince Stanford avait dit à Yancy qu'elle n'était abandonnée que depuis trois ans, mais c'était largement suffisant pour que la nature reprenne ses droits.

Le jeune homme s'approcha d'une des fenêtres aux carreaux brisés et risqua un coup d'œil à l'intérieur. Le plancher était recouvert d'une épaisse couche de poussière et de feuilles mortes. Des loirs avaient fait leur nid dans le vaisselier et, perché sur la cheminée, un écureuil le regardait de ses petits yeux vifs.

Eh bien, il va en falloir du travail pour remettre tout ça en état ! pensa-t-il.

Mais le travail ne lui avait jamais fait peur, et aujourd'hui il avait un but dans la vie ; il se sentait prêt à déplacer des montagnes. Laura l'aimait. Il saurait se montrer à la hauteur de son amour et prouver à son père qu'il était digne de l'épouser.

Si quelqu'un lui avait dit trois mois plus tôt qu'il ferait des projets de mariage avec la fille du patron, il l'aurait certainement traité de fou. Pourtant, c'était bien dans cet esprit qu'il était allé trouver le banquier d'Homestead, lui qui se sentait à peu près aussi à l'aise dans une banque qu'un chameau sur un lac gelé. Il pensait que Vince Stanford lui montrerait la porte sitôt qu'il prononcerait le mot de prêt mais, à sa grande surprise, non seulement il l'avait écouté jusqu'au bout, mais il lui avait en plus suggéré d'aller voir cette vieille ferme. Le prix était raisonnable et, si Yancy réussissait à trouver cent dollars d'ici deux mois, il lui avancerait le reste.

Cent dollars, ce n'était pas une petite somme... Sa selle et son cheval en valaient à peu près la moitié, mais les vendre n'était pas une solution : il en aurait besoin pour monter son ranch une fois la ferme achetée.

En attendant, il avait trouvé du travail à la scierie. Huit dollars par semaine, plus quinze autres que Mme Potter lui avait offerts en échange de divers travaux chez elle et dans son restaurant. Un ou deux autres petits boulots de ce genre, et il ne serait pas loin du compte.

Bon, le ménage ne va pas se faire tout seul, se dit-il, revenant brusquement au présent. Il accrocha son chapeau à une branche d'aubépine, retroussa ses manches et entra dans la maison. Le tour du propriétaire fut vite fait. Il n'y avait que trois pièces : une cuisine, une chambre et un grenier. Un bon nettoyage et une couche de lait de chaux leur donneraient certes meilleure allure, mais Laura pourrait-elle se contenter de si peu ?

Le découragement le saisit. N'était-ce pas une folie de croire qu'elle pourrait être heureuse dans cette petite ferme, avec un homme comme lui ?

S'efforçant de chasser les doutes qui l'assaillaient, il cala la porte avec une chaise et se mit au travail. Il pensait à Laura, à ses lèvres si douces, à son sourire confiant quand ils s'étaient quittés près du ruisseau. Peut-être était-il fou de croire qu'il pourrait un jour l'épouser, mais il se battrait jusqu'au bout avant d'y renoncer.

6

L'argent avait disparu !

Rose retourna le coffret et éparpilla fébrilement son contenu sur le lit. Une bille, quelques rubans, des épingles à cheveux... mais plus le moindre billet. Elle était pourtant sûre de les avoir rangés là. Elle l'avait constaté la veille, en y ajoutant sa paie de la semaine.

Mark !

Rose sentit monter en elle une fureur sans nom. Ces quarante-huit dollars représentaient quatre mois de travail au restaurant, six jours sur sept. Comment son frère avait-il osé entrer dans sa chambre, fouiller ses affaires et faire main basse dessus ? Comment avait-il osé, alors qu'elle avait si désespérément besoin de cet argent pour quitter Homestead ?

D'un geste machinal, elle remit les objets dans le coffret. Même les plus précieux – le tour de cou en velours que sa mère lui avait offert pour ses quinze ans, la bille de marbre veiné dont Laura lui avait fait cadeau avant de partir en pension – n'avaient de valeur que pour elle. Mark ne s'y était pas trompé, d'ailleurs, sans quoi il les aurait emportés aussi.

Il ne s'en tirera pas comme ça !

Refermant rageusement le coffret, Rose se rua vers l'escalier. Elle l'obligerait à rendre ce qu'il lui avait volé, dût-elle aller faire un scandale au saloon.

Elle n'eut pas besoin d'aller si loin. Mark était tranquillement installé dans le salon, un verre dans une main, une bouteille de whisky dans l'autre. On aurait dit qu'il l'attendait.

– Tu me cherchais, demi-portion ? demanda-t-il d'une voix traînante.

Ce surnom ridicule acheva de mettre Rose hors d'elle. Elle était si furieuse que les mots lui manquaient.

– Je suppose que maman est allée dîner chez les McLeod, comme tous les dimanches ? poursuivit son frère en se versant une généreuse rasade de whisky. J'espère qu'elle a quand même préparé à manger... Sinon, tu ferais bien de t'y mettre tout de suite : je meurs de faim.

Parce qu'il pensait peut-être qu'elle allait lui faire la cuisine ? Rose serra si fort les poings que les ongles s'incrustèrent dans ses paumes.

– Rends-moi ce que tu m'as pris ! siffla-t-elle.

– Moi ? Je t'ai pris quelque chose ?

– Ne fais pas l'innocent, tu sais très bien ce que je veux dire.

Mark but une gorgée de whisky et s'assit confortablement dans son fauteuil, l'air satisfait.

– Excellent, dit-il avec un claquement de langue appréciateur. Pas donné, mais excellent. On dirait le petit Jésus en culotte de velours qui vous descend dans le gosier. Tu veux goûter, sœurette ?

– Rends-moi l'argent que tu m'as volé !

– Volé, volé, tout de suite les grands mots ! Un petit emprunt, tout au plus... Regarde-moi cette merveille, on dirait de l'ambre.

Rose lui arracha le verre des mains et le jeta de toutes ses forces contre le mur. Il explosa littéralement, répandant une myriade de gouttelettes brunes sur la tapisserie et sur le plancher.

– Comment as-tu osé prendre mes économies ?

Avant que son frère ait eu le temps de réagir, elle balaya la table d'un revers de main, envoyant la bouteille rouler sur le tapis.

Cette fois, Mark se leva d'un bond. Il était blême. Ses mains tremblaient.

– Ça, tu vas me le payer ! hurla-t-il en l'empoignant par le bras.

Mais Rose était trop furieuse pour avoir peur de lui. Elle se dégagea d'un geste brusque et se mit à crier :

– Je veux mon argent ! Tout de suite, tu m'entends ?

– Ton argent, tu viens d'en renverser la moitié sur le tapis, pauvre idiote ! Quel gâchis... un whisky à vingt dollars la bouteille !

La gifle partit sans qu'il la vît venir.

– Espèce... espèce de petite garce ! bredouilla-t-il en portant la main à sa joue.

Rose esquiva le premier coup mais le second la jeta à terre. Sa tête heurta le pied de la table. Ses oreilles se mirent à bourdonner. Des étoiles dansaient devant ses yeux. Aveuglée par la colère, elle se releva pourtant et bondit sur son frère toutes griffes dehors.

– Voleur ! Sale voleur ! Si tu crois que je vais...

Un revers magistral l'arrêta net dans sa tirade. Elle perdit l'équilibre et s'affala contre le mur. Sa lèvre saignait mais Mark était déjà sur elle, la frappant à coups de pied.

– Lève-toi, la leçon n'est pas terminée, gronda-t-il en l'empoignant par les cheveux pour l'obliger à se lever.

Elle se sentit soulevée de terre comme une marionnette et, presque aussitôt, une douleur fulgurante explosa dans sa tempe. Elle laissa échapper un cri et ferma les yeux.

– Ne recommence jamais ça, tu entends ?

A demi évanouie, Rose attendait le coup de grâce quand elle entendit la voix de Michael :

– Ça suffit, Townsend. Lâchez-la.

Elle ouvrit les yeux et le vit qui bloquait le bras de Mark.

– Mêlez-vous de ce qui vous regarde ! siffla son frère en essayant de se dégager.

– Passé un certain stade, ce genre d'histoire regarde tout le monde. Lâchez-la, je ne le répéterai pas deux fois.

Mark s'exécuta, la repoussant si brutalement qu'elle dut se rattraper à la table pour ne pas tomber. Encore chancelante, elle le vit se ramasser sur lui-même et bondir sur Michael. Dieu merci, celui-ci fut plus rapide. Son poing gauche s'écrasa contre la mâchoire de Mark tandis que le droit le cueillait au creux de l'estomac. Le souffle coupé, son frère recula en titubant. Michael n'attendit pas qu'il se ressaisisse, il lui envoya un dernier crochet au ventre qui le laissa inconscient sur le sol.

– Ça va ? Vous n'êtes pas blessée ? demanda-t-il en se retournant vers Rose.

– Non... non, je ne pense pas.

– Vous feriez mieux de vous asseoir. Vous tremblez comme une feuille. Venez, sortons d'ici avant qu'il ne se réveille.

Rose jeta un regard hébété à son frère et hocha la tête. Elle esquissa un mouvement vers la porte mais ses jambes refusaient de la porter. Ce n'était pas tant la douleur qui la paralysait que la peur – une peur panique qui faisait battre son cœur à grands coups désordonnés. Elle venait de réaliser que Mark aurait pu la tuer. Tout simplement la tuer. A cette pensée, son front se couvrit de sueur et un voile noir tomba devant ses yeux. Michael eut à peine le temps de la rattraper, il la souleva comme une enfant et l'emporta vers sa chambre. Rose reprit connaissance alors qu'il poussait la porte. Elle se débattit, affolée.

– Ne vous inquiétez pas, murmura-t-il. Vous n'avez rien à craindre.

Trop épuisée pour résister, elle laissa rouler sa tête sur son épaule et referma les yeux. Elle avait sans doute tort de lui faire confiance mais elle n'avait plus la force de lutter. Il l'étendit doucement sur le lit et, tandis qu'il ramenait la couverture sur elle, elle se sentit glisser dans une bienheureuse torpeur. Le retour de son père, son argent envolé, son corps si douloureux, tout cela n'était qu'un mauvais rêve. Plus rien ne comptait que la main de Michael, si fraîche, sur son front.

Lorsque Michael redescendit au salon, Mark était déjà parti. Dommage, il l'aurait volontiers jeté dehors avec perte et fracas. Il n'était pas d'un tempérament violent et détestait se mêler des querelles de famille – il avait bien assez de problèmes chez lui sans s'occuper de ceux des autres ! – mais, quand il avait vu cet ivrogne frapper Rose, son sang n'avait fait qu'un tour. Jamais il n'aurait cru un homme capable d'une telle sauvagerie.

S'efforçant de réfléchir froidement à la situation, il ramassa la bouteille de whisky sur le tapis et se mit en devoir de rassembler les plus gros morceaux du verre cassé. Après ce qui s'était passé, il y avait de grandes chances que Mme Townsend le jette dehors. Il en serait quitte pour chercher un autre logement. Le plus ennuyeux, c'est que l'histoire risquait de revenir aux oreilles de son père et de le desservir dans la compétition qui l'opposait à Dillon. Enfin, ce qui était fait était fait... D'ailleurs, il ne regrettait nullement son geste. Mark aurait pu tuer sa sœur, de la façon dont il la frappait.

Sentant sa colère revenir, Michael fit un effort pour se maîtriser. Ce n'était pas la peine d'en rajouter. Dorénavant, il éviterait soigneusement de se mêler des affaires de Rose. Elle voulait partir pour San Francisco ? Grand bien lui fasse ! Il serait soulagé de la voir monter dans la diligence.

– Monsieur Rafferty, que s'est-il passé ?

– Rien de grave, madame Townsend. Juste un petit accident.

Le regard de Virginia tomba sur la bouteille de whisky.

– Je croyais vous avoir dit que l'alcool était interdit dans la maison.

– Je sais. Cette bouteille n'est pas à moi.

– C'est... c'est Mark qui l'a apportée ?

– Oui.

Virginia parut se tasser sur elle-même. Elle secoua la tête d'un air résigné et tendit la main vers Michael.

– Donnez, monsieur Rafferty. Ce n'est pas à vous de nettoyer les saletés de mon fils.

Il hésita une seconde puis lui donna les débris de verre. Elle avait raison, il n'était pas là pour jouer les femmes de ménage. Ni les redresseurs de torts. Désormais, elle et sa fille devraient se débrouiller seules.

Recroquevillée dans son lit, les bras serrés sur sa poitrine, Rose fixait le mur d'un regard vide. Tout son corps lui faisait mal et elle sentait que son visage commençait à enfler. Il lui restait un arrière-goût de sang dans la bouche, douceâtre et amer à la fois. Aussi amer que l'était son cœur.

Comment avait-elle pu être assez sotte pour agir comme elle l'avait fait ? Non seulement elle avait perdu toute chance de récupérer ce qui pouvait rester de son argent, mais elle se retrouvait clouée au lit, incapable de bouger fût-ce le petit doigt sans grimacer de douleur.

Comment pourrait-elle quitter Homestead, maintenant ? Il faudrait un miracle pour qu'elle réussisse à s'enfuir avant le retour de son père !

Elle se rappela le dernier coup que lui avait porté Mark, juste avant que Michael n'arrive – quelque chose entre la gifle et le coup de poing. C'était une spécialité de Glen Townsend. Elle en gardait encore un souvenir cuisant.

Le désespoir la gagna. Dix ans... dix ans que son père était parti et il suffisait qu'elle pense à lui pour éprouver le même mélange de terreur et de haine qu'il lui inspirait enfant. Qu'est-ce que ce serait si elle se retrouvait face à lui ?

7

Le lendemain matin, Rose examina son visage dans le miroir. L'œil droit était si gonflé qu'elle pouvait à peine l'ouvrir et un énorme bleu marquait sa pommette gauche. Elle l'effleura du bout des doigts mais ce seul contact la fit tressaillir.

Je ne peux pas aller au restaurant comme ça.

L'image de sa mère, obligée de se terrer chez elle après les rossées de son mari, lui revint en mémoire et son cœur se serra.

Sans argent, pas de fuite possible. Elle était prise au piège.

Elle marcha avec difficulté jusqu'à l'armoire et en tira une jupe et un chemisier. Les enfiler fut une torture, de même que lacer ses souliers et verser l'eau dans la cuvette de porcelaine pour faire sa toilette.

Seigneur, se dit-elle, jamais je n'arriverai à descendre l'escalier... A cette pensée, elle sentit un tel découragement que les larmes lui montèrent aux yeux. Elle les essuya hâtivement. Pleurer ne servait à rien. Ce qu'il fallait, c'était se battre, et surtout y croire, envers et contre tout. Ce n'était pas parce que Mark avait pris ses économies qu'elle devait renoncer à son départ pour San Francisco. Ni parce qu'elle ressemblait à un monstre de foire qu'il fallait rester là à ruminer des idées noires.

Elle prit son sac, y glissa la lettre de Laura et sortit de sa chambre. D'abord, elle irait au restaurant. Elle expliquerait à Mme Potter qu'elle devait repousser son départ et elle lui demanderait si elle pouvait garder sa place encore quelque temps. Avec un peu de chance, sa patronne n'aurait encore trouvé personne pour la remplacer.

Ensuite, il fallait qu'elle trouve Yancy Jones pour lui

donner la lettre. Elle l'avait promis à Laura. Son amie comptait sur elle.

Rose descendit l'escalier sans faire de bruit. Elle ne voulait pas réveiller sa mère. La veille, elle avait réussi à l'éviter, prétextant une mauvaise migraine pour garder la chambre, et elle n'avait pas encore le courage de l'affronter. La pauvre femme avait déjà assez de soucis, et puis... Et puis, elle était bien capable de prendre la défense de Mark. Pour elle, les hommes de la famille avaient toujours raison, quoi qu'ils fassent.

Rose prit son chapeau à large bord sur la patère de l'entrée, l'enfonça autant qu'elle put sur son front et noua le ruban, essayant de cacher le plus possible son visage.

Elle s'arrêta net en découvrant Michael debout sur la première marche du porche. Il était trop tard pour battre en retraite. Il avait entendu la porte grincer et se tournait déjà vers elle.

– Bonjour, mademoiselle Townsend.

– Bonjour, monsieur Rafferty.

Elle posa la main sur la rampe, pensant qu'il s'écarterait pour la laisser passer, mais il n'en fit rien. De sorte qu'elle resta là, son sac à la main, quelque peu interdite.

Comme elle se tenait debout sur la dernière marche et lui sur la première, leurs visages se trouvaient exactement à la même hauteur. Et si proches que c'en était presque gênant. Rose voulut détourner le regard, mais les yeux de Michael l'attiraient comme des aimants. Ils n'étaient pas d'un bleu uniforme, comme elle l'avait cru tout d'abord, mais pailletés de vert avec, sur le pourtour de la prunelle, un cerne indigo plus foncé. Elle essaya de déchiffrer leur expression – une tendre inquiétude où se mêlait peut-être un soupçon de pitié.

– Excusez-moi, dit-elle, la gorge si serrée que sa voix n'était qu'un murmure. Si vous voulez bien me laisser passer...

– Juste un mot. Je voulais vous dire, pour hier soir...
– Je préfère ne pas en parler.
– Bon, comme vous voudrez.

Il faillit ajouter quelque chose mais finalement s'écarta sans rien dire. Rose passa devant lui, les joues en feu. Et c'est alors qu'elle eut une idée lumineuse.

– Monsieur Rafferty ? dit-elle en se retournant brusquement.
– Oui ?
– Je... j'aurais une faveur à vous demander.
– Allez-y !
– Eh bien, voilà... Est-ce que vous pourriez m'emmener avec vous quand vous rentrerez à San Francisco ?
– Je vous demande pardon ?
– Il faut absolument que j'aille là-bas et je n'ai pas assez d'argent pour payer le voyage. Je ne vous dérangerai pas, je vous le promets. J'ai un appétit d'oiseau, je peux dormir sur une chaise... Et, bien sûr, je vous rembourserai jusqu'au dernier *cent* dès que j'aurai trouvé du travail.

Elle avait débité tout cela d'un trait, comme on se jette à l'eau. Elle attendait la réponse, suspendue à ses lèvres.

– Je suis désolé, mademoiselle Townsend, mais c'est tout à fait impossible. Je suis ici pour affaires, je n'envisage pas de rentrer chez moi avant plusieurs mois.

Rose sentit monter en elle une furieuse envie de pleurer, de supplier, d'implorer. Craignant d'y succomber, elle bredouilla une vague excuse et s'en fut aussi vite qu'elle le put.

Doris McLeod sentait tout le poids de ses cinquante-huit ans, ce matin-là. Son lumbago s'était réveillé et son arthrose la faisait tellement souffrir qu'elle avait peine à tenir sa tasse de café. Clouée sur sa chaise, elle regardait avec envie Zoé qui s'activait dans la cuisine du restaurant. Où diable trouvait-elle une pareille énergie ? On aurait dit qu'elle était partout à la fois.

– Assieds-toi, ma chérie, tu m'épuises ! soupira-t-elle au bout d'un moment.

Zoé sourit d'un air amusé, se servit une tasse de café et tira une chaise pour s'asseoir près d'elle.

– Tu as raison, dit-elle en ramenant en arrière une mèche qui s'était échappée de son chignon. Une petite pause ne me fera pas de mal. Ouf, heureusement que les vacances approchent ! Ce sera plus facile de trouver une serveuse une fois l'école finie.

– Rose va vraiment te quitter ? Elle changera peut-être d'avis.

– Non. Elle s'est fourré dans la tête de partir à San Francisco, et rien ne l'en fera démordre.

– A San Francisco ? Toute seule ?

– Je suppose que oui. Virginia ne peut guère quitter la pension, surtout avec la saison qui arrive. Quant à Mark...

Doris hocha la tête. Mark Townsend était bien la dernière personne qu'elle pouvait imaginer dans le rôle de chaperon. Cynique, brutal, toujours à moitié ivre – tout le portrait de son père ! C'était bien simple, il ne se passait pas une semaine sans que son mari soit obligé de l'arrêter pour trouble à l'ordre public.

Zoé soupira.

– Pauvre Virginia ! Ça ne va pas être facile pour elle, une fois Rose partie. Toute seule pour s'occuper de cette grande maison, avec la petite santé qu'elle a...

– D'autant que ce n'est pas Mark qui l'aidera à faire les courses ou à frotter les parquets.

– Pour ça, non. Quand je vois la façon dont il se conduit avec elle, je remercie le ciel d'avoir les filles que j'ai. Elles ne sont pas parfaites, loin de là, mais du moins je peux compter sur elles. C'est comme tes petits-enfants : je n'ai jamais vu deux gosses aussi serviables.

– Oui, j'ai vraiment de la chance. Tommy est le portrait craché de son père quand il était petit. Tom aurait été fier de lui. Ça me fend le cœur de penser qu'il ne l'aura même pas vu avant de...

Doris essuya furtivement une larme, comme chaque fois qu'elle évoquait la mort de son fils. La naissance de Tommy avait été le seul rayon de soleil au milieu de cette tragédie, la lueur d'espoir qui lui avait donné la force de surmonter ce drame.

Zoé se pencha vers son amie et posa doucement la main sur son épaule.

– Tom et Maria seraient fiers de ces deux petits. Vraiment fiers. Ils sont polis, travailleurs, toujours pleins d'entrain... Tu les as vraiment bien élevés.

Doris esquissa un sourire. Oui, elle était assez contente d'elle – même si, l'âge venant, il lui arrivait de trouver Tommy bien turbulent. C'était loin d'être une terreur, mais il avait maintenant neuf ans et de l'énergie à revendre. Dieu merci, Sarah était plus posée. Elle passait le plus clair de son temps à lire et à rêvasser. Une brave petite. Un peu tête en l'air, mais toujours prête à rendre service.

La porte donnant sur la rue s'ouvrit et Rose entra. Elle portait un chapeau à large bord enfoncé jusqu'aux yeux, si bien qu'on ne voyait que le bas de son visage. Une fraction de seconde, Doris eut l'impression de se trouver devant Virginia. Elle n'aurait su dire pourquoi.

– Excusez-moi, madame Potter, dit la jeune fille d'une voix embarrassée. Je ne pourrai pas venir travailler aujourd'hui. Je... j'ai eu un petit accident.

Elle releva un peu la tête et Doris étouffa un cri.

– Mon Dieu, Rose, que t'est-il arrivé ?

– Rien de grave. J'ai bêtement trébuché dans l'escalier. Je ne me suis pas vraiment blessée mais... Enfin, je ne voudrais pas me montrer devant les clients dans cet état.

– Bien sûr, dit Zoé. Je comprends tout à fait.

– Il y a autre chose, madame Potter, reprit la jeune fille après une hésitation. Je ne vais pas pouvoir partir à San Francisco tout de suite. Alors je me demandais... je me demandais si je ne pourrais pas garder ma place encore quelque temps – si vous ne l'avez pas déjà promise à quelqu'un, bien sûr.

– Je n'ai rien promis à personne. Et quand même je l'aurais fait, je ne voudrais pas perdre une serveuse comme toi.

– Merci, madame Potter. Merci du fond du cœur. Je reviendrai mardi, j'espère que je serai plus présentable. Excusez-moi, il faut que j'y aille, maintenant...

Sitôt après son départ, Doris et Zoé échangèrent un regard consterné. Ni l'une ni l'autre n'étaient dupes.

– Ce genre de chose doit bien être puni par la loi, dit Zoé. Ton mari ne peut rien faire ?

– Tu sais, les histoires de famille... Je lui demanderai de parler à Mark mais je doute que cela donne grand-chose.

Yancy ne pouvait pas dire que son nouveau travail l'enchantait. Enfermé toute la journée entre quatre murs, à respirer de la poussière au milieu d'un vacarme assourdissant... Il préférait de loin s'occuper de bétail. Au moins, on était au grand air et on pouvait écouter les oiseaux chanter. Enfin, le patron de la scierie le payait correctement, et cela l'aidait à trouver le temps moins long.

– Jones ! Quelqu'un te demande.

Yancy se retourna et vit à l'entrée du hangar une silhouette féminine se découpant dans le contre-jour. Laura ? Mais non, Laura était bien plus grande...

– Je reviens tout de suite, dit-il en se tournant vers Ted Wesley.

Il ne reconnut Rose que lorsqu'il fut pratiquement devant elle – et plus à sa minceur et à sa petite taille qu'à ses traits, car il distinguait à peine son visage dissimulé sous un grand chapeau.

– Je suis désolée de vous déranger, monsieur Jones, dit-elle en faisant un pas vers lui. Laura m'a donné quelque chose pour vous avant de quitter Homestead.

– Quitter Homestead ? répéta Yancy, alarmé.

– Ses parents l'ont emmenée à Boise pour quelque temps.

– Ah !

Il soupira, soulagé.

– Monsieur Jones, reprit la jeune fille, Laura vous aime. Elle vous aime vraiment. Je l'ai vue avant son départ, elle était très malheureuse à l'idée de vous perdre. Alors j'espère que vous l'aimez aussi. Parce que, sinon, cela lui brisera le cœur.

Yancy fut frappé par le ton solennel sur lequel elle avait prononcé ces mots. Il chercha son regard, mais l'ombre du chapeau l'empêchait de distinguer ses yeux.

– Vous disiez qu'elle vous avait donné quelque chose pour moi ?

– Une lettre. Tenez, la voici.

D'une main tremblante, il prit l'enveloppe qu'elle lui tendait.

– Mademoiselle Townsend ?

– Oui ?

– Je ne désire qu'une chose : le bonheur de Laura. Je veux que vous le sachiez.

La jeune fille hocha la tête et se détourna. Yancy la suivit un moment des yeux puis regarda à nouveau la lettre. Plusieurs minutes s'écoulèrent avant qu'il ne trouve le courage de l'ouvrir.

Mon cher Yancy,

Quand vous lirez ces lignes, je serai sans doute déjà à Boise, où mon père a décidé d'emmener toute la famille pour quelque temps. Il pense que l'éloignement changera mes sentiments pour vous. Mais il a tort.

Vous avez perdu votre travail par ma faute, je n'aurais jamais dû lui dire que je vous aimais. Il n'a rien compris. Peut-être est-il trop vieux, son cœur s'est endurci... En tout cas, je suis sûre qu'il n'a jamais éprouvé ce que j'éprouve en ce moment, sans quoi il n'aurait pas eu la cruauté de m'arracher à vous, car il aurait compris qu'il m'arrachait à la vie.

Je vous en supplie, quoi qu'il arrive, ne quittez pas Homestead. Je reviendrai et, dès que je serai là, je courrai vous rejoindre. Rien ne pourra m'en empêcher, je vous le jure.

A tout jamais vôtre,

Laura.

Yancy replia la lettre avec un sourire triste. Elle était si passionnée, si excessive quand elle parlait de ses sentiments. Il n'arrivait pas à comprendre comment elle avait pu tomber amoureuse d'un homme aussi ordinaire que lui.

Sans doute n'était-ce qu'un caprice passager, comme l'espérait son père. Mais il y avait également une chance – une toute petite chance – qu'elle l'aime vraiment et que son amour survive à l'éloignement.

Yancy s'accrochait à cet espoir comme un naufragé à sa bouée.

8

Glen Townsend arrêta son cheval à l'entrée de la ville et parcourut du regard la grand-rue. Bien des choses avaient changé, depuis son départ ; de nouvelles maisons, de nouveaux commerces, et même une banque. Pourtant, Homestead avait gardé son allure de petit bourg campagnard. Le chemin de fer ne venait toujours pas jusque-là et il fallait une journée de diligence pour atteindre la première ville un peu importante. Quinn Tracy avait raison : c'était une planque idéale.

Townsend se retourna vers l'homme qui chevauchait à ses côtés. Le visage de Mad Jack était pareil à un masque : impassible, indéchiffrable. Un drôle de type, vraiment...

Ils s'étaient connus en prison et, comme ils avaient été libérés le même jour, ils avaient décidé de rester ensemble. Sur le chemin, Mad Jack avait volé des chevaux et s'était également chargé de régler le compte des propriétaires lorsque ceux-ci avaient voulu se rebiffer. Là où ils étaient, on pouvait être sûr qu'ils n'iraient porter plainte contre personne.

– Viens, Jack. Ma maison est à l'autre bout de la ville.

Tandis qu'ils descendaient la rue, Townsend remarqua qu'une nouvelle scierie avait été construite au bord de la rivière. Sur la façade, on pouvait lire en grosses lettres noires : *Homestead Bois et Charpentes*. Quelqu'un avait donc pris la relève de Tom McLeod !

Autre changement de taille, Homestead avait maintenant son saloon. Townsend nota avec plaisir que celui-ci se trouvait à deux pas de la pension de famille. Sitôt après avoir mangé, il irait y faire un tour, histoire de tester la qualité du whisky.

– Voilà, on y est, dit-il en descendant de cheval.

La pension avait changé, elle aussi. On avait construit une petite véranda, un porche au-dessus des marches de l'entrée, et la façade avait été repeinte. L'ensemble avait un petit air pimpant qui le surprit agréablement. Il n'avait pas vraiment envie de revenir et, quand Quinn Tracy lui avait dit qu'ils n'iraient pas tout de suite récupérer l'argent à leur sortie de prison, il avait tout d'abord protesté.

– Pourquoi ? Ce magot nous a attendus assez longtemps, non ?

– Mieux vaut se tenir peinards, du moins tant que la police nous aura à l'œil. Retourne chez ta femme et joue les types rangés, je viendrai te retrouver en juillet. On ira chercher l'argent ensemble. Et ensuite, à nous la belle vie ! Le Mexique, le Chili, le Brésil...

Townsend remarqua l'enseigne toute neuve, au-dessus de la porte : *Pension de famille, Long Bow Valley*. Ça sonnait bien. Virginia s'était plutôt bien débrouillée, pendant son absence. Si elle savait se tenir à sa place, ce petit séjour à Homestead ne serait pas si désagréable...

Townsend attacha son cheval et se dirigea vers l'entrée, Mad Jack sur ses talons. Il regrettait presque d'avoir averti sa femme de son arrivée : la tête qu'elle aurait faite en le voyant débarquer sans crier gare après presque dix ans !

Il poussa la porte et marcha droit vers la cuisine, d'où s'échappaient des bruits de vaisselle. Virginia sursauta en l'entendant entrer. Elle se retourna, blêmit, et lâcha l'assiette qu'elle tenait à la main.

– Toujours aussi adroite, à ce que je vois, dit Townsend tandis qu'elle s'empressait de ramasser les morceaux.

Il la trouvait vieillie. Avec ses cheveux presque gris, ses épaules voûtées, et son visage sillonné de rides, on lui donnait facilement dix ans de plus que son âge. De toute façon, elle n'avait jamais été très jolie. Il s'était même souvent demandé ce qui l'avait poussé à l'épouser.

– Mad Jack, un ami. Il va rester avec nous quelque temps. Tu nous sers à manger ? On meurt de faim.

Elle le regardait bêtement, son assiette cassée à la main, incapable de faire un geste.

– Eh bien, tu es sourde ou quoi ? Je t'ai dit qu'on avait faim !

Le changement de ton la tira de sa torpeur. En un clin d'œil, le couvert fut mis et une cocotte fumante arriva sur la table.

– Un reste de ragoût de mouton... Je suis désolée, je n'ai rien d'autre de prêt. Tu ne devais pas arriver avant la semaine prochaine...

– Ça ira, grommela Townsend en se laissant tomber sur une chaise.

Et il se mit à manger et ne leva plus les yeux de son assiette.

Rose salua les derniers clients, finit de desservir et rapporta la vaisselle en cuisine. Plus qu'une heure, et je serai chez moi, pensa-t-elle. Quelle journée, j'ai cru qu'elle ne finirait jamais !

Elle avait repris le travail après trois jours de repos, pensant ingénument qu'un peu de poudre de riz suffirait à cacher ses bleus, en vain. Tous les clients lui avaient demandé ce qui lui était arrivé. Elle avait dû répéter vingt fois son histoire de chute dans l'escalier, avec l'impression que les gens hochaient la tête pour ne pas l'embarrasser tout en sachant parfaitement qu'elle mentait. Une horreur !

– Ça va, Rose ? demanda Zoé en levant les yeux du saladier où elle pétrissait sa pâte à tarte.

– Ça va.

– Tu peux rentrer chez toi, tu sais. Esther et Faith seront bientôt là pour le service du soir, et je peux très bien faire ce peu de vaisselle.

– Ça ne m'ennuie pas de rester.

Attrapant un torchon pour ne pas se brûler, elle prit la bouilloire sur le fourneau et en versa le contenu dans l'évier.

– Tu sais ce que m'a appris Emma ? M. Rafferty, le pensionnaire de ta mère... Eh bien, il a acheté un terrain à Homestead pour construire un hôtel.

– Ah oui ? dit Rose.

Absorbée par ses pensées, elle n'avait pas du tout écouté ce qu'avait dit Zoé.

– C'est tout l'effet que ça te fait ? Tu as vu ses manières, sa façon de s'habiller ? Ce n'est visiblement pas n'importe qui. Si un homme comme lui décide de se lancer dans une aventure pareille, il doit avoir de solides raisons. Doris pense qu'il sait quelque chose que nous ignorons encore. Quelque chose qui transformera Homestead en une ville importante, tu imagines ?

Rose n'avait qu'une vague idée de ce que pouvait être une ville importante. Boise ? Elle n'y avait jamais mis les pieds mais ses quelques milliers d'habitants lui donnaient déjà le vertige. Et San Francisco était encore bien plus grand ! Que pouvait-on ressentir, dans une ville de cette taille ? Elle ne le saurait pas avant d'avoir réussi à mettre à nouveau assez d'argent de côté pour y aller.

Comme elle se disait cela, Rose réalisa qu'elle ne s'était jamais vraiment préoccupée de savoir si ses quarante-huit dollars auraient suffi à payer la diligence puis le train jusqu'à San Francisco. Au fond, elle s'en moquait. Elle se disait qu'au pire elle ferait le voyage par étapes, en s'arrêtant pour travailler quand elle se trouverait à court d'argent. Cela paraissait si simple.

Elle eut tout à coup très peur. Une peur comme elle n'en avait jamais éprouvé. Son père allait arriver d'un jour à l'autre et elle n'avait aucun moyen de partir. Le souvenir d'un grand homme brun, aux poings d'acier et à la voix de tonnerre, surgit de sa mémoire tel un spectre. Il avait été le cauchemar de son enfance. Elle le détestait tellement qu'un jour, à l'église, elle avait supplié Dieu de l'en débarrasser. Elle savait que c'était un péché, mais ç'avait été plus fort qu'elle.

Et Dieu l'avait exaucée. Son père était parti. Seulement, avant de partir, il avait tué Tom McLeod et incendié sa scierie.

Rose en était certaine mais elle n'en avait jamais parlé à personne, pas même à Laura. Enfant, parce qu'elle avait trop peur que son père ne revienne à Homestead. Plus tard, apprenant sa condamnation pour attaque de banque, elle avait estimé que la prison était un châtiment suffisant pour ce qu'il avait fait. Et aussi, pour être tout à fait honnête, parce qu'elle pensait ne jamais le revoir. Comme elle s'était trompée !

– Rose ?

Le contact de la main de Zoé sur son épaule la fit sursauter.

– Rose, ma chérie, tu te sens bien ? Viens donc t'asseoir, tu es blanche comme un linge. Seigneur, mais tu ne tiens plus sur tes jambes ! Appuie-toi sur moi. Là, comme ça...

– Madame Potter...

– Ne parle pas. Prends cette chaise, je vais te chercher un verre d'eau. Tiens, bois, ça te fera du bien.

– Excusez-moi, madame Potter. Je... je crois que je ferais mieux de rentrer, tout compte fait.

– Mais bien sûr. Tu ne veux pas attendre un peu ? Esther va arriver, elle pourrait te raccompagner.

– Merci, ça va aller.

Elle se leva péniblement et défit son tablier.

– Laisse, je le rangerai, dit Zoé, voyant qu'elle chancelait. Tu es sûre que tu veux rentrer tout de suite ?

– Oui, je préfère.

– Alors, va vite te coucher. Et si tu ne te sens pas mieux demain, surtout n'hésite pas : reste au lit.

Rose hocha faiblement la tête et sortit. Elle avait l'impression que tout tanguait autour d'elle.

On était à la mi-mai, pourtant le soleil était aussi

chaud qu'en juillet et il n'y avait pas un nuage à l'horizon.

Arrivé en haut de Tin Horn Pass, Michael arrêta son cheval à l'ombre d'un pin pour contempler le paysage qui s'étendait à ses pieds. De gros troupeaux paissaient dans les alpages, et là-bas, au fond de la vallée, les prés et les champs fraîchement labourés dessinaient un patchwork brun et vert où la rivière courait comme un fin ruban bleu.

Michael avait quitté Homestead à l'aube pour explorer Long Bow Valley et ses environs. Il était rentré une heure auparavant au moment où le soleil commençait à baisser.

Ce qu'il avait vu l'avait impressionné : de vastes ranchs, des fermes prospères, de gros villages qui commençaient à prendre des allures de bourgs. D'après ce qu'on lui avait dit, les mines et les coupes forestières des montagnes étaient florissantes, et l'accession de l'Idaho au statut d'Etat n'était plus qu'une question de semaines. Cela provoquerait à coup sûr un afflux de population dont Homestead aurait sa part. Et puis, il y avait ce projet de ligne de chemin de fer – une extension de l'Oregon Short Line qui désenclaverait la région et donnerait un coup de fouet à son économie.

Michael savait que John Thomas ne l'avait pas envoyé ici dans le but qu'il fasse faillite au bout de quelques mois. Pourtant, jusqu'ici, ce projet d'hôtel lui avait semblé sinon chimérique, du moins téméraire. Dans le fond, il se demandait si Dillon n'avait pas de bonnes chances de gagner cette compétition.

Ce qu'il avait appris aujourd'hui avait complètement changé son état d'esprit. Il se sentait à nouveau confiant, sûr que les Hôtels Palace seraient à lui, il était prêt à relever le défi.

Car monter un hôtel à Homestead était bel et bien un défi. Il n'était pas question d'attirer dans cette vallée perdue la clientèle d'hommes d'affaires et de diplomates à laquelle il était habitué. Cette fois, il s'agissait de loger des fermiers, des bûcherons, des mineurs. Cela pouvait sembler plus modeste, et pourtant cette perspective l'exaltait.

Michael souleva son Stetson et essuya la sueur qui perlait à son front. Il était temps de se remettre en route. Son regard parcourut la vallée, les flancs boisés des montagnes, leurs pics dentelés qui se découpaient sur l'azur sans tache. Dieu que ce pays était beau ! Rude, sauvage, et pourtant si serein. A le contempler, il sentait monter en lui un désir d'aventure et de défi qui lui gonflait le cœur.

Un sentiment de paix, aussi.

Il sourit. L'espace d'un instant, il avait oublié jusqu'à l'existence des Hôtels Palace. Qui sait, peut-être que l'année à venir lui apporterait bien plus qu'il n'avait pensé ?

Rose poussa la porte de la cuisine et se figea sur le seuil. Ses jambes flageolaient. Son cœur battait à tout rompre. Cette fois, elle allait se trouver mal. Pour de bon.

– Regardez un peu qui est là ! s'exclama son père avec un large sourire. Je m'attendais à te trouver changée, mais à ce point...

Il repoussa sa chaise et se leva. Rose regarda furtivement sa mère, debout près de la cuisinière. Elle semblait à peu près aussi à l'aise qu'une souris dans le panier d'un chat.

– Voyons, approche un peu que je te voie... Eh bien, te voilà joliment arrangée. Qu'est-ce qui t'est arrivé ?

Il tendit la main pour toucher le bleu sur sa joue mais elle recula d'un pas.

– Rien. Il ne m'est rien arrivé.

– Toujours aussi causante. Et aimable comme une

porte de prison, avec ça ! Tu vas répondre à ton père, oui ?

Il l'avait empoignée par le bras et la serrait à lui faire mal.

– C'est Mark, puisque tu veux savoir, siffla Rose en se dégageant d'un geste brusque.

Son père éclata de rire.

– Tu te chamailles toujours avec lui ? Tu n'as pas tellement changé, finalement.

Mad Jack, qui jusqu'ici n'avait pas dit un mot, se leva lentement.

– Tu nous présentes, Townsend ?

– Ma fille, Rose. Lui, c'est Jack Adams – Mad Jack, pour les intimes.

Rose frissonna. Mad Jack. Jack le Fou. Le surnom lui allait comme un gant. Une figure en lame de couteau, à demi cachée par une barbe hirsute ; et sous le fouillis des cheveux poivre et sel, de petits yeux lubriques d'un gris si pâle qu'ils en semblaient presque incolores.

– Tu ne m'avais pas dit que t'avais une fille, Townsend. Félicitations, plutôt jolie... Je parie qu'on va devenir très copains, tous les deux.

– Ça m'étonnerait, grinça Rose, les dents serrées.

Son père ricana.

– Elle n'a pas l'air vraiment tentée, Jack.

– Attends seulement qu'on ait fait un peu connaissance, tu verras qu'elle changera d'avis.

– Eh là, doucement : si on touche, on achète. Remarque, ça m'arrangerait bien de la caser, ça me ferait déjà une femme de moins sur les bras...

– Tu ne crois pas que je vais l'épouser, non ? s'écria Rose, ulcérée. Je n'ai aucune envie de me marier, et d'ailleurs...

Une gifle retentissante l'envoya rejoindre sa mère près de la cuisinière.

– Tu feras ce que je te dirai, c'est clair ? J'ai l'impression que tu en as pris bien à ton aise pendant mon absence, mais ça va changer. Viens, Jack, allons visiter le saloon, il est grand temps de saluer mon fils, il nous paiera bien un petit whisky !

Rose le regarda sortir, une boule de plomb dans l'estomac. Le cauchemar recommençait.

Rose faisait les cent pas dans sa chambre. Il devait être près de minuit, mais elle n'arrivait pas à trouver le sommeil. Elle avait ouvert la fenêtre pour laisser entrer la fraîcheur, et la brise nocturne lui apportait l'écho assourdi du piano du saloon, entrecoupé de rires et d'éclats de voix. C'était un bruit familier, auquel elle ne prêtait d'ordinaire pas attention, mais ce soir, parce que son père était revenu, il lui semblait lourd de menaces.

Il ne faut pas le provoquer, ma chérie.

C'est tout ce que sa mère avait trouvé à dire quand elles s'étaient retrouvées seules dans la cuisine. Parce que pour elle, bien sûr, c'était Rose qui avait provoqué son père. Et si elle avait la figure pleine de bleus, c'est qu'elle avait également provoqué son frère. Quoi qu'ils fassent, les hommes de la famille avaient toujours raison.

Pourquoi ?

Seigneur, pourquoi ?

C'était pourtant elle, Rose, qui l'aidait à faire tourner la pension et lui donnait sa paie du restaurant quand elle avait trop de mal à joindre les deux bouts. Alors pourquoi ne pouvait-elle pas, au moins une fois, prendre sa défense ?

Arrête de penser à ça, tu te fais du mal pour rien.

Elle s'approcha de la fenêtre, respira une grande bouffée d'air frais, et s'efforça de faire le vide dans son esprit.

En vain.

La voix de son père résonnait encore dans sa tête, cinglante, implacable. *Tu feras ce que je te dirai...*

De nouveau, la panique l'envahit. Il fallait à tout prix qu'elle parte. Elle ne pouvait pas rester là, à attendre que les coups pleuvent ou qu'on la marie à cette brute de Mad Jack, et qu'elle finisse comme sa mère – épuisée, résignée, brisée.

Oui, partir... Il n'y avait pas d'autre solution. Mais comment ? Il lui faudrait des semaines pour réunir à nouveau la somme que Mark lui avait volée. Et Dieu sait ce qui pouvait arriver d'ici là...

Si seulement Laura avait été à Homestead, elle aurait pu lui demander de l'héberger quelque temps ou lui emprunter un peu d'argent.

Rose ferma à demi la fenêtre et alla s'étendre sur son lit. Elle rougit en se rappelant sa brève discussion avec Michael Rafferty, quelques jours plus tôt. L'énormité de ce qu'elle lui avait demandé lui sautait brusquement aux yeux. L'emmener à San Francisco, lui, un parfait étranger... il avait vraiment dû la prendre pour une folle !

Elle repensa à ce que lui avait dit Mme Potter au sujet de cet hôtel qu'il voulait construire à Homestead. Un hôtel, rien que ça, alors que sa mère arrivait tout juste à joindre les deux bouts avec sa modeste pension de famille. Il devait être vraiment riche pour se lancer dans une telle aventure. Assez riche pour l'aider s'il l'avait voulu.

Rose se rappela la façon dont il s'était interposé entre son frère et elle, la douceur avec laquelle il l'avait prise dans ses bras pour la porter dans sa chambre.

Elle refoula les larmes qui lui montaient aux yeux. Pleurer ne l'avancerait à rien. Ce qu'il fallait, c'était trouver un moyen de s'enfuir. Et seule, puisqu'elle ne pouvait compter sur l'aide de personne.

A Boise, dans sa chambre d'hôtel, Laura était près de céder au désespoir. Le visage enfoui dans son oreiller trempé de larmes, elle ressassait les événements des derniers jours sans parvenir à trouver le sommeil.

Qu'allait-elle devenir loin de Yancy ? Ils étaient séparés depuis à peine une semaine, et déjà elle se sentait dépérir comme une fleur privée d'eau. Et son père, son propre père qui ne voyait rien ! Fallait-il qu'il soit aveugle pour ne pas se rendre compte qu'il lui brisait le cœur ?

Quelqu'un frappa doucement à la porte, l'arrachant à ces sombres pensées.

– Laura ? Tu ne dors pas ?

Elle essuya hâtivement ses larmes et se redressa dans son lit.

– Non, maman. Tu peux entrer.

La porte s'ouvrit et Addie apparut sur le seuil, resplendissante dans sa robe du soir en satin émeraude.

– Tu as eu tort de ne pas venir, ma chérie. Je suis sûre que cette pièce t'aurait beaucoup plu.

– Je n'avais pas envie de sortir.

Sa mère vint s'asseoir près d'elle et lui prit la main.

– Qu'est-ce qui t'arrive ? Tu passes ton temps enfermée ici, tu ne parles à personne... Ton père est très inquiet !

– Et moi, je suis malheureuse par sa faute.

– Ce n'est pas en te conduisant comme une enfant que tu le feras revenir sur sa décision, tu sais.

Laura détourna la tête. Elle croyait que sa mère était de son côté, et voilà qu'elle aussi...

– Essaie de comprendre, ma chérie. Ce n'est pas facile pour un père de voir sa fille devenir une femme. Will t'adore mais, dans son esprit, tu es restée la petite fille timide qui se réfugiait dans ses jambes à la moindre frayeur. Comment pourrait-il admettre que tu donnes ton amour à un inconnu ?

– Mais j'ai dix-sept ans !

Addie passa un bras autour des épaules de sa fille et l'étreignit tendrement.

– Prouve-le-lui. Cesse de te terrer dans cette chambre et conduis-toi comme une adulte. Si vous vous aimez vraiment, Yancy et toi, votre amour survivra à cette séparation. Et si ce n'est pas le cas, mieux vaut t'en rendre compte maintenant.

– Tu ne comprends pas, gémit Laura en secouant la tête. Il me manque tellement ! J'ai l'impression que je mourrai si je ne le revois pas.

– Je sais. J'ai déjà éprouvé ce sentiment.

– Vraiment ?

Addie posa un baiser sur son front.

– Bien sûr. Recouche-toi, maintenant, et dépêche-toi de dormir. Demain, nous irons faire quelques emplettes ensemble. Ce n'est pas en restant à pleurer dans ta chambre que tu changeras quoi que ce soit à la décision de ton père, alors autant passer le temps agréablement.

– Maman...

– Oui ?

– J'aime vraiment Yancy. Ce n'est pas une simple amourette.

Addie hocha la tête sans rien dire, puis souffla la lampe et sortit. Laura resta un long moment étendue dans le noir, laissant le silence l'envelopper sans chercher à analyser ses sentiments ou ses pensées. Mais les paroles de sa mère faisaient leur chemin dans sa tête. Addie avait raison, ce n'était pas en se conduisant comme une gamine qu'elle obligerait son père à regarder la vérité en face. Dès demain, elle changerait d'attitude.

9

Debout sous le porche de la maison, les yeux fermés pour mieux savourer la caresse des premiers rayons du soleil, Rose respirait goulûment l'air vif du petit matin. Ses oreilles étaient pleines du chant des oiseaux. Ses bras nus frissonnaient sous la brise légère qui soufflait de la montagne, apportant avec elle l'odeur des grands pins mouillés de rosée.

Comme elle aimait cette heure privilégiée où la nature s'éveille, ce bref instant de grâce avant l'agitation de la journée ! Tout semblait si frais, si plein de promesses !

Personne n'était encore levé dans la maison. Bientôt, sa mère descendrait et la vie reprendrait son cours, mais elle pouvait, quelques minutes encore, rêver à sa guise.

Elle devait s'efforcer d'oublier les éclats de voix qui l'avaient réveillée au milieu de la nuit. Les cris de son père, les faibles protestations de Virginia et, pour finir, les grincements rythmés du sommier, dans la chambre voisine.

Oh, maman, pourquoi n'as-tu pas voulu partir quand il était encore temps ?

Abandonnant à regret le porche baigné de soleil, Rose traversa le vestibule et poussa la porte de la cuisine. Il fallait allumer le fourneau, faire chauffer le café, préparer les crêpes pour le petit déjeuner. Ce n'était pourtant pas une corvée, au contraire. Toute petite déjà, elle aimait cuisiner. Elle avait à peine cinq ans lorsqu'elle avait aidé sa mère à faire des gâteaux pour la première fois.

Voilà pourquoi elle aimait tellement le matin ; il évoquait ces heures paisibles où Virginia et elle bavardaient en vaquant à leurs tâches tandis que la maison dormait encore.

Une bordée de jurons l'arracha à sa rêverie. La porte claqua et son père entra en clopinant. Il était pieds nus et grimaçait de douleur.

– Va me chercher de l'eau froide, au lieu de rester là comme une idiote, lui lança-t-il en se laissant tomber sur une chaise. Je me suis démoli le pied contre la table de l'entrée. Quelle idée aussi de mettre une table à un endroit pareil !

Rose marcha jusqu'à l'évier, actionna le levier de la pompe jusqu'à ce que l'eau se mette à couler et mouilla un linge qu'elle lui tendit.

Il le prit sans même lever la tête, tout en continuant de jurer entre ses dents. Rose le regardait sans bouger. C'est mon père, pensa-t-elle. Cette brute, cet ivrogne, c'est mon père.

– Qu'est-ce que tu attends, plantée là ? siffla Townsend. Allez, retourne à ta cuisine.

Trop heureuse d'obéir, elle prit le bacon dans le garde-manger et commença de couper les lardons.

– Tu sais que tu as vraiment plu à Mad Jack ? Il n'arrêtait pas de me parler de toi, hier soir, au saloon. Je crois que ça le démange tellement de te culbuter qu'il pourrait bien me demander ta main.

Rose serra les dents. Ne pas répondre. Le laisser dire sans s'emporter. Il n'y avait probablement pas un mot de vrai, il s'amusait simplement à la tourmenter.

– Sans blague, reprit son père avec un petit rire amusé. Je parie qu'il serait prêt à t'épouser.

– Eh bien, pas moi, répliqua-t-elle froidement.

– Toi, tu feras ce que je te dirai, un point c'est tout.

– Non.

Townsend se redressa, une lueur mauvaise dans le regard.

– Pardon ? Je crois que je n'ai pas bien entendu.

– Tu as très bien entendu. Je n'épouserai pas Mad Jack, ni personne d'autre. Je n'ai pas envie de finir comme maman.

Il se leva si brusquement que sa chaise tomba.

– Mark avait raison, tu as sérieusement besoin qu'on te rabatte le caquet. Mais attends que j'en aie fini avec toi... nous verrons si tu as toujours envie de me tenir tête !

Il fit un pas vers elle. Rose jeta un coup d'œil vers la porte. Elle se demandait si elle aurait le temps de l'atteindre, lorsque Michael entra.

– Bonjour, mademoiselle Townsend. Monsieur Townsend, je suppose ? Votre femme m'a dit que vous étiez arrivé hier. Je me présente, Michael Rafferty, votre pensionnaire.

Il lui tendit la main. Townsend la serra sans hésiter, ce qui laissait supposer que Mark ne lui avait pas parlé de leur empoignade. Tant mieux, pensa Michael, inutile de me mettre à dos tous les hommes de la maison. Cela dit, le père ne lui plaisait pas plus que le fils. Il n'avait pas entendu ce qu'il disait à Rose, mais le ton était pour le moins désagréable et il était certain que son arrivée avait épargné une nouvelle rossée à la jeune fille. Elle était décidément bien mal lotie avec un père et un frère pareils !

– Alors, comme ça, il paraît que vous allez construire un hôtel à Homestead ? dit Townsend en ramassant sa chaise.

– C'est exact.

– Vous voulez un conseil d'ami ? Laissez tomber. Regardez-nous, vous êtes notre premier pensionnaire depuis près d'un mois – alors, un hôtel... Qu'est-ce qui vous fait croire que ça marchera ?

– L'instinct. Je pense que la région va encore se développer.

Townsend se rassit et croisa ses pieds nus sur la table.

– Eh bien, moi, je pense que vous vous faites de sacrées illusions. Enfin, c'est votre argent, pas vrai ?

– Exactement, répondit Michael avec un sourire tranquille.

Rose, qui l'observait du coin de l'œil, songea qu'il devait vraiment être très riche pour parler avec une telle assurance. Suffisamment riche pour... Mais oui, bien sûr ! Comment n'y avait-elle pas pensé plus tôt ? Il ne lui avait pas dit qu'il *ne voulait pas* l'aider, simplement qu'il ne pouvait pas l'emmener à San Francisco parce qu'il ne comptait pas y retourner avant plusieurs mois. Si elle lui demandait de lui avancer l'argent du voyage, il accepterait sûrement. Après le déjeuner, elle s'arrangerait pour le prendre à part et lui en parler.

La journée s'écoula sans que Rose pût trouver un moment pour s'entretenir seule à seul avec Michael. Elle dut attendre six heures du soir pour pouvoir enfin lui parler. Il était assis dans le salon, occupé à feuilleter des papiers.

– Vous vouliez me parler ? demanda-t-il en voyant qu'elle hésitait à entrer.

– Oui. Enfin, si je ne vous dérange pas trop.

– Vous ne me dérangez pas du tout.

Il posa ses papiers et se retourna en souriant.

– Eh bien, que puis-je pour vous ?

Rose se sentit tout à coup moins sûre d'elle. Pourquoi l'aiderait-il, après tout ? Il la connaissait à peine et n'avait aucune raison de lui prêter de l'argent.

– Parlez, je vous en prie.

La douceur de sa voix lui redonna un peu confiance. Elle prit une profonde inspiration et se jeta à l'eau.

– Eh bien, voilà... Je sais que vous ne pouvez pas m'emmener à San Francisco parce que vos affaires vous retiennent ici, mais peut-être... peut-être pourriez-vous m'avancer l'argent du voyage ? Pour moi, cela représente une fortune, alors que pour vous... Je vous en supplie, monsieur Rafferty, il faut absolument que je parte d'ici.

Il fut bouleversé par une telle détresse. Comment lui refuser son aide alors qu'il la savait à la merci de son frère – et maintenant de son père ? Elle avait raison, il pouvait aisément lui prêter de l'argent, même à perte... Seulement ne risquait-il pas de provoquer un scandale en l'aidant à partir ? Un scandale qui pourrait le gêner dans ses affaires et revenir aux oreilles de son père ?

Rose perçut son hésitation. Elle avait trop de fierté pour insister mais, au regard qu'elle lui jeta, il comprit qu'il était son dernier espoir.

– Asseyez-vous, dit-il, nous serons plus à l'aise pour parler.

Comme elle s'installait en face de lui, il songea qu'elle n'avait vraiment rien de commun avec son frère, son père ou même sa mère. Elle était comme une rose au milieu des ronces et des herbes folles – une rose solitaire qui mourrait étouffée si personne ne prenait soin d'elle.

– Je vous l'ai déjà dit, mademoiselle Townsend, San Francisco est une ville dangereuse, surtout pour une jeune femme seule. Je vous rendrais un mauvais service en acceptant...

La sentant au bord des larmes, il s'empressa d'ajouter :

– En revanche, si vous me laissez un peu de temps, je pense que je pourrais vous trouver du travail là-bas. J'ai... disons, des amis dans le milieu hôtelier. Avec la saison qui approche, ils doivent sûrement embaucher du personnel. Je connais aussi une dame qui s'occupe d'un foyer de jeunes filles et qui pourrait sans doute vous loger. Reste la question du voyage... mais nous trouverons bien quelqu'un de confiance pour vous accompagner.

Rose était si émue qu'elle faillit l'embrasser.

– Oh, monsieur Rafferty, je... je ne sais pas comment

vous remercier ! Je serai une employée modèle et... et je vous rembourserai jusqu'au dernier *cent*, je vous le promets.

– J'en suis convaincu.

Michael reprit ses papiers et fit mine de s'y absorber.

– Excusez-moi, bredouilla Rose, je vous ai dérangé en plein travail.

Elle se leva précipitamment et sortit.

Michael soupira. Comment allait-il s'y prendre pour tenir les promesses qu'il venait de lui faire sans enfreindre les instructions de son père ? Celles-ci étaient formelles : tant qu'il serait à Homestead, il devait rayer de son carnet d'adresses toutes ses connaissances de San Francisco – amis, employés de l'hôtel, banquiers, avocats... interdiction d'écrire ou de télégraphier à qui que ce soit.

Bien sûr, l'idée était qu'il ne devait disposer pour monter son affaire d'autres appuis que ceux qu'il pourrait trouver sur place, et il ne contrevenait nullement à ce principe en cherchant à aider Rose. Mais John Thomas avait bien dit « aucun contact » et, s'il voulait se montrer tatillon...

Michael tourna et retourna le problème dans tous les sens avant de trouver la solution. Kathleen. Kathleen était totalement neutre dans cette affaire. Il pouvait lui écrire sans risquer de s'attirer les foudres de son père. Elle se méprendrait sans doute sur la nature de ses relations avec Rose, mais il aurait tout le temps de s'en expliquer plus tard avec elle.

10

Depuis sa conversation avec Michael, Rose nageait en pleine euphorie. Dans quelques jours, quelques semaines au plus, elle serait à San Francisco. Loin de son père, de Mark, de cet affreux Mad Jack. Rien que d'y penser, elle se sentait pousser des ailes.

Tout en aidant sa mère à préparer le dîner, elle essayait d'imaginer sa nouvelle vie. Son travail ne serait sans doute pas très différent de celui qu'elle avait ici mais, pour la première fois, elle pourrait disposer de son temps libre comme elle l'entendrait : se promener dans les rues, visiter les parcs, les musées, découvrir la mer qu'elle n'avait jamais vue...

– Tu as l'air bien rêveuse, dit Virginia, surprise par son brusque changement d'humeur.

Rose ne répondit pas. Michael lui avait vraiment fait le plus beau cadeau qui soit : la liberté ! Quel homme adorable... Non seulement il avait accepté de l'aider à partir mais, grâce à lui, une fois à San Francisco, elle n'aurait pas à courir les hôtels, les pensions et les bureaux de placement. Même Will Rider, qu'elle avait toujours tenu pour la crème des hommes, n'aurait pas fait autant pour elle. D'ailleurs, était-il aussi bon qu'elle le pensait ? Depuis le départ de Laura, elle commençait à en douter. N'avait-il pas arraché sa fille à celui qu'elle aimait pour la simple raison que ce dernier lui déplaisait ? Plus elle y pensait, plus l'attitude de Will Rider la révoltait. Les hommes étaient décidément tous les mêmes : sous prétexte qu'ils avaient la force et la loi pour eux, ils s'arrogeaient le droit de décider du sort de leur fille ou de leur femme sans même les consulter. C'était un scandale, et pourtant personne n'y trouvait à redire. En tout cas, elle, Rose, ne se marierait jamais. Elle avait mis si longtemps à s'affranchir de la tyrannie de son père, ce n'était pas pour sacrifier sa liberté à un autre homme – fût-il aussi charmant que Michael Rafferty.

Attends donc ton premier baiser, tu verras les choses autrement.

Curieux comme ces mots restaient gravés dans sa mémoire. Et comme ils lui revenaient toujours à l'esprit quand elle pensait à Michael.

Elle rougit en songeant au trouble qu'elle avait ressenti quand il l'avait prise dans ses bras, avec tant de force et de douceur à la fois qu'elle n'avait même pas eu l'intention de résister.

– Rose ? Qu'est-ce que tu as ? On dirait que quelque chose te tracasse.

– Je rêvais, maman. C'est tout.

– Tu es sûre que ce n'est pas...

Rose acheva mentalement sa phrase : Mark ! Sa mère se demandait s'ils ne s'étaient pas à nouveau disputés, s'il ne l'avait pas battue. Pourtant, elle n'osait pas lui poser ouvertement la question. Pas plus qu'elle n'avait osé l'interroger sur leur querelle de la semaine passée. Pour elle, les bleus sur le visage de sa fille faisaient partie de ces choses vaguement honteuses dont on ne parle pas et qu'il faut accepter quand on est une femme.

Je ne peux pas me résigner comme toi, maman. Je ne le peux pas et je ne le veux *pas.*

Mad Jack s'assit en bout de table, contemplant Rose qui allait et venait entre la cuisine et la salle à manger pour apporter les plats. Quand elle se pencha pour poser le rôti devant lui, il crut qu'il n'y tiendrait pas : ces jolis seins en poire, là, juste sous son nez, alors qu'il venait de passer trois ans sans toucher une femme... bon sang, c'était une véritable torture !

Même après leur sortie de prison, Glen et lui avaient dû continuer à se serrer la ceinture : pas question de courir les bordels du Colorado après avoir descendu ces deux types pour voler leurs chevaux.

Hier soir, il s'était bien payé une petite partie de jambes en l'air avec une des entraîneuses du saloon, mais il était resté sur sa faim. D'ailleurs, il n'aimait pas beaucoup les catins. Elles en faisaient toujours ou trop ou pas assez. Alors qu'une petite vierge toute frémissante de peur... Rien que d'y penser, il en avait l'eau à la bouche.

Son regard se posa sur Rose qui revenait de la cuisine. Exactement son type de femme : petite, menue, mais des hanches et des seins à vous faire fondre. Je l'aurai ce soir ou demain, se promit-il, et après, salut la compagnie ! De toute façon, il n'avait jamais eu l'intention de s'attarder à Homestead. S'il y avait suivi Townsend, c'était uniquement parce qu'il avait entendu dire qu'un solide magot l'attendait chez lui. Visiblement, il n'en était rien. Townsend était aussi fauché que lui. Sorti de sa fille, il n'y avait rien d'intéressant à tirer.

Rose posa un plat de haricots fumants sur la table et s'assit enfin. Mad Jack observa son visage. Même avec un œil poché et un bleu sur la joue, c'était le plus joli qu'il ait jamais vu. Dommage que Mark l'ait abîmé en cognant dessus comme une brute. Ce garçon avait décidément tout à apprendre : c'était si facile de faire mal sans laisser de trace...

– Excusez-moi, je suis en retard.

Tout le monde se tourna vers Michael, qui venait d'entrer et s'installait à sa place.

– Ce n'est rien, dit Virginia. Nous venions juste de passer à table. Voulez-vous du rôti ? Il est encore tout chaud.

Comme il prenait le plat qu'elle lui tendait, Townsend se pencha vers lui avec un sourire matois.

– Dites-moi, monsieur Rafferty, il y a longtemps que vous êtes dans l'hôtellerie ?

– En effet, oui.

– Vous connaissez l'*Hôtel Palace,* à Denver ?

Michael tressaillit. Peut-être n'était-ce qu'une question en l'air mais, connaissant Townsend, il en doutait. Que savait-il au juste ? Et quelle idée avait-il derrière la tête ?

– Il m'est arrivé d'y descendre, répondit-il évasivement.

– C'est bien ce que je me disais. Qu'est-ce que vous en pensez, vous qui êtes de la partie ? Il mérite bien son nom, pas vrai ? J'y ai passé quelques jours avant qu'on me mette à l'ombre, j'ai été sacrément impressionné : du marbre partout, des lustres à chichis... rien qu'en fauchant celui de ma chambre, j'aurais pu m'assurer une jolie retraite. Les propriétaires doivent être riches comme Crésus pour jeter autant d'argent par les fenêtres. Vous croyez qu'ils seraient assez fous pour construire un hôtel dans un trou comme ici ?

– Je ne pense pas qu'Homestead soit un « trou », monsieur Townsend, ni que ce soit une folie de vouloir y construire un hôtel.

– De toute façon, vous êtes assez riche pour prendre le risque, pas vrai ? Quelques milliers de dollars, qu'est-ce que c'est pour vous ? Une paille !

Michael continuait de couper sa viande comme si de rien n'était mais il n'aimait pas le tour que prenait la conversation.

– Je pense que vous surestimez ma fortune, dit-il d'un ton cassant.

– Peut-être, peut-être... répliqua Townsend, avec le sourire entendu d'un homme qui sait de quoi il parle. A propos, êtes-vous marié, monsieur Rafferty ? Non ? Comme vous avez tort ! C'est tellement agréable, une petite femme qui réchauffe votre lit et vous prépare de bons petits plats. Prenez ma Rose : c'est un sacré cordon-bleu...

Nous y voilà, pensa Michael.

– Pour le reste, naturellement, continua Townsend avec un rire gras, je ne peux pas vous dire...

– Papa !

– Oh, je ne dis pas qu'elle n'a que des qualités... On sent que sa mère lui a un peu trop laissé la bride sur le cou pendant mon absence. Mais laissez-moi seulement quelques semaines et vous verrez qu'elle marchera droit.

Michael ne broncha pas mais il bouillait. S'il n'avait pas déjà promis à Rose de l'aider, il l'aurait fait sans hésiter après ce qu'il venait d'entendre. Quel ignoble personnage !

– Elle est jolie, vous ne trouvez pas ? poursuivait Townsend tout en se servant une pleine assiette de haricots. Petite, mais jolie. Une taille de guêpe, des rondeurs là où il faut... Mad Jack se serait bien laissé tenter, mais si vous êtes intéressé...

Michael regarda Rose à la dérobée. Elle était blanche comme un linge. Il lui adressa un demi-sourire qui voulait dire : « Ne craignez rien, je suis avec vous. » Il ne pouvait rien faire de plus pour l'instant, mais il se promit de remuer ciel et terre pour hâter son départ.

Une fois le repas terminé et la vaisselle faite, Rose se retira dans sa chambre. Elle avait tellement honte ! Elle se déshabilla, enfila sa chemise de nuit et s'assit devant la coiffeuse pour se brosser les cheveux.

Elle entendait encore son père : *Un sacré cordon-bleu... pour le reste, naturellement... jolie, vous ne trouvez pas ?* Ce rire gras ! Ce ton de camelot vantant sa marchandise ! Rien que d'y penser, elle en avait la nausée. Si Michael ne lui avait pas souri, elle n'aurait jamais eu la force de tenir jusqu'à la fin du dîner.

Elle se demanda ce qu'elle aurait fait s'il avait accepté la proposition de son père. C'était une supposition absurde, elle le savait bien, et d'ailleurs elle n'avait aucune envie de se marier, pourtant... Il n'y a pas de pourtant qui tienne, se sermonna-t-elle, Michael est charmant, il a été très gentil d'accepter de m'aider, mais c'est tout !

Elle brossa longuement ses cheveux, en fit une natte, et alla se coucher. Comme elle se glissait sous les draps, elle se rappela ce que sa mère lui avait dit sur le devoir conjugal. Quelle horreur ! A supposer qu'elle ait eu la moindre tentation de se marier, cela aurait suffi à l'en dissuader. Elle souffla la lampe, se tourna vers le mur et s'endormit en rêvant à la nouvelle vie qui l'attendait à San Francisco – une vie de célibataire, libre, sans contraintes.

A peine eut-elle fermé les yeux qu'une main calleuse se plaquait sur sa bouche.

– Il était temps que tu éteignes la lumière, chuchota Mad Jack contre son oreille. Je commençais à m'ennuyer, sur la corniche de la fenêtre.

Rose essaya de se débattre mais il était allongé sur elle de tout son poids. Crier ? Il nc fallait pas y penser, elle arrivait tout juste à respirer. Pétrifiée d'horreur, elle l'entendit ricaner :

– N'aie pas peur, ma belle, on va bien s'amuser, tous les deux.

De sa main libre, il saisit le col de sa chemise de nuit et la déchira jusqu'à la taille. Rose sentit un frisson glacé courir sur sa peau nue. Terrifiée, suffoquant à moitié, elle secoua désespérément la tête dans l'espoir de se dégager. Mais impossible d'échapper à cette poigne de fer.

– Continue comme ça, susurra Mad Jack en lui pétrissant cruellement les seins. Je n'aime pas les filles qui se laissent faire sans bouger.

Rose était à bout de forces mais ces quelques mots

changèrent sa panique en rage. Lui empoignant le visage à deux mains, elle le griffa si violemment qu'il se rejeta en arrière, la libérant un peu. Un coup de genou dans le bas-ventre acheva la besogne. Tandis qu'il roulait sur le côté, plié en deux par la douleur, la jeune fille bondit hors du lit.

Elle était déjà à la porte quand Mad Jack, titubant, réussit à saisir un pan de sa chemise de nuit, déchirant entièrement le tissu, alors qu'elle se précipitait dans le couloir, entièrement nue.

Où aller, maintenant ? Impossible de sortir de la maison comme ça et, si elle réveillait son père... Tant pis, elle n'avait pas le choix.

– Michael !

Réveillé en sursaut, il se leva d'un bond juste comme la porte de sa chambre claquait contre le mur. Un instant plus tard, Rose se jetait dans ses bras. Elle tremblait de tout son corps et n'avait pas le moindre vêtement sur elle.

Il n'eut pas le temps de lui demander ce qu'il lui arrivait qu'il entendit son père hurler dans le couloir :

– Qu'est-ce qui se passe ici ? Qu'est-ce que c'est que ce raffut ?

Une lumière crue inonda la chambre.

– Rafferty, qu'est-ce que vous fichez avec ma fille ?

– Ce n'est pas ce que vous croyez... bredouilla Michael tandis que Rose se réfugiait derrière lui.

– Ah, vraiment ? rugit Townsend. Alors qu'est-ce qu'elle fait là, nue comme un ver ?

Il paraissait hors de lui mais le jeune homme aurait juré qu'il jubilait.

– Va chercher le shérif, Virginia.

– Mais...

– Je te dis d'aller chercher le shérif ! Je ne laisserai pas ce type s'envoyer en l'air avec ma fille sans l'épouser. Il lui passe la bague au doigt demain matin, ou je l'expédie au trou pour détournement de mineure.

– Papa, je t'assure que...

– Toi, tais-toi. Je m'occuperai de ton cas plus tard.

– Ecoutez, Townsend, intervint Michael, je ne sais pas ce qui est arrivé à Rose mais je n'y suis pour rien. Si vous lui laissiez seulement le temps de s'expliquer, je suis sûr que nous y verrions tout de suite plus clair.

– Plus clair ? Puisque vous le demandez...

Il empoigna Rose par le bras et la tira brutalement en pleine lumière.

– Alors, petite traînée, qu'est-ce que tu fichais là avec les fesses à l'air ? Hein, explique-moi un peu !

– Papa... gémit la jeune fille d'une voix implorante.

La tête baissée, sa lourde natte brune pendant sur l'épaule, elle essayait désespérément de couvrir sa nudité mais Townsend ne semblait même pas s'en apercevoir. Ce fut Michael qui mit fin à son supplice en prenant une couverture de son lit pour la couvrir.

– Merci, murmura Rose dans un souffle.

Elle leva furtivement les yeux vers lui. Son visage était blême, ses lèvres presque bleues. Elle paraissait gelée, mais il ne s'y trompait pas : c'était de peur qu'elle tremblait, pas de froid.

– Eh bien ? la pressa son père. Tu as perdu ta langue ?

Rose allait parler lorsque son regard croisa celui de Mad Jack. Il se tenait sur le seuil, derrière sa mère, et la fixait de ses petits yeux durs. Sa gorge se noua. Qu'arriverait-il si elle le dénonçait ? Il chercherait à se venger, bien sûr, mais cela encore n'était rien... Elle imagina le sort qui l'attendait si son père se mettait en tête de les marier. Non, tout mais pas ça ! Elle perdrait peut-être sa liberté, mais jamais elle n'épouserait ce monstre qui avait failli la violer.

– Tu vas répondre, oui ?

– Je... je voulais simplement le voir, dit-elle sans lever les yeux. Il ne s'est rien passé.

– File dans ta chambre, siffla Townsend en la poussant vers la porte. Vous vous marierez demain matin.

Rose sortit sans se retourner. Elle n'avait pas le courage d'affronter le regard de Michael. Sans doute la détesterait-il jusqu'à la fin de ses jours pour ce qu'elle venait de faire, mais elle n'avait pas le choix.

11

Debout devant le révérend Jacobs, Michael récitait son serment d'une voix monocorde. Pas une fois, depuis le début de la cérémonie, il n'avait levé les yeux vers sa femme.

Sa femme...

Bon sang, comment avait-il pu tomber dans un piège aussi grossier ? Il aurait mieux fait d'aller en prison, plutôt que de consentir à ce mariage. Un télégramme à Christian Dover, son avocat de San Francisco, une solide caution, quelques dommages et intérêts... et le tour était joué. Au pire, il s'en serait tiré avec deux ou trois semaines de prison.

Seulement, faire appel à Christian, c'était enfreindre les instructions de son père, autant dire : renoncer à tout espoir de diriger un jour les Hôtels Palace, et ça... non, plutôt se marier dix fois !

Sans compter qu'il préférait encore épouser Rose que de verser le moindre sou à son père. Cette fripouille de Townsend espérait sans doute lui extorquer de l'argent après le mariage, mais il allait vite déchanter !

– Et maintenant, en vertu des pouvoirs qui me sont conférés par l'Eglise et le gouvernement territorial de l'Idaho, je vous déclare solennellement mari et femme. Ce que Dieu a uni, que l'homme ne le sépare pas.

Le révérend Jacobs abandonna sa pose guindée pour féliciter les jeunes mariés.

Alors, seulement, Michael se tourna vers Rose. Ses yeux étaient rouges, ses traits tirés, mais son visage gardait cette beauté fragile qui l'avait tant ému la première fois qu'il l'avait vue. Elle avait le même air timide et apeuré que la veille. Pourquoi ? se demanda-t-il amèrement. N'avait-elle pas obtenu ce qu'elle voulait ?

Dire qu'il avait voulu l'aider... S'il avait su alors dans quel piège elle allait l'attirer ! Mais elle ne l'emporterait pas au paradis. Il ferait annuler ce mariage, auquel elle l'avait contraint avec la complicité de son père, avant son départ pour San Francisco. Au pire, il divorcerait. En tout cas, dans un an, il quitterait Homestead comme il y était arrivé : libre et célibataire.

Les yeux de Rose étaient remplis de larmes. Il en éprouva une joie mauvaise. Elle regrettait ce qu'elle avait fait ? Tant mieux ! Et elle n'avait pas fini de s'en mordre les doigts !

– Eh bien, monsieur Rafferty, vous n'embrassez pas votre femme ? demanda le révérend Jacobs.

Pour toute réponse, Michael empoigna Rose par le bras et, bousculant ses parents, l'entraîna hors de l'église. Il marchait si vite qu'elle devait courir pour le suivre, et il ne ralentit pas avant d'avoir atteint la pension.

– Faites vos bagages, nous partons, dit-il en montant l'escalier à grands pas.

– Où allons-nous ?

Il se retourna, furieux.

– Pas à San Francisco, si c'est ce que vous espériez. Nous restons à Homestead, mais pas dans cette maison.

– Mais...

– Ne discutez pas, allez faire vos bagages !

Sa voix était si dure que Rose se figea, la main sur

la rampe. Un instant, il crut qu'elle allait se révolter, mais la lueur de défi qui brillait dans ses yeux s'éteignit aussitôt.

– Bien, comme vous voudrez, dit-elle, et elle monta les marches, la tête baissée.

Michael la détestait.

Et comment le lui reprocher après ce qui s'était passé cette nuit et le triste mariage qui en résultait ?

Rose se laissa tomber sur le lit, la tête entre les mains. Elle aurait dû dire la vérité, avouer que Mad Jack avait essayé de la violer. Mais si elle l'avait fait, c'est lui que son père l'aurait forcée à épouser, et elle n'aurait pas pu le supporter. C'était déjà bien assez de devoir renoncer à sa liberté pour devenir Mme Rafferty.

Sa liberté !

Qu'en restait-il à présent ? Elle n'était pas mariée depuis dix minutes que Michael lui dictait déjà ce qu'elle avait à faire. Sitôt sorti de l'église, il s'était comporté comme tous les autres hommes : en tyran. Et c'était ce tyran, ce tyran qui la détestait, qu'elle allait devoir servir « dans l'amour et la fidélité » jusqu'à ce que la mort les sépare. Pourquoi ? Qu'avait-elle fait pour mériter un tel sort ?

– Rose ?

Elle leva la tête et vit sa mère, debout sur le seuil de la chambre.

– Je peux entrer ?

– Si tu veux...

Virginia vint s'asseoir près d'elle et lui prit la main.

– Ce n'est pas si terrible, tu sais. Je suis sûre qu'il fera un bon mari. Et puis, tu seras mieux avec lui, qu'ici avec ton père...

Rose sentit les larmes lui monter aux yeux.

– Oh, maman, gémit-elle en laissant rouler sa tête

sur l'épaule de sa mère. Pourquoi n'as-tu pas voulu partir avec moi ?

Virginia passa doucement la main dans ses cheveux et soupira :

– Ne pense plus à tout ça. C'est l'avenir qu'il faut regarder. Tu n'as peut-être pas voulu ce mariage, tu avais sans doute rêvé d'autre chose, mais tu ne dois pas laisser passer la chance qu'il t'offre de commencer une vie nouvelle. Rafferty n'est pas ton père, et tu as bien plus de ressource en toi que je n'en ai jamais eu. Qui te dit que vous ne serez pas heureux ensemble ?

Rose se rappela comment Michael l'avait défendue contre son frère, la douceur avec laquelle il l'avait prise dans ses bras quand elle s'était évanouie. Qui sait ? Peut-être sa mère avait-elle raison ?

– Je vais t'aider à préparer ta valise, dit Virginia en se levant. Ton mari va t'attendre.

Son mari... Michael...

Quand elle pensait à lui, un curieux mélange d'angoisse et d'espoir lui nouait la gorge. Qu'adviendrait-il d'eux ? Le meilleur ? Ou bien le pire ?

Quand Michael poussa la porte de la banque, quelques minutes plus tard, il trouva Vince Stanford assis à son bureau devant un cahier couvert de chiffres. Il était si absorbé par ses comptes que Michael dut s'éclaircir la gorge pour qu'il daigne s'apercevoir de sa présence.

– Excusez-moi, monsieur Rafferty, dit-il en repoussant sa chaise. Je ne vous avais pas entendu entrer. Toutes mes félicitations pour votre mariage.

Il retira ses lunettes et lui tendit la main. Michael la serra sans enthousiasme. Il n'était pas marié depuis une heure que déjà toute la ville semblait au courant – et il n'osait pas imaginer les racontars qui iraient bon train sur ce mariage précipité.

Qu'arriverait-il si des ragots parvenaient aux oreilles de son père ? John Thomas ne supporterait pas de voir le nom des Rafferty sali par un scandale. Il piquerait une colère noire, exigerait des explications, et Michael aurait le plus grand mal à lui faire admettre sa version des faits. Au mieux, il passerait pour un imbécile, et au pire...

– Eh bien, monsieur Rafferty, que puis-je pour vous ? Je suppose que vous n'êtes pas venu pour affaires aujourd'hui.

– Si. Enfin, d'une certaine façon. Je voudrais louer ou acheter une maison. Je ne peux pas abuser de l'hospitalité de mes beaux-parents, et...

– Je comprends parfaitement. Et je pense que je peux vous aider. L'ancien presbytère d'Homestead est inoccupé depuis près d'un an. Il appartenait à feu le révérend Pendroy et à sa sœur. Le révérend Jacobs et sa femme s'y étaient installés à leur arrivée ici mais ils l'ont quitté à l'automne dernier pour faire construire : avec leurs trois enfants, ils s'y sentaient un peu à l'étroit. Il conviendrait parfaitement à de jeunes mariés : meublé, tranquille, un peu à l'écart de la ville... Mlle Pendroy, sa propriétaire, veut absolument le vendre et elle n'en demande qu'un tout petit prix. Attendez, je dois avoir noté cela quelque part...

Il ouvrit un tiroir de son bureau et en tira une liasse de papiers divers qu'il commença de feuilleter.

– Laissez, dit Michael. Le prix n'a pas d'importance. Pourrions-nous emménager tout de suite ?

– C'est-à-dire, il faudrait aérer et faire un peu de ménage.

– Nous nous en chargerons. Pourriez-vous prendre contact avec Mlle Pendroy et préparer l'acte de vente ? Je viendrai le signer demain. Je suppose que vous avez un double des clés ?

– Heu, oui, bredouilla Stanford en fouillant de nouveau dans son tiroir. Mais vous êtes sûr que vous ne voulez pas visiter la maison avant de vous décider ? Si vous le désirez, je...

– Inutile, coupa Michael. Je vous fais entièrement confiance.

Il empocha le trousseau que lui tendait Stanford et prit congé.

Le banquier le raccompagnait à la porte quand celle-ci s'ouvrit, laissant entrer un homme d'une trentaine d'années, vêtu d'un jean et d'une vieille chemise à carreaux.

– Bonjour, monsieur Stanford, dit-il en ôtant son Stetson. Monsieur...

– Bonjour, Jones. Vous connaissez M. Rafferty, je suppose ?

– Non, je ne crois pas.

Michael voulut s'éclipser mais Stanford se lançait déjà dans les présentations. Il fallut se serrer la main, échanger les banalités d'usage et, bien sûr, il fut question de son mariage.

– Vous êtes un heureux homme, monsieur Rafferty, conclut Yancy après l'avoir chaudement félicité. Rose est une gentille fille – et jolie comme un cœur, si je peux me permettre.

Michael réussit à sourire mais cet éloge avait fini de l'exaspérer. Une gentille fille... Une petite vipère, oui ! Oh, pour être jolie, elle était jolie, mais elle aurait pu surpasser en beauté Hélène et Cléopâtre réunies qu'il ne l'aurait pas moins détestée.

– Excusez-moi, dit-il, il faut vraiment que j'y aille.

– Mais bien sûr, répliqua Stanford avec un petit rire complice. Il ne faut pas faire attendre votre petite femme.

Pour un peu, il lui aurait tapé dans le dos et souhaité une bonne nuit de noces.

Rose attendait le retour de Michael assise sous le porche de la pension de famille. En fait de valise, elle n'avait trouvé que deux vieux sacs de toile où elle avait entassé pêle-mêle ses vêtements et les quelques objets personnels qu'elle possédait. Les genoux ramenés sous le menton, les bras serrés sur les plis de sa longue jupe, elle contemplait la rue d'un regard vide. Le soleil brillait comme au cœur de l'été et pas un nuage ne ternissait le bleu du ciel mais elle était trop absorbée par ses pensées pour y prêter attention.

Elle ne regrettait pas de quitter la pension. Vivre sous le même toit que son père aurait été un enfer et, après ce qui s'était passé la veille, la seule vue de sa chambre de jeune fille lui soulevait le cœur.

Quoi qu'il en soit, Mad Jack avait profité de l'absence de toute la famille partie à l'église pour quitter la ville.

Elle tourna les yeux vers la banque juste comme Michael en sortait et son cœur se mit à battre plus fort.

Tu devras bien te laisser embrasser si tu veux te marier.

La phrase de Laura résonnait encore dans sa tête mais ce n'était plus de la révolte ou du dégoût qu'elle éprouvait à y penser – seulement une immense amertume.

Mariée, elle l'était... mais Michael n'essaierait pas de l'embrasser, il n'en avait de toute évidence aucune envie.

Elle réalisa brusquement qu'elle le regrettait.

Pourquoi ? L'idée qu'elle puisse tomber amoureuse de lui ne l'avait jamais effleurée et c'était bien malgré elle qu'elle l'avait épousé.

Tu n'as peut-être pas voulu ce mariage, tu avais sans doute rêvé d'autre chose, mais tu ne dois pas laisser passer la chance qu'il t'offre de commencer une vie nouvelle.

Et si sa mère avait raison ? Si Michael et elle pouvaient être heureux, malgré tout ?

Elle le regarda traverser la rue et se diriger vers elle d'un pas ferme et assuré. Elle se leva pour aller à sa rencontre et, comme il franchissait les derniers mètres qui les séparaient, tous ses doutes s'effacèrent devant cette certitude : leur vie entière allait dépendre des choix qu'elle ferait dans les heures et les jours à venir. Elle espérait vraiment ne pas se tromper.

La maison du révérend Pendroy était plutôt agréable, tout compte fait. Une épaisse couche de poussière recouvrait les housses des meubles, et les vitres avaient grand besoin d'être nettoyées, mais Michael s'était attendu à pire.

Il visita rapidement les lieux. Un salon et une petite cuisine au rez-de-chaussée, deux chambres à l'étage. Parfait. C'était largement suffisant pour le peu de temps qu'il resterait à Homestead.

Il monta les sacs de Rose, les posa en haut de l'escalier et revint chercher ses propres bagages.

– Je vous laisse la chambre qui donne sur le jardin, grommela-t-il. J'espère que cela vous convient.

Rose hocha timidement la tête. Rassemblant son courage, elle murmura :

– Michael... Je suis désolée pour ce qui s'est passé hier soir. Je ne voulais pas...

– Ecoutez, coupa-t-il d'un ton sec, autant mettre les choses au point : je ne veux pas de vos excuses. Je n'avais aucune intention de me marier. Et surtout pas avec une petite intrigante comme vous.

– Je ne suis pas une petite intrigante ! Je n'avais pas non plus envie de me marier !

– Eh bien, nous voilà au moins d'accord sur un point : ce mariage n'est qu'une mascarade, que nous ferons cesser dès que possible.

– Voilà qui me convient parfaitement ! rétorqua Rose en le toisant d'un air de défi.

Sur quoi, elle tourna les talons et redescendit dans le salon.

– Attendez une minute, je n'en ai pas fini avec vous ! s'écria Michael en dévalant l'escalier à sa suite.

Elle fit volte-face, les poings serrés, le visage tendu – prête à parer les coups et à les rendre. Pensait-elle qu'il allait la frapper ? Michael se figea net au pied des marches. Sa propre fureur l'atterrait. Lui, qui mettait un point d'honneur à ne jamais perdre son sang-froid, venait de s'emporter comme un collégien – et contre une femme, qui plus est. D'accord, Rose Townsend n'était qu'une petite garce et la façon dont elle l'avait berné aurait en soi mérité une bonne correction, mais qu'elle le crût capable de porter la main sur elle lui était insupportable.

– Asseyez-vous, dit-il en s'efforçant de se calmer.

La jeune fille hésita mais ne broncha pas.

– S'il vous plaît.

Elle le dévisagea longuement puis s'assit, toute raide, à l'extrême bord du sofa. Plusieurs minutes s'écoulèrent dans un silence de plomb. Rose ne bougeait pas, elle le regardait toujours avec le même air de défi, mais son menton s'était mis à trembler comme celui d'un enfant qui va pleurer.

Michael faillit se laisser attendrir mais il se ressaisit. Elle l'avait déjà trompé une fois en jouant cette comédie, il ne s'y laisserait plus prendre.

Oh, il était tout prêt à admettre qu'elle avait d'excellentes raisons de vouloir quitter Homestead – ne serait-ce qu'à cause de son père et de son ivrogne de frère. Mais n'avait-il pas promis de l'aider ? Il ne voyait qu'une explication à sa petite comédie de la veille. Elle voulait plus qu'une chambre et un travail assurés à San Francisco ; elle voulait un mari riche.

– Je crois que nous ferions mieux de mettre tout de suite les choses au point, dit-il d'une voix dure. Je vais devoir passer un an ici pour mes affaires. Il est hors de question que je divorce maintenant – un scandale ruinerait mes projets – mais j'entends bien le faire avant mon retour à San Francisco. Et ne comptez pas sur une pension alimentaire !

– Je ne veux pas de votre argent.

– Eh bien, voilà qui nous évitera au moins un procès... Bien sûr, ce mariage restera blanc. En public, nous nous comporterons comme mari et femme pour préserver les apparences, mais vous aurez votre chambre et moi la mienne. Vous vous occuperez de la maison, des courses et des repas, je subviendrai aux frais du ménage, et à la fin de l'année nous partirons chacun de notre côté.

– C'est exactement mon souhait.

Malgré l'effort visible qu'elle devait faire pour soutenir son regard, Rose n'avait pas cillé. Peut-être parce que ses yeux étaient si gonflés de larmes qu'au moindre battement de paupières elle se serait mise à pleurer.

Ce fut Michael qui finit par se détourner.

– Dans ce cas, dit-il en marchant jusqu'à la fenêtre, je pense que nous devrions pouvoir nous entendre. Après tout, nous n'avons que quelques mois à passer ensemble.

Il entendit un sanglot, aussitôt étouffé, mais ne se retourna pas. Si elle voulait pleurer, libre à elle. Il n'allait sûrement pas la consoler.

– Je sors, grommela-t-il. J'ai à faire.

Et il partit en claquant la porte.

12

Les hommes ! Ah, ils étaient bien tous les mêmes !

Rose plongea la brosse en chiendent dans l'eau savonneuse et se mit à frotter rageusement le plancher de la cuisine.

Elle avait dû perdre la tête pour croire que Michael serait différent. Il était comme tous les autres : égoïste, borné, dominateur. Il ne l'avait pas frappée mais elle aurait presque préféré qu'il le fasse. Au moins, la situation aurait été claire.

Dire qu'elle l'avait comparé à un preux chevalier volant au secours de sa damoiselle ! Elle s'était bien trompée sur son compte ! S'il l'avait défendue contre Mark, s'il lui avait promis de l'aider à quitter Homestead, c'était uniquement parce que cela flattait son amour-propre.

Peut-être aurait-il mieux valu prendre le risque d'épouser Mad Jack. Avec un peu de chance, il se serait enfui avant que le mariage ait pu avoir lieu et, à cette heure, elle serait libre.

Elle replongea la brosse dans le seau si brusquement que l'eau gicla sur sa robe.

Un an ! Elle allait devoir passer un an dans cette maison avec un homme qui la détestait ! Pourquoi diable lui avait-elle dit qu'elle était désolée ? Elle n'était pas désolée, elle était furieuse. Et si elle avait pleuré, c'était de colère, uniquement. Il avait dû croire qu'elle cherchait à l'attendrir alors qu'en réalité elle n'avait qu'une envie : le gifler.

Aller prétendre qu'elle l'avait épousé pour son argent ! Quelle idiotie ! Elle n'était pas comme toutes ces petites sottes prêtes à sacrifier leur liberté pour faire un « beau mariage ». Elle attendait tout de même mieux de la vie que de jolies robes et des bijoux !

Elle s'assit sur ses talons, repoussa les mèches folles

qui collaient à son front et soupira amèrement. Elle se demanda où se trouvait Michael maintenant. En ville, certainement, mais pour y faire quoi ?

Oh, non, Rose Townsend, tu ne vas pas entrer dans ce petit jeu-là ! L'épouse transie qui guette le retour de son seigneur et maître, ce n'est pas un rôle pour toi. Qu'il aille au diable si ça lui chante, cela ne te regarde pas. Et pas question de l'interroger quand il rentrera !

Elle se redressa en grimaçant, une main sur les reins. Depuis deux heures, elle s'échinait à frotter ce maudit plancher et il commençait à peine à reprendre sa couleur d'origine. Heureusement que les chambres et le salon n'étaient pas dans le même état...

Elle se releva, empoigna le seau et sortit le vider au fond du jardin, derrière la petite cahute en bois qui faisait office de toilettes. Elle était fourbue mais assez fière d'elle. Quand Michael rentrerait, la maison serait propre. Non qu'elle attachât la moindre importance à son jugement, elle entendait simplement tenir sa part de leur arrangement.

D'ailleurs, celui-ci lui convenait assez, finalement. Cette parodie de mariage ne durerait que quelques mois. Ce n'était pas cher payer la liberté qu'elle gagnerait une fois le divorce prononcé. Et pour ce qui était de tenir la maison et de préparer les repas, il y avait des années qu'elle le faisait à la pension de famille, cela ne la changerait guère – sauf qu'elle n'aurait pas à supporter les menaces et les coups de son père.

Elle retournait vers la maison, son seau à la main, quand elle vit trois femmes se diriger vers elle. Emma Barber marchait en tête, suivie de Zoé Potter et de Doris McLeod.

Elle baissa les yeux sur sa robe tachée. Tant pis, elle n'avait pas le temps de se changer. Arrangeant de son mieux son chignon en bataille, elle alla ouvrir le portail.

– Rose, ma chérie ! s'écria Zoé. Quelle surprise tu

nous as faite ! Te marier comme ça, sans rien dire à personne ! Vous avez dû tomber follement amoureux, M. Rafferty et toi, pour vous décider si vite. En tout cas, c'est très romantique – n'est-ce pas, Doris ?

Emma coupa court à ses effusions.

– Nous venions voir si tu avais besoin d'aide pour emménager, dit-elle en embrassant Rose.

Elle se recula d'un pas et fronça les sourcils.

– Seigneur, mais tu es toute mouillée ! Et que fais-tu avec cette brosse et ce seau ? Je parie que ton mari n'avait même pas fait nettoyer la maison. Les hommes ! Ils ne pensent jamais à rien !

Secouant la tête d'un air outré, elle prit Rose par le bras et l'entraîna vers la maison.

– Va vite te changer et laisse-nous faire. Tu ne vas pas t'échiner à faire le ménage le jour de ton mariage !

Michael ne revint qu'en fin d'après-midi.

S'il était parti sans rien dire à Rose, c'est qu'il ne savait pas lui-même où il allait, ni quand il rentrerait. Il voulait simplement sortir, réfléchir à tête reposée. C'est ce qu'il avait fait. Il avait passé la journée à méditer sur sa situation et les moyens d'en sortir. Mais il n'avait pas trouvé de solutions – seulement de nouvelles questions.

Pourquoi son père avait-il choisi précisément Homestead ? Et pourquoi avait-il fallu qu'il s'installe dans la pension de Mme Townsend ? Pourquoi, enfin, ne supportait-il pas de voir pleurer une jeune fille qu'il ne connaissait même pas quinze jours plus tôt ?

Du moins n'avait-il pas encore écrit à Kathleen, songea-t-il amèrement, sans quoi il aurait été obligé de lui envoyer une seconde lettre qui lui aurait coûté bien plus que la première. Ah, sa belle-mère aurait bien ri en apprenant qu'il venait de se marier – et dans quelles circonstances ! –, elle qui le pressait de le faire depuis des années...

Dillon aussi aurait trouvé la situation cocasse. Quant à Lilian, il priait le ciel qu'elle n'apprenne jamais rien. Il pouvait facilement imaginer sa réaction si elle venait à découvrir qu'il avait épousé une inconnue alors que, depuis plus d'un an, elle essayait vainement de le décider à lui passer la bague au doigt.

– Bon Dieu ! jura-t-il entre ses dents. Comment ai-je pu me fourrer dans un pareil pétrin ?

Il était si furieux contre lui-même qu'il se serait giflé. Un collégien. Il s'était conduit comme un collégien. Et pour comble, il allait devoir passer un an avec la petite garce qui l'avait mené par le bout du nez !

En poussant la porte de l'ancien presbytère, il crut d'abord s'être trompé de maison. Plus un grain de poussière. Les vitres, les meubles, le plancher fraîchement ciré – tout rutilait. Une délicieuse odeur de rôti vint caresser ses narines, lui rappelant qu'il n'avait rien mangé depuis la veille.

Rose sortit de la cuisine, elle s'était changée et portait une jolie robe d'été dont la mousseline jaune faisait ressortir l'éclat de ses cheveux bruns. Ceux-ci retombaient librement sur ses épaules, retenus simplement par deux peignes d'écaille à hauteur des tempes.

Elle était tout simplement ravissante.

– Bonsoir, dit-elle.

Sans un mot, il retira son chapeau et l'accrocha à la patère de la porte d'entrée.

– Le repas va bientôt être prêt.

Il la regarda sans bouger, les sourcils froncés, se demandant ce que cachait tant de prévenance.

La jeune fille sentit sa méfiance. Blessée dans sa fierté, elle se raidit et laissa tomber d'une voix glaciale :

– Je ne suis pas une petite intrigante !

Il haussa les épaules, peu soucieux d'engager la conversation sur ce sujet, mais elle poursuivit :

– Je ne voulais pas me marier – ni avec vous ni avec personne. Mais que cela nous plaise ou non, ce qui est fait est fait, alors autant en prendre notre parti. Vous avez été très clair quant à ce que vous attendiez de moi pendant l'année à venir et j'entends tenir ma part du marché ; en échange, je ne vous demande qu'une chose : m'aider à quitter Homestead avant que nous divorcions. Je vous promets qu'ensuite vous n'entendrez plus parler de moi. Si vous voulez faire un brin de toilette avant de passer à table, dépêchez-vous, le rôti va être cuit.

Elle tourna les talons et disparut dans la cuisine.

Michael secoua la tête. Décidément, il ne comprendrait jamais rien à cette fille. Il l'avait quittée en larmes, et voilà qu'elle se rebiffait comme un jeune coq.

Vous avez dû tomber follement amoureux, M. Rafferty et toi, pour vous décider si vite... C'est très romantique...

Rose se laissa tomber sur le tabouret de la cuisine et soupira.

Que voulez-vous, madame Potter, le grand amour n'attend pas...

Elle baissa les yeux sur la robe qu'Emma Barber lui avait offerte comme cadeau de mariage. Elle était ravissante, pourtant Michael ne l'avait même pas regardée. Qu'avait-elle espéré, aussi ? Qu'il se jette à ses pieds en poussant des oh ! et des ah ! ? Quelle sotte ! A force d'écouter Emma, Doris et Zoé discourir sur l'amour et les joies du mariage, elle avait presque fini par y croire...

Il n'y avait pourtant aucun romantisme dans cette union non désirée. Et maintenant ils allaient devoir passer un an ensemble dans une ambiance de guerre latente. Si au moins ils pouvaient arriver à s'entendre... Mais cela n'en prenait pas le chemin. Michael était comme tous les hommes : autoritaire, colérique et borné. Il ne changerait pas d'avis même si cela devait leur rendre la vie impossible.

Elle l'entendit descendre l'escalier et se leva, déjà préparée à une nouvelle dispute.

Michael poussa la porte de la cuisine et s'arrêta sur le seuil. Il avait passé une chemise propre et ses cheveux blonds étaient soigneusement lissés en arrière. Il était beau comme un dieu.

Rose détourna les yeux. Elle avait besoin de garder la tête froide et, quand elle le regardait, ses pensées s'embrouillaient.

– Asseyez-vous, dit-il. J'ai à vous parler.

Il s'approcha de la table, tira une chaise qu'il l'invita à prendre, puis s'assit en face d'elle, le visage fermé. On aurait dit un juge devant une accusée.

– Vous prétendez que vous ne vouliez pas m'épouser, commença-t-il. Dans ce cas, pourquoi avoir menti à votre père ?

– Je ne pouvais pas dire la vérité.

– Pourquoi ?

– J'avais peur qu'il ne m'oblige à...

Elle s'arrêta au milieu de sa phrase, incapable de continuer.

– A quoi, Rose ? insista-t-il d'une voix plus douce.

Elle avala sa salive et leva craintivement les yeux vers lui.

– A épouser Mad Jack, s'il avait su ce qui s'était passé...

– Quoi ? Que s'était-il passé ?

– Mad Jack était entré dans ma chambre par la fenêtre. Il voulait... Il a essayé de... Je me suis débattue, j'ai réussi à m'enfuir, mais il a déchiré ma chemise de nuit. J'ai couru dans votre chambre... j'avais si peur...

– Le scélérat ! grinça Michael, les poings serrés. Est-ce qu'il vous a...

Rose secoua la tête. Elle avait les joues en feu. Elle n'osait même plus le regarder.

Plusieurs minutes s'écoulèrent sans que rien, hormis le bruit de l'eau qui bouillait sur la cuisinière, vienne troubler le silence. Enfin, Michael soupira et lui prit la main.

– Je suis désolé, Rose, je vous avais mal jugée.

Elle leva la tête, hésitant encore à croire qu'il lui pardonnait, puis un sourire tremblant éclaira son visage.

Pourvu qu'elle ne se mette pas à pleurer, songea-t-il, sans ça, je vais la prendre dans mes bras et je serai perdu. Il retira sa main et bougonna :

– Bon, eh bien, maintenant que les choses sont claires, nous devrions pouvoir faire en sorte que cette cohabitation forcée ne soit pas trop désagréable, ni pour vous ni pour moi – qu'en pensez-vous ?

Rose hocha la tête sans rien dire.

– Quant au divorce, peut-être vaudrait-il mieux essayer de faire simplement annuler le mariage. Votre réputation en souffrirait moins et, si vous vouliez vous remarier...

– Je n'ai pas l'intention de me remarier, monsieur Rafferty.

Elle avait dit cela d'un ton si catégorique qu'il ne put s'empêcher de sourire.

– Sait-on jamais... De toute façon, je crois qu'une annulation serait préférable. D'ici là, appelez-moi Michael, voulez-vous ? Et essayons de nous tutoyer.

13

Laura se pencha pour mieux entendre ce que disait le fils du procureur. Sa conversation n'était pas passionnante mais elle le trouvait moins ennuyeux que les autres convives de ce brillant dîner.

– Et vous, mademoiselle Rider, lui demanda le jeune homme, avez-vous l'intention de rester à Boise cet été ? L'Idaho va être admis au sein de l'Union et toute la ville fêtera l'événement. Vous ne voudriez pas manquer cela, n'est-ce pas ?

– Cela dépendra de papa mais je doute qu'il puisse s'absenter si longtemps de son ranch. Il a beaucoup de travail, vous savez.

Laura jeta un coup d'œil à son père, assis à l'autre bout de la table. Elle espérait vraiment que ses affaires le rappelleraient bientôt à Homestead. Elle n'était ici que depuis quinze jours et cela lui paraissait déjà une éternité, alors si elle devait y passer l'été...

– Ce serait vraiment dommage que vous ne puissiez pas rester, insista Edward Patton, un universitaire de Washington.

Bel homme, la trentaine, célibataire, il était de toutes les soirées mondaines, où il passait pour un bel esprit. Laura le trouvait assommant.

– Boise sera au cœur de l'événement. On donnera des bals, des feux d'artifice, des fêtes... Je serais vraiment déçu de ne pouvoir vivre ce grand jour avec vous.

Il avait ajouté ces derniers mots avec un sourire tellement plein de sous-entendus que Laura se raidit instinctivement. Elle n'avait que dix-sept ans, mais elle était assez fine pour deviner ce qu'il avait en tête.

– Comme je le disais, répondit-elle d'un ton cassant, tout dépendra de mon père. Mais cela m'étonnerait que nous puissions rester. Vous feriez mieux de vous trouver une autre cavalière, monsieur Patton.

Elle porta la main à sa tempe. La migraine qui la tourmentait depuis le début de la soirée la faisait de plus en plus souffrir. Elle aurait donné tout l'or du monde pour pouvoir rentrer à l'hôtel.

Depuis la conversation qu'elle avait eue avec sa mère une semaine plus tôt, elle n'avait plus refusé une seule invitation. Elle avait passé ses après-midi à courir les magasins avec Addie. Elle avait rempli toute une malle de robes et de chapeaux neufs. Elle avait souri poliment à tous les prétendants jeunes ou moins jeunes qu'on lui avait présentés. Bref, elle s'était comportée comme son père le souhaitait ; en jeune fille du monde et non plus en gamine. Mais Dieu que c'était pesant !

Ni les regards langoureux d'Edward Patton ni les attentions du fils du procureur ne parvenaient à lui faire oublier Yancy. Au milieu de tous ces beaux jeunes gens en queue-de-pie qui se pressaient autour d'elle comme des abeilles autour d'un pot de miel, elle ne pensait qu'à lui, à son sourire, à son visage tanné par le soleil où ses yeux clairs brillaient comme des lacs de montagne.

Et elle se demandait combien de temps encore elle pourrait donner le change.

Rose leva furtivement les yeux vers son mari. Il n'avait pas dit un mot de tout le dîner. Elle commençait à s'habituer à ce silence : depuis une semaine qu'ils avaient emménagé dans l'ancien presbytère, il était présent à chacun de leurs repas. Ceux-ci étaient d'ailleurs les seuls moments qu'ils passaient ensemble à l'exception des soirées et de l'office du dimanche.

Tous les matins, après sa toilette, Rose descendait dans la cuisine préparer le petit déjeuner. Michael l'y rejoignait, avalait hâtivement un café et quelques tartines, puis s'esquivait : son travail l'appelait en ville. Elle ne le revoyait que pour le dîner.

Le repas terminé, il s'installait alors dans un coin du salon et s'absorbait dans ses papiers ou dans la lecture du journal. Elle s'asseyait à côté de lui et s'efforçait de coudre, en vain.

Ces soirées étaient une torture, pourtant elle retardait le moment de monter se coucher dans l'espoir qu'il dirait quelque chose, n'importe quoi, qui romprait le silence qu'elle-même n'osait briser. Son attente était toujours déçue. Apparemment, il avait décidé que le meilleur moyen pour eux de supporter cette année de vie commune était d'échanger le moins de paroles possible.

– Excellent repas, Rose.

Surprise, la jeune fille laissa échapper sa fourchette.

– Excusez-moi, je vous ai fait peur.

Michael se tut, puis soupira :

– Je me suis vraiment conduit comme un ours, toute cette semaine, n'est-ce pas ?

Rose haussa les épaules mais son cœur battait à tout rompre.

– Je le sais bien. A l'avenir, j'essaierai de faire mieux. *Nous* essaierons de faire mieux, d'accord ?

Il marqua une nouvelle pause avant d'ajouter :

– Dites-moi, Rose, que comptez-vous faire quand vous quitterez Homestead ?

Elle ouvrit la bouche pour répondre, mais sa gorge était si serrée qu'aucun son n'en sortit. Il y avait trop longtemps qu'elle attendait ce moment : et maintenant, elle se trouvait toute bête, incapable de parler.

Michael s'accouda à la table, les doigts croisés sous le menton, et attendit patiemment qu'elle reprenne ses esprits.

– Eh bien, je... je pensais ouvrir un restaurant.

– Un restaurant ?

– Enfin, pas tout de suite, naturellement... J'ai beaucoup appris en travaillant pour Mme Potter – la cuisine, le service, un peu de comptabilité... Je crois que je serais capable de me débrouiller, si j'arrivais à économiser pour monter mon affaire.

– Vous – pardon, nous avions décidé de nous tutoyer et je m'obstine toujours à dire « vous » –, tu penses toujours t'installer à San Francisco ?

– San Francisco ou ailleurs. Tout ce que je veux, c'est partir d'ici.

Elle leva les yeux vers la fenêtre, d'où l'on apercevait les dernières maisons du bourg. Elle n'avait revu sa mère qu'une seule fois depuis son mariage et Virginia avait un gros bleu au front. Une nouvelle chute dans l'escalier, bien sûr.

– Oui, partir d'ici... répéta-t-elle, le regard perdu dans le vague.

Elle n'en dit pas plus, mais Michael comprit que c'était moins Homestead qu'elle voulait fuir que son frère et surtout son père. De nouveau, l'image d'une rose poussée au milieu des ronces s'imposa à lui. C'était un miracle qu'elle ait conservé tant de fraîcheur et d'innocence en ayant grandi avec ces deux brutes.

Il soupira. Il ne pouvait s'empêcher de penser qu'elle aurait mérité mieux que cette parodie de mariage. Elle devait s'ennuyer à mourir, seule toute la journée, sans autre distraction que les courses, la cuisine et le ménage.

Bien sûr, un an, cela passerait vite, mais que ferait-elle ensuite ? Chercher du travail ? Ce ne serait pas si facile, surtout s'il ne pouvait obtenir l'annulation de leur mariage et s'ils étaient contraints de divorcer. Certains préjugés avaient la vie dure...

Cette idée de restaurant n'était pas si mauvaise, à bien y réfléchir. Quand elle aurait décidé où elle voulait s'installer, il pourrait l'aider à trouver une gérance ou à monter sa propre affaire – en tout cas, il pourrait lui assurer une relative sécurité matérielle le temps qu'elle prenne un nouveau départ.

– Tu pourrais tenir le restaurant de mon hôtel, quand il ouvrira.

Pourquoi diable avait-il dit cela ? Pour le plaisir de se compliquer la vie ? Il avait pourtant assez de problèmes...

– Vraiment ? C'est sérieux ? balbutia Rose, éperdue de reconnaissance.

Il était trop tard pour faire marche arrière et, d'ailleurs, il n'en avait pas envie.

– Tout à fait. Ce serait un bon moyen de savoir si ce travail te convient vraiment.

– Oh, Michael, je ne sais pas comment vous remercier !

– *Te* remercier.

– Zut ! Je crois que je n'y arriverai jamais.

Comme c'était bon de l'entendre rire ! De voir à nouveau ces petites fossettes au coin de sa bouche, cette flamme dansante au fond de ses yeux noisette... Peut-être était-ce pour cela qu'il lui avait proposé ce travail – pour retrouver sur son visage la gaieté rayonnante qui lui avait fait si chaud au cœur la veille de leur mariage et qu'il n'y avait plus jamais vue depuis.

– Finissons cette excellente tarte, dit-il d'un ton enjoué. Ensuite, je te montrerai les plans de l'hôtel. Tu auras peut-être des idées pour le restaurant.

Une heure plus tard, ils étaient tous deux agenouillés sur le tapis du salon, les plans de l'hôtel étalés devant eux. Michael avait pensé que Rose serait déroutée par ces croquis, mais il n'en fut rien. Elle assimilait ses explications avec une facilité étonnante et ses remarques le frappèrent par leur pertinence.

Quand ils eurent passé en revue toutes les pièces et longuement débattu de l'emplacement de la cuisine et de la salle à manger, elle s'assit sur ses talons et secoua la tête d'un air soucieux.

– Tout de même, dit-elle en rejetant sa natte en arrière, deux restaurants, c'est beaucoup pour une petite ville comme ici... Je ne voudrais pas faire de tort à Mme Potter.

– Ne t'inquiète pas pour elle. Il y aura bientôt assez de passage à Homestead pour faire tourner deux restaurants.

– Vraiment ? Mme McLeod avait raison : vous en savez – pardon : tu en sais – plus long que nous sur ce qui va se passer ici. Je t'en prie, de quoi s'agit-il ?

Elle se pencha vers lui, les mains sur les genoux, et sa natte lui retomba sur l'épaule. Ils étaient face à face, si proches que leurs fronts se touchaient presque.

– Pas question que j'en parle, dit Michael en riant. Secret professionnel.

– Allons... insista-t-elle.

– J'ai dit : secret professionnel.

Il baissa la voix comme s'il craignait qu'on ne puisse l'entendre et ajouta :

– Qui me dit que tu ne le répéteras pas ?

Rose se redressa, affectant la raideur de la vertu outragée.

– Je suis tout de même votre épouse, monsieur Rafferty.

Elle n'avait pas terminé sa phrase que déjà elle la regrettait. Brusquement, ni Michael ni elle n'avait plus envie de plaisanter. Ils se regardaient sans rien dire et tous deux pensaient la même chose : ils étaient bel et bien mariés, et leur complicité n'était peut-être pas si innocente qu'il y paraissait.

Michael hésita, puis s'éclaircit la voix, rompant le silence gêné qui s'était installé entre eux.

– Tu as d'autres questions ? Je veux dire, à propos de l'hôtel. Parce qu'il commence à se faire tard et je vais avoir une rude journée demain.

– D'autres questions ? Non... non, je ne crois pas.

– Bon. Eh bien, dans ce cas...

Il commença de rouler les plans.

Rose se leva. Elle avait l'impression d'émerger d'un rêve.

– Tu tombes de sommeil, dit Michael. Va te coucher, j'éteindrai la lampe.

Elle le remercia et monta dans sa chambre d'un pas de somnambule. Elle n'avait pas sommeil, non. Comme disait Laura, elle flottait sur un petit nuage. Elle se déshabilla, enfila sa chemise de nuit et se glissa sous les draps.

Des questions, elle en avait plein la tête, mais qui ne concernaient pas du tout l'hôtel.

Etait-ce une impression ou bien Michael avait-il été aussi troublé qu'elle, quand elle avait dit cette phrase idiote ? Et juste après, n'avait-il pas failli l'embrasser ? Quel effet cela faisait-il de se laisser embrasser ? De s'abandonner totalement à quelqu'un ? De partager avec lui vos rêves et vos espoirs les plus secrets ?

Quel effet cela faisait-il de tomber amoureuse ?

14

– Sarah, pour la dernière fois, veux-tu bien descendre mettre la table !

Doris McLeod attendit un moment, la main sur la rampe de l'escalier, puis comme aucune réponse ne venait, elle poussa un soupir exaspéré et commença de monter les marches. Arrivée devant la chambre de sa petite-fille, elle hésita à frapper puis haussa les épaules. L'expérience lui avait appris que cela ne servait à rien : quand Sarah était plongée dans ses magazines, la maison pouvait s'écrouler sans qu'elle s'en aperçoive.

Elle poussa donc la porte et entra. La fillette était

assise devant la fenêtre, le regard perdu dans le vague, une revue ouverte sur les genoux.

– Sarah...

Aucune réaction.

– Sarah...

Toujours rien.

Doris s'approcha et lui posa la main sur l'épaule.

– Grand-mère ! s'écria Sarah en sursautant. Mon Dieu, tu m'as fait peur.

– Cela fait dix minutes que je t'appelle. Il est midi passé, ton grand-père va rentrer et la table n'est toujours pas mise. Tu sais pourtant qu'il n'aime pas attendre pour manger.

Sarah hocha distraitement la tête et se replongea dans sa revue.

– Tu as vu ce... cette chose, dit-elle en montrant une illustration représentant une étrange structure de métal. C'est bizarre, non ? Ils appellent ça la tour Eiffel. On l'a construite l'an dernier, pour l'Exposition universelle de Paris. J'aimerais bien la voir pour de vrai... pas toi, grand-mère ?

– Seigneur, non ! répondit Doris en se penchant sur son épaule pour mieux voir. On dirait que ça va s'écrouler au moindre souffle de vent ! Et puis, qu'est-ce que j'irais faire à Paris ?

Sarah referma sa revue et prit un air pensif.

– Grand-mère, demanda-t-elle après un silence, pourquoi est-ce que Rose n'est pas partie, finalement ?

– Eh bien, parce qu'elle est tombée amoureuse et qu'elle a préféré rester ici avec son mari plutôt que d'aller courir le monde. Tu comprendras cela, quand tu seras plus grande.

– Peut-être... En tout cas, moi, je partirai et rien ne pourra me retenir. Pauvre Rose, elle va passer toute sa vie ici, maintenant.

– Tu dis ça comme si c'était une catastrophe. Elle est sans doute très heureuse, tu sais.

Sarah secoua la tête en soupirant.

– Tu ne comprends pas, grand-mère.

– Peut-être, ma chérie, dit Doris en posant doucement la main sur son épaule. Peut-être que je suis trop vieille pour comprendre... Mais toi, tu es bien jeune pour décider déjà ce que tu feras plus tard. C'est bien de rêver, mais il faut aussi prendre la vie comme elle vient sans quoi elle vous déçoit souvent.

– Moi, je suis sûre qu'elle ne me décevra pas, répliqua Sarah avec toute l'assurance de ses douze ans. Parce que je partirai vraiment. Tous ces endroits dont je t'ai parlé, j'irai vraiment les voir. Je visiterai Paris, et Londres, et New York, et des tas d'autres villes encore. Tu verras, grand-mère, je le ferai.

Doris sourit et posa un baiser sur ses boucles blondes.

– D'accord. En attendant, nous sommes toujours à Homestead, et je connais une petite aventurière qui va avoir de gros ennuis avec son grand-père si elle ne descend pas mettre la table.

Son panier de pique-nique sous le bras, Rose se rendait sur l'emplacement où Michael avait projeté de construire son hôtel.

Une surprise de taille l'y attendait. Là où, la veille encore, il n'y avait que de l'herbe et quelques vieux pommiers, se dressaient d'imposantes piles de planches, de poutres et de chevrons. Le piquetage était terminé, et des fiches de bois délimitaient les contours du futur bâtiment.

Il paraissait bien plus imposant que ce qu'elle avait imaginé d'après les plans. Michael avait vu grand. L'Hôtel Rafferty ne serait pas une de ces petites auberges de campagne que seule leur enseigne différencie des maisons d'alentour. Dire que c'était à elle, Rose, qu'il allait confier le restaurant... Cela paraissait presque trop beau pour être vrai. Si elle réussissait, elle pourrait trouver du travail n'importe où quand elle quitterait Homestead. Quel bonheur de pouvoir à nouveau gagner sa vie, être libre, indépendante, sans plus personne pour lui dicter ce qu'elle devait faire !

Perdue dans ses pensées, elle ne vit pas Michael quitter le groupe des ouvriers pour la rejoindre.

– C'est gentil d'être venue me voir, dit-il avec un sourire plein de chaleur.

– Je... j'ai pensé que vous, enfin que tu aurais peut-être faim. J'ai apporté du poulet froid et le reste de la tarte d'hier.

Pourquoi se sentait-elle toujours aussi bête devant lui ? Elle rougissait, bafouillait et, malgré tous ses efforts pour le tutoyer, le « vous » lui venait instinctivement aux lèvres.

– J'adore le poulet froid et j'ai une faim de loup ! Merci, Rose.

– Oh, ce n'est rien ! De toute façon, je devais descendre au bourg pour faire des courses.

– Tu vas bien rester manger avec moi ?

Elle secoua la tête mais il l'entraînait déjà vers un banc improvisé formé par un madrier posé sur deux chevalets de sciage.

– Ce n'est pas très confortable mais c'est mieux que rien, pas vrai ?

Il prit le panier, le posa entre eux et souleva le torchon qui le recouvrait avec un sourire gourmand.

– A propos, ça y est, j'ai engagé mon équipe. Nous attaquerons les fondations lundi. Avec les foins qui approchent, je n'ai réussi à trouver que cinq ouvriers, mais je pense quand même pouvoir ouvrir dans le courant de l'été – à l'automne au plus tard.

– Si vite ? demanda Rose en regardant d'un air dubitatif les piles de poutres et de chevrons alignées le long de la route.

Au premier abord, elles paraissaient imposantes, mais vu la taille de l'hôtel...

– Ce n'est que le bois de charpente, expliqua Michael comme s'il devinait ses pensées. J'ai commandé le reste des matériaux avant de quitter San Francisco, il devrait arriver d'ici une quinzaine.

Il prit une cuisse de poulet et y mordit à belles dents. Rose regardait le soleil jouer dans ses cheveux. Dans la lumière de midi, ses boucles blondes brillaient comme des copeaux d'or, soulignant le bleu profond de ses yeux. Il se pencha pour prendre une serviette dans le panier, et elle admira ses larges épaules. Il avait vraiment tout d'un dieu grec : la beauté, la finesse de traits, la force...

Elle se rappela tout à coup qu'il était son mari et devint rouge comme une pivoine. Michael leva les yeux au même instant. Elle voulut détourner la tête, mais elle n'y parvint pas. Son regard était si doux... on aurait dit qu'il pénétrait jusqu'aux tréfonds les plus secrets de son âme.

– Ton bleu a complètement disparu, dit-il en effleurant sa joue.

Ce contact, si léger pourtant, la fit tressaillir comme une brûlure.

– Tu es très jolie, Rose. Te l'a-t-on déjà dit ?

Comme elle secouait la tête, incapable de prononcer un mot, il sourit doucement et ajouta :

– Alors c'est que les gens d'ici sont aveugles, parce que tu es vraiment ravissante.

Rose se leva précipitamment. Ses tempes bourdonnaient.

– Il faut que j'y aille, bredouilla-t-elle. L'épicerie va fermer.

Et elle s'en fut sans se retourner.

Michael la regarda s'éloigner à regret. Il en fallait vraiment peu pour l'effaroucher... Toutes les femmes qu'il connaissait aimaient s'entendre dire qu'elles étaient jolies. Lilian elle-même, sans rechercher ouvertement les compliments, était déçue quand il passait plus de quelques jours sans lui faire une remarque flatteuse sur son teint, sa toilette ou l'éclat de ses yeux. Rose, elle, ne semblait rien attendre de tel – au contraire ! Apparemment, elle ne demandait qu'une chose : qu'on la laisse tranquille. C'était exactement ce qu'il comptait faire, et pourtant...

Il s'interrompit dans ses réflexions en voyant un homme descendre le chemin de la scierie dans sa direction. C'était le cow-boy qu'il avait rencontré à la banque le jour de son mariage – un certain Jones, s'il se rappelait bien.

– Monsieur Rafferty ? dit-il en ôtant son chapeau.

– Oui ?

– On m'a dit que vous comptiez construire un hôtel ici.

– C'est exact.

– Je n'ai pas beaucoup d'expérience en matière de maçonnerie mais j'apprends vite et le travail ne me fait pas peur, alors si vous embauchez... Je travaille déjà quatre jours par semaine à la scierie mais le reste du temps, je suis libre – le dimanche compris.

– Travailler le dimanche... ce ne doit pas être très bien vu, dans une petite ville comme Homestead, fit remarquer Michael.

– Je suppose que non, mais quand on a besoin d'argent... Je peux aussi venir le soir, si vous voulez.

– Votre femme n'apprécierait peut-être pas.

– Je ne suis pas marié. J'aime une jeune fille mais son père n'acceptera jamais que nous nous mariions tant que je n'aurai pas un toit à lui offrir. Et j'ai besoin d'argent pour acheter une ferme dans la vallée et y monter un ranch, vous comprenez ?

Michael hocha la tête. Ce Jones lui plaisait et son instinct lui disait qu'il ferait un bon ouvrier.

– Entendu, dit-il. Je paie soixante-cinq *cents* de

l'heure, et le chantier commence lundi. Vous me direz quand vous comptez venir, que je puisse m'organiser avec le reste de l'équipe, mais sinon, vous pourrez faire autant d'heures que vous voudrez.

Il tendit la main à Yancy qui la serra avec effusion.

– C'est très généreux à vous, monsieur Rafferty. Vraiment très généreux, répétait-il en secouant la tête comme s'il n'arrivait pas à y croire.

Il repartit en souriant d'une oreille à l'autre. Michael le suivit un moment des yeux avant de retourner à son déjeuner. Drôle de bonhomme, pensait-il. Trimer sept jours sur sept pour pouvoir se marier, il fallait vraiment être fou – ou très amoureux, ce qui revenait au même.

Le souvenir de Rose traversa son esprit mais il le chassa aussitôt.

Il savait ce qu'il voulait et n'était pas homme à se laisser détourner du chemin qu'il avait choisi – fût-ce par de jolis yeux noisette aux prunelles pailletées d'or.

– Rose ! Rose Rafferty !

L'association des deux noms leur était encore si peu familière que Michael et Rose marquèrent un temps d'arrêt avant de se retourner.

– Ouf ! On peut dire que vous m'avez fait courir ! s'exclama Rachel Henderson, encore tout essoufflée. Vous avez quitté l'église si vite que je n'ai pas pu vous dire un mot. Félicitations pour votre mariage, et tous mes vœux de bonheur.

Redoutant qu'elle n'enchaîne sur des banalités d'usage, Rose s'empressa de faire les présentations :

– Michael, Rachel Henderson, la fille d'Emma Barber – la femme de Norman Henderson.

– Enchanté de faire votre connaissance, mademoiselle.

– Madame, corrigea Rachel avec une pointe de coquetterie. Mais ne vous en faites pas, tout le monde continue de m'appeler mademoiselle. Je suppose que c'est pareil pour Rose... Savez-vous que c'est la première fille de mon âge qui se marie ? A croire qu'elles attendent toutes de coiffer sainte Catherine ! A propos, Rose, tu serais libre demain après-midi ?

– Euh... oui, pourquoi ?

– J'invite quelques amies à la maison. On papotera, on fera un peu de broderie... Priscilla Jacobs m'a déjà dit qu'elle viendrait, et aussi Ophélia Turner.

– C'est-à-dire...

– Allons, dis oui. Ça me ferait tellement plaisir !

Rose hésita. Elle avait si peu l'habitude de ce genre d'invitation qu'elle ne savait que répondre. En fait, elle ne fréquentait guère les autres jeunes filles d'Homestead. Laura avait toujours été sa seule amie. Déjà, à l'école, elle se sentait trop différente de ses autres camarades pour se lier vraiment avec elles. Peut-être parce que ce qui leur semblait tout naturel, avoir des parents unis, des frères et sœurs affectionnés, représentait pour elle un paradis inaccessible. De toute façon, le temps lui faisait défaut, sa mère avait besoin d'elle à la maison, et avec son travail au restaurant...

– Alors ? la pressa Rachel.

– D'accord.

– A la bonne heure ! Pourquoi ne viendrais-tu pas pour midi ? Nous pourrions manger ensemble avant que les autres n'arrivent.

– Entendu.

– Parfait, dit Rachel. Eh bien, à demain, alors. Monsieur Rafferty...

Elle les gratifia tous deux d'un large sourire et retourna vers l'église.

– Une camarade de classe ? s'enquit Michael.

– Pas vraiment. J'ai été à l'école avec elle mais elle a deux ou trois ans de plus que moi.

– En tout cas, elle a l'air très gentille. Tu devrais passer une bonne journée, demain.

– Oui, sans doute, répondit Rose.

Mais l'invitation de Rachel la troublait. Elle ne pouvait s'empêcher de penser qu'elle la devait uniquement à son mariage et cela la gênait d'autant plus qu'elle ressentait cette union comme une imposture. Elle portait une alliance et figurait sous le nom de Rafferty dans le registre de l'état civil mais, en fait, elle était moins la femme de Michael qu'une sorte d'intendante qui préparait ses repas et s'occupait de sa maison en échange du vivre et du couvert. Il n'y avait aucune réelle intimité entre eux. Quand ils se quitteraient dans un an, ils redeviendraient de parfaits étrangers.

Elle se rappela le soir où il lui avait montré les plans de l'hôtel, le trouble qu'elle avait éprouvé à l'idée qu'il allait peut-être l'embrasser. Il lui suffisait d'évoquer ce baiser imaginaire pour sentir à nouveau son cœur s'emballer. Elle savait pourtant qu'il n'y aurait jamais rien entre Michael et elle, qu'elle ne partagerait jamais ni ses rêves, ni ses projets, ni son lit. Alors pourquoi le souvenir de cette soirée l'emplissait-il à ce point de regrets ?

Elle s'efforça de ne plus y penser et pressa le pas pour arriver plus vite au presbytère. Il n'était que onze heures, le repas était prêt, elle pourrait monter un moment dans sa chambre avant le déjeuner. Peut-être réussirait-elle à mettre un peu d'ordre dans ses idées...

Mais en découvrant son père assis sur la balancelle de la véranda, elle eut l'impression qu'un boulet de plomb lui tombait sur la poitrine. Si Michael ne lui avait pas pris le bras, elle n'aurait pas eu la force de faire un pas de plus.

– Eh bien, je commençais à m'impatienter ! grommela Townsend en se levant. Il y a près d'une heure que je vous attends. Le pasteur s'est endormi sur son sermon ou quoi ?

– Tu ne nous avais pas prévenus de ta visite, papa.

– Oh, je passais comme ça... Je ne vous ai pas vus

depuis votre mariage, je me demandais comment vous alliez.

– Nous allons très bien, monsieur Townsend, répliqua Michael en serrant plus fort le bras de Rose.

– Parfait, parfait. Vous ne voyez pas d'inconvénient à ce que je parle un moment avec ma fille, n'est-ce pas ?

Michael interrogea Rose du regard. A sa grande surprise, celle-ci battit des paupières en signe d'assentiment. Il était clair qu'elle n'avait aucune envie de parler à son père, mais elle devait penser qu'elle n'échapperait pas à une explication avec lui et préférait sans doute en avoir fini rapidement.

– Bon, eh bien, je vous laisse, dit-il.

Il rentra dans la maison et referma la porte derrière lui, les laissant en tête à tête.

– Alors, on ne dit pas merci à son vieux papa ? demanda Townsend en se tournant vers Rose avec un sourire épanoui.

– Merci de quoi ?

– Eh bien, mais regarde-toi : tu as un mari riche comme Crésus, une maison à toi...

– Tu m'as forcée à épouser un homme que je ne connaissais même pas.

– Désolé, mais ça ne sautait pas aux yeux quand je t'ai trouvée dans sa chambre...

Rose rougit, de colère et de honte à la fois.

– Qu'est-ce que tu veux, papa ? demanda-t-elle en serrant les poings.

– Oh, pas grand-chose... Juste un petit prêt le temps que les affaires reprennent...

– Je ne peux pas t'aider. Mark m'a pris toutes mes économies.

Townsend se mit à rire.

– Je pensais à ton mari.

– Non.

– Ecoute, Rose, ce n'est pas parce que tu es devenue

une dame – et grâce à moi, encore ! – que tu vas te mettre à me traiter comme un chien. Dépêche-toi d'aller trouver ton cher époux, fais-lui un grand sourire et...

– Inutile d'insister, c'est non.

Avant qu'elle ait pu faire un geste, il l'empoigna par le bras et l'attira brutalement vers lui.

– Je t'ai déjà dit de ne pas me parler sur ce ton, gronda-t-il en la secouant si fort qu'elle laissa échapper un cri. Je te demande juste de quoi nous tirer d'affaire un moment. Fais-le au moins pour ta mère !

– Maman s'est très bien débrouillée pendant ton absence. Elle serait bien plus heureuse si tu n'étais pas revenu.

Townsend leva la main pour la frapper mais il n'alla pas plus loin. Michael le tira en arrière, saisit à deux mains le col de sa chemise et le souleva de terre.

– Si jamais vous la touchez, je vous renvoie chez vous en petits morceaux. Est-ce que c'est clair ?

– Rose est tout de même ma fille...

– C'est aussi ma femme et je suis ici chez moi, alors faites-moi le plaisir de déguerpir avant que je ne me fâche pour de bon.

Il repoussa Townsend avec tant de force que ce dernier descendit à reculons les marches de la véranda et faillit tomber dans la poussière.

– Ça va ? demanda Michael en se retournant vers Rose.

Elle hocha la tête mais elle semblait terrifiée.

Il passa un bras autour de ses épaules et l'attira contre lui.

– Ne crains rien, il ne reviendra pas. Je suis là, maintenant.

Etait-ce la douceur de sa voix, la chaleur de ses bras... ? Rose sentit sa peur s'envoler. Oui, il était là. Et tant qu'il serait près d'elle, elle n'aurait rien à redouter ni de son père, ni de son frère, ni de personne au monde.

Elle leva la tête pour voir ses yeux. Ils étaient si bleus, si pleins de tendresse, qu'elle se sentit fondre sous leur regard.

Avec une lenteur infinie, Michael prit son visage entre ses mains et se pencha pour l'embrasser. Elle n'eut ni la force ni l'envie de le repousser. Et quand leurs lèvres se touchèrent, elle se sentit si faible qu'elle dut l'enlacer pour ne pas tomber.

Leur baiser ne dura qu'un instant, mais ce fut un de ces instants qui vous laissent à jamais différent. Rose avait l'impression de n'être plus la même femme, de ne plus voir le monde avec les mêmes yeux.

Michael recula d'un pas pour la regarder, et elle se sentit tout à coup aussi nue devant lui que le soir où elle s'était jetée dans ses bras pour échapper à Mad Jack. Sa peur se réveilla, plus terrible encore que celle que son père lui inspirait. Elle savait désormais que Michael avait le pouvoir de la blesser et ce ne serait pas sur sa peau qu'il laisserait des bleus mais sur son âme.

– Nous n'aurions pas dû faire cela, dit-elle dans un souffle. Nous ne recommencerons pas.

Il y eut un silence, puis il hocha la tête.

– Tu as raison. Nous ne recommencerons pas.

Mais ils savaient tous deux que cette résolution serait plus facile à prendre qu'à tenir.

15

Quand Rose se réveilla, le lendemain matin, elle fut soulagée de constater que Michael était déjà parti travailler. L'après-midi et la soirée de la veille avaient été éprouvants pour tous les deux. Le souvenir de leur baiser était encore si présent qu'ils ne pouvaient échanger un regard sans se sentir gênés, et elle redoutait qu'il en fût de même ce matin. Michael aussi, apparemment, car c'était la première fois qu'il ne prenait pas son petit déjeuner avec elle.

Comme elle devait se rendre chez Rachel, Rose prit un bain, enfila sa plus jolie robe et se brossa longuement les cheveux avant de les relever en chignon. Elle mit un chapeau – il n'était pas exactement assorti à la robe mais il la vieillissait un peu et elle espérait que cela lui donnerait de l'assurance.

Pourquoi se sentait-elle aussi nerveuse ? Elle quitta le presbytère sans avoir résolu la question. Elle marchait d'un pas vif, sachant qu'il lui faudrait au moins deux heures pour arriver chez Rachel. La veille, Michael lui avait proposé de retenir une voiture à l'écurie de louage mais elle avait refusé, expliquant qu'elle avait besoin d'exercice et préférait faire le chemin à pied. En vérité, elle n'avait pas la moindre idée de la façon dont on conduisait un attelage. N'en ayant ni les moyens ni l'usage, sa mère n'en avait jamais possédé.

Elle pressa encore le pas. Marcher ne lui déplaisait pas mais cela laissait vraiment trop de temps pour penser – à Michael, en particulier.

Michael l'aperçut comme elle traversait le bourg. Elle portait la jolie robe jaune qu'elle avait mise le soir de leur mariage – celle qui mettait si bien en valeur les paillettes d'or de ses yeux noisette. Il se rappela que c'était un cadeau d'Emma Barber et regretta de ne pas la lui avoir offerte lui-même.

Il y avait tant de choses qu'il aurait voulu lui donner. Des robes, des chapeaux, des bijoux... sa propre tendresse, surtout. Leur baiser de la veille avait été si court. Il aurait fallu toute une nuit d'amour pour étancher la soif qu'il avait d'elle.

Il fronça les sourcils. N'était-il pas en train de tomber amoureux de sa femme ?

Rose n'avait guère l'habitude de broder et l'habileté de ses trois compagnes la rendait davantage consciente de sa maladresse. Leur ouvrage – une nappe d'autel ornée de grands motifs au point de bourdon – était étalé sur la table du salon, et chacune à un coin y piquait l'aiguille avec une dextérité confondante. Elle était nettement moins rapide et plusieurs minutes s'écoulèrent avant qu'elle ne réussisse à broder tout en suivant leur conversation.

Celle-ci était simple et sans prétention. Il y était question de labours, de vaches qui allaient vêler et, bien sûr, des derniers ragots du bourg : un tel était tombé malade, tel autre s'apprêtait à déménager, la femme de l'épicier, qui relevait de couches, se désolait d'avoir eu encore une fille.

Rose ne glissait qu'un mot de temps à autre mais, au fur et à mesure que le temps passait, elle oubliait sa gêne et prenait plaisir à ce bavardage bon enfant.

– Savez-vous que Tommy McLeod s'est cassé le bras ? dit Ophélia en renfilant son aiguille. Il est tombé d'un arbre hier près de la rivière. Chad a dû le conduire chez le Dr Varney.

– Cet enfant est un vrai démon, soupira Priscilla en secouant la tête. Comme tous les garçons, d'ailleurs. Je ne sais pas comment fait Doris. J'ai trente ans de moins qu'elle et les deux miens me rendent folle.

– Les filles ne sont pas forcément plus faciles, fit observer Rachel. Ma mère me le répétait souvent, surtout quand je faisais une bêtise. Elle me disait que je comprendrais plus tard, si j'avais une fille. Cela pourrait bien arriver, d'ailleurs... et pas plus tard que l'hiver prochain.

– Rachel ! s'écria Ophélia en abandonnant son ouvrage pour lui prendre la main. C'est vrai ? Tu vas avoir un bébé ? Norman et toi allez me faire un petit neveu ?

– Ou une petite nièce...

– Quel bonheur ! Je te promets de prier tous les jours pour que tes couches se passent bien.

Rachel sourit.

– Si je suis comme ma mère, je ne devrais pas avoir de problème. Elle disait toujours qu'elle préférait mettre un enfant au monde que d'aller battre son linge à la rivière – elle trouvait ça moins fatigant !

– La mienne prétendait qu'accoucher était un cauchemar, dit Ophélia en reprenant son aiguille. Mais ça me serait bien égal de souffrir si seulement je pouvais donner un fils à Chad. Remarquez, je suis déjà très heureuse d'être sa femme... Je crois que je n'avais pas quinze ans que j'étais déjà amoureuse de lui. Je l'avais rencontré à un bal du 4-Juillet et ç'a été tout de suite le coup de foudre – enfin, pour moi. Lui n'avait d'yeux que pour Addie Rider, c'est tout juste s'il m'a remarquée. Quand nous nous sommes enfin mariés, Chad et moi, j'étais si heureuse que je ne sortais plus de la maison. C'est bien simple : nous passions notre temps au lit. Et pas à dormir, croyez-moi ! Quand je pense que quelque chose d'aussi merveilleux peut en plus vous donner un enfant...

Elle rougit légèrement, mais voyant que Rachel et Priscilla échangeaient un sourire complice, elle poursuivit :

– Eh bien, quoi ? C'est vrai, non ? Je me suis toujours demandé pourquoi on parlait de « devoir » conjugal – c'est « plaisir » qu'on devrait dire. Les gens ont l'air de tenir ça pour un péché, mais s'ils relisaient *Le Cantique des cantiques*, ils s'apercevraient que Dieu ne condamne pas l'acte de chair... Alors pourquoi ne jamais en parler ? Même nous qui sommes toutes mariées nous discutons régulièrement de bébés et d'accouchements, mais jamais de ça. Pourquoi ? Ce n'est pas différent.

Rachel, qui était devenue rouge comme une pivoine, se pencha vers elle et chuchota :

– Oh, si... Je ne sais pas pourquoi, mais *c'est* différent.

Les yeux baissés sur sa broderie, Rose ne pipait mot. Bien sûr, elle savait de quoi parlaient Rachel et sa belle-sœur, mais sa connaissance de l'amour physique était purement livresque et l'idée qu'elle s'en faisait bien différente de ce que semblait sous-entendre Ophélia. Sa mère lui avait toujours parlé de l'acte sexuel comme d'une corvée à laquelle on devait se plier quand on était mariée et, dans sa naïveté, elle avait cru qu'il en était de même pour toutes les autres femmes.

Apparemment, ce n'était pas le cas.

Elle rougit en se rappelant ce qu'elle avait ressenti quand Michael l'avait embrassée. Il avait suffi qu'il la prenne dans ses bras pour qu'elle se sente défaillir. Que serait-ce si elle partageait son lit ? Elle s'aperçut que Rachel la regardait et lui adressa un sourire qu'elle aurait voulu entendu et qui n'était qu'embarrassé.

Jamais elle ne s'était sentie aussi gênée.

L'enthousiasme des ouvriers compensait largement leur manque d'expérience. Il ne s'agissait pour l'instant que de manier la pelle et la pioche, mais au train où allaient les choses, le gros des fondations serait terminé avant la fin de la journée.

Michael marcha jusqu'à la route et s'efforça d'imaginer son hôtel comme les voyageurs le découvriraient dans quelques mois : une large façade blanche, tout en bois, avec au-dessus de l'entrée une enseigne au lettrage ouvragé.

Il y aurait dix chambres. Elles ne resteraient pas longtemps inoccupées, et Michael le savait, aussi avait-il conçu le bâtiment de manière à pouvoir y adjoindre une aile supplémentaire. Le salon serait vaste mais sans trop, de façon que le restaurant, du moins au début, soit le plus spacieux possible car il constituerait la principale source de recettes.

Même quand le chemin de fer arriverait à Homestead et que la clientèle de passage deviendrait plus importante, ce serait sans doute lui qui rapporterait le plus. Il faudrait attendre que la ligne se prolonge jusqu'à Boise pour que l'hôtel proprement dit puisse tourner à plein grâce aux mineurs, ranchers et autres exploitants forestiers qui s'y arrêteraient avant de reprendre le train pour la capitale.

Michael sourit. Il s'étonnait lui-même de l'enthousiasme qu'il ressentait à réaliser ce projet. Qu'y avait-il de commun entre la petite auberge de campagne qu'il s'apprêtait à construire et les luxueux Hôtels Palace ? Rien. Pourtant, elle représentait quelque chose d'important pour les gens d'ici. C'était un gage de développement. On n'y verrait jamais ni lustres en cristal ni homards artistiquement dressés sur des plats d'argent, mais le voyageur de passage serait heureux d'y trouver des plats simples et consistants ainsi qu'un bon lit pour la nuit.

Michael fronça les sourcils. Encore un peu, et il allait se glisser dans la peau d'un petit hôtelier de campagne – et cela, il n'en était pas question. Sa place était à New York ou à San Francisco, pas dans une bourgade perdue au fin fond de l'Idaho. Ce n'était pas parce qu'il était tombé amoureux d'une fille du coin qu'il allait y passer sa vie. D'ailleurs, Rose ne demandait qu'à quitter Homestead ; alors pourquoi pas New York ou San Francisco, justement ?

Bien sûr, il faudrait d'abord la convaincre qu'il était inutile de faire annuler leur mariage, et cela ne serait pas facile. Mais qui sait ?...

Michael sourit en se rappelant la façon dont il l'avait sentie fondre dans ses bras, la veille.

– Oui, qui sait ?... répéta-t-il tout haut.

– Monsieur Rafferty, lui cria l'un de ses ouvriers, où est-ce que vous voulez qu'on mette ça ?

Paul Stanford montrait un tas de pierres à demi recouvert de ronces qui devait provenir des fondations d'une maison.

– Approchez la charrette, nous allons le charger dessus et le porter à la rivière. Attendez, je vais vous aider.

Il s'approcha de l'amoncellement de pierres et commença à dégager les ronces. Le soleil n'était plus très haut, mais il faisait si chaud qu'il fut bientôt en nage. Il essuya la sueur sur son front, retroussa ses manches, et se remit au travail.

Comme il soulevait une grosse pierre à la base du tas, celui-ci s'éboula en partie, découvrant une sorte de niche qui accrocha son regard.

– Attention, lui cria Paul, c'est un nid de serpents à sonnettes !

Mais Michael y avait déjà plongé la main et grimaçait de douleur.

– Vite, allez chercher le Dr Varney ! lança Paul aux autres ouvriers. M. Rafferty s'est fait piquer.

Michael examina son bras. Les traces de morsures qu'il avait à la hauteur du poignet étaient terriblement douloureuses. Il jeta un regard dans le fond, où grouillaient de jeunes crotales à peine longs comme son doigt.

J'ai de la chance, pensa-t-il, ce ne sont que des bébés. Mais n'avait-il pas lu quelque part que les serpents à sonnettes étaient mortellement dangereux sitôt sortis de l'œuf ?

– Venez vous mettre à l'ombre, dit Paul. Appuyez-vous sur moi. Moins vous ferez d'efforts, moins vite le venin se répandra. Le docteur va arriver.

Michael se retrouva étendu sous un arbre. Avait-il marché jusque-là ? L'y avait-on porté ? Il aurait été incapable de le dire. Son bras était moins douloureux et l'impression de brûlure s'était estompée, laissant place à un vague engourdissement.

– Tenez, il paraît que c'est radical contre les morsures de serpents.

Il sentit qu'on pressait le goulot d'une flasque contre ses lèvres, but une ou deux gorgées de ce qui lui sembla être du whisky et laissa retomber sa tête sur l'herbe, épuisé. Ses oreilles bourdonnaient. Son cœur battait si fort qu'il semblait sur le point d'éclater.

Un coup de feu claqua, suivi d'une dizaine d'autres qui frappèrent ses tympans comme autant de coups de boutoir. Deux ouvriers s'étaient approchés du tas de pierres et tiraient sur les serpents. Pendant plusieurs minutes, les détonations se succédèrent, puis le silence retomba, troublé seulement par les pulsations du sang dans ses tempes.

– Il faut le porter chez lui.

Qui avait parlé ? Le docteur ? Mais non, il ne pouvait pas être déjà là, on venait à peine de l'appeler. Il essaya d'ouvrir les yeux mais sa vue se brouillait déjà.

– Il y a longtemps que c'est arrivé ?

– Dix minutes, peut-être un quart d'heure.

Tant que ça ? C'était impossible, voyons, il venait juste de se faire mordre. On l'avait porté sous cet arbre, quelqu'un lui avait donné du whisky et... Non, il se trompait : il avait d'abord entendu les coups de feu et c'est seulement après qu'on lui avait donné à boire.

Avant ou après ?

Pourquoi n'arrivait-il pas à se rappeler une chose aussi simple ?

– Ne vous agitez pas, monsieur Rafferty, nous allons vous porter jusqu'à la charrette.

Seigneur qu'il avait soif ! Où donc était passée cette flasque de whisky ? Il aurait pu la vider d'un trait tant sa bouche était sèche.

– Posez-le sur son lit que je puisse l'examiner.

Son lit... Il était donc dans sa chambre. Comment était-il arrivé jusque-là ? Et pourquoi était-il couvert de sueur ? Ce devait être la chaleur, il faisait si chaud dans ce maudit pays... Non, il s'en souvenait maintenant. Il avait déplacé des pierres sur le chantier. C'est pour ça qu'il était en nage et qu'il se sentait si fatigué.

– Trois morsures, peut-être quatre – et j'ai peur qu'une veine n'ait été touchée. Il aurait fallu aspirer le venin tout de suite, mais avec un peu de chance...

La voix du docteur devint de plus en plus lointaine, jusqu'à se confondre avec le bourdonnement du sang dans ses tempes.

– Michael ? Michael, c'est moi, Rose. Est-ce que tu m'entends ?

Rose... Douce petite Rose. Il aurait voulu lui dire qu'il l'aimait mais ses lèvres étaient si sèches... Demain. Demain, il lui parlerait.

Le Dr Varney dut partir, mais Yancy proposa à Rose de rester pour veiller le malade avec elle.

– On ne sait jamais, madame Rafferty. Je vais m'allonger sur le canapé, en bas. Si vous avez besoin d'aide dans la nuit, vous n'aurez qu'à m'appeler.

– Merci, monsieur Jones. Vraiment, merci.

Les nausées commencèrent juste après minuit. Rose somnolait, assise au chevet de Michael. Elle se réveilla en sursaut en l'entendant gémir. Il avait roulé sur le côté et sa tête pendait hors du lit, secouée de violents hoquets. La jeune fille courut chercher le vase de nuit et essaya de le retenir par les épaules pour l'empêcher de tomber.

– Monsieur Jones ! appela-t-elle. Vite, venez m'aider !

Les spasmes, de plus en plus rapprochés, ébranlaient tout le corps du jeune homme. Sa tête se balançait contre le bois du lit, ses bras battaient l'air comme ceux de quelqu'un qui se noie.

– Monsieur Jones !

– Je suis là, madame.

Rose se redressa en chancelant tandis que Yancy saisissait Michael à bras-le-corps et le tirait en arrière pour l'empêcher de basculer complètement hors du lit.

– Allez chercher de l'eau fraîche, voulez-vous ? Il en aura besoin dans un moment.

Elle hocha la tête et sortit précipitamment de la chambre. Il va mourir, pensait-elle. Il va mourir, c'est sûr. Le cœur battant la chamade, elle descendit dans la cuisine et commença d'actionner la pompe qui alimentait le robinet de l'évier. Il fallait à tout prix qu'elle se calme. Le docteur avait bien dit que Michael était jeune, solidement bâti et qu'il avait de bonnes chances de s'en sortir.

Et même s'il mourait ? Elle serait triste, bien sûr, mais d'une certaine manière, ne serait-ce pas plus simple ? Elle deviendrait une veuve respectable et non une divorcée que tout le monde regarde de travers. Elle serait assez riche pour quitter le pays et monter ce fameux restaurant dont elle avait toujours rêvé. Sa mère pourrait même venir vivre avec elle, si elle le voulait.

Mon Dieu, pardonnez-moi.

Elle ferma les yeux, atterrée par cette pensée qui venait de lui traverser l'esprit. Comment pouvait-elle être assez mesquine pour souhaiter la mort d'un homme simplement parce que ça l'arrangeait ? Michael s'était montré si bon pour elle. Il l'avait défendue contre Mark, contre son père, il lui avait même pardonné de l'avoir acculé à ce mariage absurde...

Elle cala la bassine d'eau contre sa hanche, prit un linge propre et sortit de la cuisine.

Si c'était humainement possible, elle le sauverait, dût-elle le veiller jour et nuit pendant des semaines. Elle lui devait bien ça après ce qu'il avait fait pour elle.

Oui, elle le sauverait... et dès que l'année serait finie, elle prendrait la première diligence et disparaîtrait à jamais de sa vie.

– C'est injuste. Tu m'as toujours dit que les Hôtels Palace me reviendraient, tu me l'as promis.

– Je ne pouvais pas savoir que Dillon...

– Dillon n'est qu'un bâtard !

– Ne parle pas comme ça, Michael. Tout est ma faute, pas la sienne. Si j'avais su...

– Si tu avais su, tu n'aurais jamais épousé maman et je ne serais pas là. Tu préférerais que les choses se soient passées comme ça ? Hein ? Réponds-moi.

– Mais non, voyons. J'ai toujours été fier de toi. Mais je suis fier de Dillon aussi, tu comprends ? Si seulement vous arriviez à vous entendre ! A vous deux, vous pourriez...

– Ne recommence pas, papa. Dillon et moi étions peut-être amis, mais c'est fini. Je vais partir dans l'Idaho comme tu l'as décidé, mais dis-toi bien que cela ne changera rien : les Hôtels Palace sont à moi et ils le resteront.

Rose essora le linge au-dessus de la cuvette et le passa sur le front brûlant de Michael. Le jeune homme ne bougeait plus. Son visage était d'un blanc de craie, ses lèvres presque bleues, et son souffle si faible qu'il fallait tendre l'oreille pour l'entendre respirer. Les vomissements avaient cessé mais il transpirait beaucoup et passait par des phases de délire qui l'épuisaient.

Rose était exténuée, mais elle refusait obstinément de quitter son chevet. Elle se sentait terriblement coupable d'avoir pu souhaiter sa mort, et s'efforçait de se racheter par un dévouement sans faille.

Michael rêvait énormément. Elle le savait parce qu'il parlait dans son sommeil – le plus souvent à son père et à un certain Dillon, parfois à une femme du nom de Lilian.

Qui était cette Lilian ? Sa sœur ? Son amie ? Sa maîtresse ?

Le docteur était revenu, ce jour-là. Il avait dit que le pire était passé. Rose l'espérait de tout cœur mais elle avait du mal à le croire en voyant Michael si faible.

Il faut qu'il s'en sorte. S'il meurt, je ne me le pardonnerai jamais.

Elle le revoyait le matin où il l'avait embrassée, éclatant de santé. Quand il l'avait prise dans ses bras, une mèche blonde avait balayé sa joue – cette même mèche qui lui retombait maintenant sur le front, toute poissée de sueur.

Rose l'écarta doucement et effleura du bout des doigts sa barbe de deux jours. La pâleur de son visage ne parvenait pas à l'enlaidir. Ses traits gardaient la même beauté parfaite qui l'avait tant frappée la première fois qu'elle l'avait vu.

Elle rougit en se rappelant le bain qu'elle lui avait donné la veille avec l'aide de Yancy. C'était la première fois qu'elle voyait un homme nu. Elle repensa à ce que sa mère lui avait dit à propos du devoir conjugal et aux sourires entendus de Rachel et d'Ophélia. Elle en comprenait mieux le sens maintenant. Mais elle se posait aussi plus de questions.

Comment est-ce que je peux penser à des choses pareilles quand Michael est peut-être en train de mourir ?

Elle ferma les yeux et s'efforça de faire le vide dans son esprit. Son mari était malade, elle le soignait comme n'importe quelle épouse l'aurait fait à sa place, et l'intimité physique qui en résultait cesserait dès qu'il serait rétabli. Il ne fallait pas imaginer autre chose.

Kathleen posa la main sur son épaule.

– Michael, dit-elle, *je te présente Dillon. Il va venir vivre avec nous. J'espère que tu le traiteras comme ton frère.*

– Pourquoi va-t-il vivre avec nous ? Il n'a pas de famille ?

– Sa mère vient de mourir et son père... Il n'a jamais connu son père. Mais ce n'est pas sa faute, c'est un bon garçon. Sois gentil avec lui, Michael, il n'a pas eu autant de chance que toi.

– Nous deviendrons de grands amis, je te le promets.

– De grands amis, je te le promets...

– Michael ?

– Je te le promets...

– Michael, c'est moi, Rose. Je t'en prie, réveille-toi.

– Nous étions vraiment amis... Pourquoi ai-je tout gâché ?

Rose soupira car, l'espace d'un instant, elle crut qu'il allait reprendre connaissance.

– Vous ai-je déjà dit que vous étiez la jeune femme la plus ravissante de tout San Francisco, mademoiselle Overhart ? Je me demande pourquoi vous perdez votre temps avec mon frère.

– Qui vous dit que je le perds ?

– Eh bien, mais le simple bon sens. C'est moi qui hériterai des Hôtels Palace, pas Dillon. Il devra sans doute quitter San Francisco et essayer de faire fortune ailleurs.

– Alors ce qu'on dit est vrai ? Dillon n'est pas vraiment votre frère ? Je ne l'aurais jamais cru : vous vous ressemblez tellement...

– Je crois qu'il est tiré d'affaire, Rose, dit le Dr Varney en rangeant son stéthoscope. Continue de lui donner des bouillons de légumes et baigne-le régulièrement pour aider la fièvre à tomber, le temps fera le reste.

– Pourquoi ne reprend-il pas connaissance ?

– On ne se remet pas si facilement d'une morsure de serpent – alors, lorsqu'il y en a trois... Si une veine avait été touchée comme je l'ai d'abord cru, il n'aurait pas passé la première nuit. Non, crois-moi, tout ira bien. Le sommeil est le meilleur remède. S'il veut dormir, qu'il dorme – et tu ferais bien d'en faire autant parce que tu as vraiment une petite mine.

– Oh, moi...

– Ta-ta-ta, demande donc à M. Jones de te remplacer cette nuit. Ce n'est pas la peine qu'il couche ici si tu ne le laisses jamais t'aider.

Rose hocha la tête et raccompagna le docteur jusqu'à sa voiture.

– Je repasserai demain matin, dit-il. J'espère que tu seras plus reposée.

Rose le regarda s'éloigner puis retourna vers la maison, où elle se laissa tomber sur la balancelle de la véranda. Elle était immensément soulagée mais, maintenant que ses nerfs se relâchaient, elle sentait tout le poids de la fatigue accumulée. Le docteur avait raison, elle avait vraiment besoin de dormir. Ce soir, elle demanderait à Yancy de la relayer. Il le lui avait proposé dès le premier jour, mais elle voulait être sûre que Michael était hors de danger avant de quitter son chevet.

Elle ferma les yeux et se laissa bercer par le bourdonnement des abeilles sur les volubilis de l'allée. Le soleil du matin caressait doucement son visage. Une brise légère effleurait ses lèvres comme un baiser.

Un baiser...

Quel mal pouvait faire un baiser ?...

Elle ouvrit les yeux et se redressa, alarmée par la facilité avec laquelle son esprit dérivait vers ce genre de pensées.

Les baisers de Michael étaient plus dangereux pour elle que tous les coups qu'elle avait reçus dans sa vie – elle ferait bien de ne pas l'oublier.

16

Will Rider balaya du regard la salle de bal à la recherche de sa fille. Elle se tenait debout près d'une fenêtre, seule, le regard perdu dans l'obscurité de la nuit. Son visage était si triste qu'il en eut la gorge serrée.

Si elle s'était aperçue qu'il la regardait, elle aurait aussitôt rejoint un des petits groupes qui devisaient gaiement autour de la piste de danse et se serait mêlée à la conversation comme il l'avait vue faire cent fois, mais il n'était pas dupe : elle était malheureuse. Et cela lui brisait le cœur.

Will avait parfois du mal à reconnaître ses erreurs mais, cette fois, il devait bien admettre qu'il s'était trompé. Ce séjour à Boise n'avait rien arrangé, au contraire. Le mieux était de rentrer au ranch et de chercher un autre moyen de détourner Laura de cette ridicule tocade pour Yancy Jones. Sur ce point, il n'avait pas changé d'avis : il s'agissait bel et bien d'une tocade, et des plus dangereuses pour l'avenir de sa fille.

Il reconnut la main qui se posa sur son épaule et sourit.

– Tu as toujours eu besoin d'observer les choses avant de les voir vraiment, n'est-ce pas ? dit Addie en lui rendant son sourire.

– Et toi, tu as toujours su lire en moi comme dans un livre ouvert.

– Pas toujours.

– Presque.

– Quand rentrons-nous à Homestead ?

– Lundi matin. Ce n'est pas la peine d'attendre plus longtemps.

Addie lui prit le bras.

– Va vite le dire à Laura. Ça lui fera tellement plaisir.

Le sourire de Will disparut, son visage se rembrunit.

– Et si je me trompais ? Si elle aimait vraiment Yancy ?

– Qu'y aurait-il de si terrible ? Tu as toujours souhaité à Laura un amour comme le nôtre. Peut-être l'a-t-elle déjà trouvé ?

– Elle est si jeune...

– Personne n'est jamais trop jeune pour aimer. Allons, va vite lui annoncer la bonne nouvelle.

Will hocha la tête en soupirant et se fraya un chemin jusqu'à sa fille à travers la foule des invités.

– Il est temps de partir ? lui demanda Laura comme il la rejoignait.

– Oui, il est temps de partir.

– Je vais chercher mon sac.

– Non, ce n'est pas ce que je voulais dire. Il est temps de quitter Boise, de rentrer à la maison.

Un sourire radieux éclaira le visage de la jeune fille.

– C'est vrai ? demanda-t-elle. Oh, papa, quand partons-nous ?

– Lundi matin.

– Merci. Merci du fond du cœur.

Elle lui étreignit les mains et, de nouveau, il sentit sa gorge se serrer. Comme elle lui manquerait quand elle le quitterait... Car elle le quitterait un jour – pour Yancy ou pour un autre –, ce n'était qu'une question de temps.

Il se souvint de leur première rencontre, dix ans auparavant, dans la cour de l'orphelinat. Il revoyait sa robe grise, trop grande pour elle, sur laquelle on avait épinglé un bout de papier blanc avec son nom en lettres capitales. Laura baissait la tête, dissimulant ses yeux sous un bonnet de calicot lui aussi trop grand, et deux tresses brunes retombaient sur ses joues. Will était presque aussi intimidé qu'elle. Il n'avait pas la moindre idée sur la manière d'élever une petite fille.

Il s'était bien débrouillé, tout compte fait. Laura était une jeune fille vive, sensible, enjouée, et jusqu'à sa rencontre avec Yancy, elle avait toujours fait preuve d'un remarquable bon sens. Il avait su lui inculquer les valeurs auxquelles il croyait et, grâce à la vigilance d'Addie, elle n'avait adopté aucun de ses travers.

Il serra sa fille contre lui, lui étreignant le visage entre ses grandes mains calleuses.

– Je t'aime, Laura, murmura-t-il.

– Je t'aime aussi, papa, répondit-elle d'une voix émue.

Yancy s'installa au chevet de Michael qui dormait. Sa respiration était calme et régulière, son visage paraissait moins pâle. Sans doute reprendrait-il bientôt connaissance.

Yancy avait hâte de le voir remis. Non qu'il en eût assez de jouer les gardes-malade – ce n'était pas bien fatigant, surtout avec le peu que Rose lui laissait faire –, mais il lui tardait de rentrer chez lui. La ferme était encore loin d'être habitable, et entre son travail à la scierie et les heures qu'il faisait sur le chantier de l'hôtel, il ne lui restait pas beaucoup de temps pour la remettre en état.

Il appuya la tête contre le mur et ferma les yeux. Dieu qu'il était fatigué ! Un petit somme ne lui ferait pas de mal, à lui non plus...

Comme chaque soir avant de s'endormir, il fit le compte de ses économies – déjà trente-neuf dollars, et Michael lui en devait quinze autres pour son travail de la semaine. Ce n'était pas grand-chose encore, mais le père de Laura devrait bien reconnaître qu'il s'était trompé sur son compte : il n'était pas un de ces cow-boys sans toit ni loi incapable de mettre un sou de côté.

La construction de l'hôtel se poursuivait. Au début, les autres ouvriers pensaient qu'il fallait attendre que Michael soit remis pour reprendre le travail ; mais Yancy avait insisté pour finir au moins les fondations et, de fil en aiguille, il était devenu une sorte de chef de chantier, se chargeant de lire les plans et de répartir les tâches.

Ce n'était pas aussi difficile qu'il l'aurait cru, il suffisait d'un peu de méthode et d'organisation. Il n'avait pas passé beaucoup de temps à l'école et pensait n'avoir guère plus de cervelle qu'un oiseau, mais au bout de deux jours il jonglait avec les cotes et maniait sans problème le mètre d'arpenteur.

Oui, Laura pourrait être fière de lui.

Dieu qu'elle lui manquait... Pensait-elle encore à lui, après ces trois semaines passées à Boise ? Il se rappela la lettre enflammée qu'elle lui avait écrite avant de partir. N'y disait-elle pas qu'elle mourrait si son père la retenait trop longtemps loin de lui ? Il s'efforça de faire taire son inquiétude, mais il n'était pas loin de penser que c'était lui qui mourrait si elle ne l'aimait plus.

Rose se réveilla au milieu de la nuit, le cœur battant, le front couvert de sueur. Elle avait vu Michael en rêve, brûlant de fièvre, se débattant contre la mort.

C'était ridicule, bien sûr. Ce n'était qu'un rêve, mais qu'importe, elle avait besoin de le voir pour se rassurer.

Elle alluma la lampe, enfila sa robe de chambre et sortit sur le palier. Par la porte entrebâillée, elle vit Yancy endormi sur sa chaise, le menton appuyé sur la poitrine. Elle entra sur la pointe des pieds et s'approcha de Michael. Il ne paraissait pas fiévreux. Au contraire, sa respiration était paisible et son visage semblait plus reposé.

Elle laissa échapper un soupir de soulagement. Le jeune homme gémit doucement et entrouvrit les yeux.

– Rose ? murmura-t-il.

Comme elle s'approchait de la table de nuit pour y poser la lampe, il ajouta :

– Je t'en prie, ne pars pas.

– Je ne pars pas.

Elle posa la main sur son front et plongea le regard dans le bleu merveilleux de ses yeux.

– Comment te sens-tu ?

– Epuisé. Qu'est-ce qui m'est arrivé ? J'ai été mordu par un serpent, non ?

– Oui, et tu as été très malade.

Yancy se redressa sur sa chaise.

– Madame Rafferty...

– Tout va bien, il s'est simplement réveillé.

Le cow-boy se leva et s'approcha du lit.

– Votre femme s'est fait un sang d'encre, monsieur Rafferty. Et nous aussi.

– Il y a longtemps que je dors comme ça ?

– Cinq jours et cinq nuits, monsieur.

Rose prit la carafe d'eau sur la table de nuit et remplit un verre qu'elle lui tendit.

– Bois un peu, ça te fera du bien, dit-elle en glissant une main sous sa nuque pour lui soutenir la tête.

Il porta le verre à ses lèvres, but une ou deux gorgées, puis se laissa retomber sur l'oreiller, à bout de forces.

– Rose... reste, balbutia-t-il avant de se rendormir.

Que pouvait-elle faire ?

Elle se tourna vers Yancy, qui hocha la tête et sortit sans bruit.

Quand Michael se réveilla, le lendemain, le soleil filtrait entre les volets de la chambre, éclairant le visage de Rose. Elle s'était assoupie sur sa chaise, la tête inclinée sur l'épaule, une mèche brune barrant sa joue pâle.

Dieu qu'elle avait l'air fatiguée...

Il se rappela ce que lui avait dit Yancy. Il était resté inconscient cinq jours et cinq nuits. Et pendant tout ce temps, elle l'avait soigné et veillé comme un ange de miséricorde.

Tu dois bien m'aimer un peu... Que dirais-tu si je t'avouais que je t'aime aussi ?

Car il l'aimait.

De ce même amour imbécile qui ne lui avait jamais valu que des ennuis. Avec Dillon, pour commencer. Oui, il l'avait aimé. Pendant six ans, ils avaient été plus unis que les doigts de la main. Et pendant les dix ans qui avaient suivi, ils étaient devenus rivaux en tout et n'avaient cessé de se déchirer.

Rose gémit dans son sommeil. Il écarta doucement la mèche de sa joue et soupira. Tomber amoureux d'elle n'était certainement pas la chose la plus intelligente qu'il ait faite, elle lui vaudrait sans doute autant de déboires que son amitié pour Dillon, mais il l'aimait bel et bien.

Et il ferait tout pour qu'elle l'aime aussi.

17

Voilà deux jours que Michael s'ennuyait à mourir, dans cette maudite chambre, sans rien d'autre à faire que de boire des bouillons de légumes, regarder le bleu du ciel et penser à son père et à Dillon.

– Encore de la soupe ! explosa-t-il en voyant Rose entrer avec le plateau du déjeuner. Tu ne pourrais pas me préparer autre chose, pour changer ?

– Monsieur Rafferty, vous a-t-on déjà dit que vous étiez aussi aimable qu'un ours ?

– Mais je vais devenir fou dans ce lit. Il faut que je sorte, que j'aille travailler.

– Le docteur a dit que tu avais besoin de repos.

– Au diable le docteur !

Il allait repousser la couverture, lorsqu'il se rendit compte qu'il était nu comme un ver. Rose sourit, ce qui acheva de l'exaspérer.

– Passe-moi mon pantalon, au lieu de te moquer de moi ! lui lança-t-il d'un ton hargneux.

– Va le chercher toi-même, il est sur la commode.

– D'accord. Alors dépêche-toi de sortir.

– Pas avant que tu ne promettes de manger ton déjeuner.

Il n'était pas particulièrement pudique, mais se montrer nu devant elle alors que ses jambes le portaient à peine et qu'il risquait de s'étaler sur le plancher aussitôt levé...

– D'accord, donne-moi le plateau.

– Tu me promets de tout manger ?

– Mais oui, bon sang !

– Je reviendrai te voir dans un moment.

– Pas la peine, je serai sur le chantier.

– C'est ça, c'est ça...

Michael la regarda sortir en serrant les dents. S'il en avait eu la force, il l'aurait étranglée. Il prit le bol de soupe et voulut le porter à ses lèvres, mais il se sentait si faible qu'il dut le reposer. Rose avait raison, dans l'état où il était, cela ne rimait à rien d'essayer de se lever et de partir travailler. Et il devait bien admettre qu'il se conduisait comme un ours, ce qui n'était pas le meilleur moyen de séduire une femme, surtout aussi butée que la sienne.

Il sourit et reprit son bol. La soupe avait l'air appétissante, il fallait le reconnaître, et elle sentait diablement bon. Il en but une gorgée, une autre, puis vida le reste d'un trait. Rose revint au moment où il posait le plateau sur la table de nuit.

– Je peux entrer ? demanda-t-elle timidement.

– Bien sûr.

– Je suis désolée pour tout à l'heure.

Son sourire d'excuse la rendait encore plus jolie. Il avait vraiment tort de se plaindre. Avec une femme aussi ravissante pour le soigner, n'importe quel homme un peu sensé se serait fait un plaisir de prolonger sa convalescence.

– C'est moi qui suis désolé, je fais un bien mauvais malade.

Rose secoua la tête.

– Je me sens tellement coupable de m'être moquée de toi. Je m'étais pourtant juré d'être patiente et de te soigner gentiment. C'est bien le moins que je puisse faire après tous les ennuis que je t'ai causés...

Michael eut un pincement au cœur. Un sentiment de dette et de culpabilité... c'était donc tout ce qu'elle éprouvait pour lui ?

– Tu n'y es pour rien. Je m'ennuie et ça me rend de mauvaise humeur, voilà tout. Pourquoi ne t'assieds-tu pas un moment près de moi ? Nous pourrions parler un peu, ça m'aiderait à passer le temps.

– C'est que j'ai encore ma lessive à faire...

– Elle ne peut pas attendre ?

– Si, bien sûr, mais...

– Allons, s'il te plaît.

Rose tira une chaise et s'y assit à contrecœur. Elle éprouvait toujours un certain malaise à s'attarder près de lui. Cela réveillait toujours en elle des pensées et des sentiments qu'il aurait mieux valu laisser dormir.

– D'accord, dit-elle. Mais juste un moment, alors.

Michael ne sourit pas mais son regard l'enveloppa comme une caresse.

– Dis-moi, lui demanda-t-il, qu'aimerais-tu faire si tu avais une journée de libre, tout à toi ?

– Franchement, je ne sais pas. Il y a si longtemps que ça ne m'est pas arrivé...

– Raconte-moi un de tes meilleurs souvenirs, alors. Un souvenir d'enfance.

Rose réfléchit un instant puis sourit.

– Le jour de mes neuf ans. Comme cadeau d'anniversaire, Laura m'avait laissée monter sa jument Plume noire. Je n'avais fait que quelques tours dans le corral, mais j'avais trouvé ça merveilleux.

– Tu n'as jamais eu de cheval à toi ?

– Non.

– Mais tu aurais aimé, n'est-ce pas ?

Rose hocha la tête. Elle lui en voulait de lire aussi facilement en elle, mais oui, elle aurait aimé. Pendant des années, ç'avait même été son rêve : un cheval. Et, comme la plupart de ses rêves, il ne s'était jamais réalisé.

– Et tu n'es jamais remontée à cheval ?

– Quelques fois, avec Laura. Mais c'était il y a bien longtemps.

Michael eut soudain envie de lui offrir ce qu'elle n'avait jamais eu : un cheval, de jolies robes, des journées entières à ne rien faire en rêvassant dans l'herbe et en regardant les nuages défiler dans le ciel... Il voulait la voir heureuse et ce bonheur, tout à coup, lui paraissait plus important que le sien.

– Il faut vraiment que j'y aille, dit Rose en se levant. La lessive ne va pas se faire toute seule.

Il hocha la tête sans rien dire tandis qu'elle ramassait le plateau sur la table de nuit. La profondeur de son amour l'étonnait lui-même. Il ne la connaissait que depuis quelques semaines, mais déjà son bonheur lui importait plus que le sien.

– Je suis dans la cuisine, tu n'auras qu'à appeler si tu as besoin de quelque chose.

Elle sortit, refermant la porte derrière elle, et il se sentit abandonné. Que lui arrivait-il ? Depuis l'âge de seize ans, il n'avait eu qu'un but : prendre la suite de son père à la tête des Hôtels Palace. Ses affaires, sa réussite passaient avant tout et il travaillait dur pour y arriver. Il envisageait de se marier un jour et de fonder une famille, mais il était persuadé que le travail continuerait d'occuper la première place dans sa vie. C'était dans l'ordre des choses. Il n'imaginait pas qu'une femme pût y changer quoi que ce soit.

« Parce que tu n'as pas encore rencontré la bonne », lui disait Kathleen.

Il se contentait de hausser les épaules, pensant simplement qu'elle désapprouvait sa liaison avec Lilian ; mais, depuis quelques jours, il commençait à se demander si elle n'avait pas raison. Qu'aurait-il fait si on lui avait demandé de choisir entre Rose et les Hôtels Palace ?

Il ferma les yeux. Qu'allait-il imaginer là ? Il n'avait pas à choisir : Rose était déjà sa femme. Et rien ne l'empêchait de mener son projet à bien tout en conquérant son amour.

Assis sous le porche de la pension de famille, Glen Townsend ruminait des idées noires, une bouteille de whisky calée entre les genoux.

Sa fille était vraiment une belle égoïste ! Elle aurait

tout de même pu le dépanner de quelques dollars, après ce qu'il avait fait pour elle. Et son gendre ! Son gendre qui l'avait jeté dehors comme un malpropre ! Si seulement ces maudits serpents avaient pu lui régler son compte... mais non, même pas ! Tout le monde assurait qu'il allait s'en tirer. Ce n'était vraiment pas de chance... Rose aurait hérité d'un joli magot, s'il avait passé l'arme à gauche, et lui aurait bien trouvé moyen d'en profiter. Mais peut-être que ça pouvait encore s'arranger ? D'après ce qu'on disait, Rafferty était toujours cloué au lit. Un peu de mort-aux-rats et le problème serait vite réglé...

Glen but une gorgée de whisky et regarda la bouteille d'un air dégoûté. Elle était presque vide et il n'avait plus de quoi s'en acheter une autre.

Il n'aurait jamais dû accepter de revenir à Homestead. Se tenir tranquille, se faire oublier – Quinn en avait de bonnes ! Ce n'était pas lui qui se retrouvait coincé dans ce trou sans un dollar en poche.

Si on récupère le magot tout de suite, on n'aura même pas le temps d'y toucher qu'ils nous tomberont dessus pour nous remettre au placard. Non, crois-moi, rentre tranquillement chez ta femme et attends que je vienne t'y chercher. Trois mois, ce n'est pas le bout du monde...

Ce n'était peut-être pas le bout du monde, mais ça commençait à lui paraître sacrément long. Même Mad Jack n'avait pas tenu une semaine, et il avait pourtant une solide raison de rester. Comme tous ses anciens camarades du pénitencier, il savait que Glen avait été arrêté pour une attaque de banque et que le butin n'avait jamais été retrouvé. C'était pour ça qu'il l'avait suivi à Homestead, pour essayer de récupérer une part du gâteau – voire le gâteau tout entier. Glen s'en était douté depuis le début mais il l'avait laissé faire, sachant qu'il en serait pour ses frais. L'argent était caché au fin fond du Wyoming et bien malin qui l'y trouverait.

Hormis Quinn et lui, personne ne connaissait la planque.

Hormis Quinn et lui...

Un doute affreux le saisit. Et si Quinn essayait de le doubler ? S'il décidait de récupérer le magot tout seul et de filer au Brésil ou Dieu sait où ?

Glen vida ce qui restait de la bouteille et la jeta rageusement dans l'impasse. Il fallait vraiment qu'il se change les idées sans quoi il allait devenir fou. Dire qu'il n'avait même pas de quoi se payer un verre au saloon alors que sa garce de fille roulait sur l'or...

Egrenant un chapelet de jurons, il se leva et rentra dans la maison. Virginia devait bien avoir quelques dollars cachés quelque part... et il saurait les trouver !

18

Laura n'avait jamais été si heureuse de voir le clocher d'Homestead. Elle aurait voulu faire une halte et courir chez Rose. Mais son père était manifestement pressé d'arriver au ranch, et il traversa la ville sans s'arrêter.

C'est tout juste s'il tourna la tête en passant devant la grande bâtisse en construction qui s'élevait à la sortie du bourg. Tout le monde dans la voiture l'avait pourtant remarquée – jusqu'à la petite Naomi qui était montée sur les genoux de sa mère pour mieux voir.

Arrivés au ranch, Naomi et son frère sautèrent du buggy sitôt les chevaux arrêtés et coururent vers la maison. Laura en aurait bien fait autant, mais si elle voulait convaincre son père qu'elle était une jeune fille raisonnable et posée, la première chose à faire était de se comporter comme telle. Elle accompagna son frère et sa sœur dans leur chambre, les aida à se changer, puis alla prendre un bain. Elle était en train de s'habiller quand sa mère l'appela :

– Laura ?

– Entre, maman, j'ai presque fini.

Addie poussa la porte de la chambre et trouva sa fille debout, les cheveux encore mouillés.

– Cela t'ennuierait de descendre en ville avec moi ? Frosty ne nous attendait pas si tôt et ses placards sont vides.

Laura ouvrit des yeux ronds. Elle connaissait Frosty : ses placards n'étaient *jamais* vides. En bonne cuisinière prévoyante, elle y gardait toujours assez de conserves et de légumes secs pour nourrir tout un régiment.

– Tout de suite ?

– Oui, la voiture nous attend en bas.

Sa mère sourit et Laura comprit la raison de son empressement. Addie savait combien il lui tardait de revoir Yancy et elle avait saisi le premier prétexte venu pour l'y aider.

– Je... je serai prête dans cinq minutes, dit-elle avec précipitation.

Elle prit la première robe qui lui tomba sous la main et l'enfila avec tant de hâte qu'elle faillit déchirer le corsage. Un instant plus tard, elle grimpait dans le buggy à côté de sa mère.

Comme les chevaux franchissaient la barrière du ranch, elle se retourna vers la maison, se demandant ce que son père pensait de cette expédition en ville. Il n'avait certainement pas été dupe du prétexte des courses à faire.

– Ton père et M. Simpson sont partis chercher des bêtes égarées, dit Addie, devinant ses pensées. Je doute qu'ils rentrent avant la nuit.

– Tu n'as pas peur que papa ne soit furieux contre toi ? lui demanda Laura.

– Il le sera sans aucun doute, mais cela lui passera

vite. Il est comme moi, tu sais, il ne veut que ton bonheur.

– Maman...

– Oui ?

– Papa a vraiment de la chance.

– M. Jones aussi, ma chérie.

Rose sortait de chez les Barber, son panier de provisions sous le bras, quand le buggy des Rider se gara devant le magasin. Laura en descendit d'un bond et lui sauta au cou.

– Rose, comme je suis contente ! Si tu savais comme tu m'as manqué pendant ces trois semaines... J'allais justement chez toi, veux-tu que je te raccompagne ?

– Eh bien, c'est que... Bonjour, madame Rider.

– Bonjour, Rose. Comment va ta mère ?

– Bien, merci.

– Tu la salueras de ma part, n'est-ce pas ? Filez vite, toutes les deux, vous devez avoir plein de choses à vous dire. Je viendrai chercher Laura à la pension de famille dans une demi-heure.

– C'est que... je n'habite plus là, madame Rider.

– Tu n'habites plus là ? Mais où habites-tu, alors ?

– Avec mon mari, bredouilla Rose en rougissant.

Voyant que Laura et sa mère restaient sans voix, elle ajouta :

– Je me suis mariée juste après votre départ. Mon mari est de San Francisco, il s'appelle Michael Rafferty.

Addie la dévisagea pensivement.

– Eh bien, pour une surprise...

– Il est venu à Homestead pour construire un hôtel, poursuivit Rose, redoutant qu'elle ne la presse de questions. Il a racheté l'ancien presbytère. Nous y avons emménagé il y a une quinzaine de jours.

– Oui, pour une surprise... Eh bien, rendez-vous au

presbytère, alors. Vous allez avoir bien plus de choses à vous raconter que je ne le pensais.

Addie prit la main de Rose et ajouta :

– Tous mes vœux de bonheur, Rose.

C'était plus qu'une simple formule, la jeune fille le sentit bien.

– Merci, madame Rider, répondit-elle, la gorge serrée.

Addie l'embrassa et disparut dans le magasin.

– Raconte-moi vite ! s'écria Laura sitôt que la porte se fut refermée sur elle. Je veux tout savoir.

– Il n'y a pas grand-chose à dire, tu sais.

– Pas grand-chose à dire ? Non mais, écoutez-la ! Tu t'es tout de même mariée ! Alors dis-moi au moins qui est l'heureux élu et comment vous vous êtes rencontrés.

Rose baissa les yeux. Qu'était-elle censée répondre ? Si Laura attendait le récit d'un coup de foudre, elle n'avait rien de tel à lui raconter.

– Rose ? Rose, qu'est-ce qui ne va pas ?

– Mais rien. Tout s'est passé très vite, c'est tout. M. Rafferty est arrivé à Homestead, il s'est installé chez ma mère, nous avons fait connaissance et... et voilà, nous nous sommes mariés. Je suis très heureuse.

– Tu n'en as pas l'air.

– Mais si, je t'assure.

Laura comprit qu'il valait mieux ne pas insister.

– Cet hôtel dont tu m'as parlé, ce ne serait pas la grande bâtisse en construction à la sortie du bourg ?

– Si.

– Que dirais-tu d'y faire un saut en allant au presbytère ? Tu pourrais me présenter ton mari.

– Il ne sera pas là, objecta Rose.

Voyant tout à coup le moyen de détourner cette conversation qui la mettait de plus en plus mal à l'aise, elle s'empressa d'ajouter :

– Par contre, M. Jones y sera.

Laura lui saisit le bras et l'étreignit.

– Yancy ? Il est ici, à Homestead ?

– Oui. Il travaille pour mon mari quelques jours par semaine et le reste du temps à la scierie. Il paraît qu'il veut acheter la vieille ferme des Hadley, c'est Mme Barber qui me l'a dit.

– Oh, Rose, ça t'ennuierait de passer à l'hôtel ? Juste au cas où il y serait...

– Non, bien sûr.

Elles se mirent en route. Laura ne disait plus rien. Elle marchait si vite que son amie avait du mal à la suivre. Comme elle l'aime, pensait Rose avec une pointe d'envie. On dirait que plus rien d'autre ne compte pour elle.

Mais un tel amour représentait un grand danger. A ne vivre que pour l'autre, ne risquait-on pas de se perdre soi-même ? De sombrer dans le désespoir s'il vous abandonnait ? Non, décidément, elle laissait à Laura ses rêves romantiques. Elle avait la tête sur les épaules et refusait de s'en remettre totalement à un homme.

– Il est là ! Regarde, il est là ! s'écria son amie en lui lâchant le bras.

Elle se mit à courir comme une folle.

– Yancy ! Yancy !

Le cow-boy se retourna sur son échelle et laissa tomber le marteau qu'il tenait à la main.

– Laura...

Il descendit lentement les barreaux, luttant contre une furieuse envie de sauter à terre pour courir l'embrasser.

– Laura, tu es revenue !

– Il y a une heure à peine. Maman fait des courses en ville, je n'ai que cinq minutes.

– Je n'ai pas beaucoup de temps non plus...

Mais il restait là, les bras ballants, à la dévorer des yeux. Seigneur, qu'elle était jolie ! Encore plus jolie que dans son souvenir.

– Tu m'as manqué, Yancy.

– Tu m'as manqué aussi.

Comme les mots étaient pauvres... Comme ils disaient peu... Il n'en trouvait aucun qui pût exprimer ce qu'il ressentait.

– J'avais si peur que tu ne partes.

– J'ai de bonnes raisons de rester, non ?

– Suis-je l'une de ces raisons ?

Elle était même la seule, mais ce n'était ni l'endroit ni le moment de le lui avouer. Il voulait d'abord que la ferme soit à lui et, quand il ferait sa déclaration, ce serait en tête à tête et non devant des ouvriers hilares qui se poussaient du coude en les regardant.

– Tu es l'une d'entre elles, oui, dit-il.

– Il paraît que tu es en train d'acheter une ferme ?

– J'essaie... Je ferais bien de retourner travailler si je veux gagner ma paie de la journée.

– Est-ce que... est-ce que tu viendras me voir au ranch ?

Yancy secoua la tête en soupirant.

– Je doute d'y être le bienvenu.

Laura lui jeta un regard si désespéré qu'il ajouta aussitôt :

– Nous pourrons nous voir à l'église, le dimanche. Et quand tu iras chez Mme Rafferty.

– Mme Raff... oh, Rose, tu veux dire. Bien sûr, oui.

Laura se retourna vers son amie qui l'attendait au bord de la route.

– Il est temps que j'y aille, je crois. A bientôt, Yancy.

– A bientôt, Laura.

Il la regarda s'éloigner avec un pincement au cœur. Il avait envie d'aller chercher son cheval, de la jeter en travers de la selle et de filer avec elle sans attendre une minute de plus. Mais... ce n'était peut-être pas le meilleur moyen de montrer à son père qu'il pouvait faire un gendre acceptable.

19

Adossé au tronc d'un vieux pin, Hank McLeod surveillait d'un œil le bouchon de sa canne à pêche et de l'autre ses petits-enfants qui jouaient plus loin sur la rive. Un vent léger arrivait des montagnes, lui apportant l'écho de leurs rires.

Cet endroit était un paradis. Calme, sauvage, frais jusqu'au cœur de l'été... La rivière qui, quelques centaines de mètres plus loin, se transformait en un torrent d'écume y décrivait un large coude où son eau verte s'alanguissait, calme et profonde, offrant un havre idéal aux truites et aux saumons.

Hank avait souvent rêvé d'y acheter un bout de terrain pour construire une maison où il passerait ses vieux jours avec Doris et les enfants, à l'écart de la ville et de ses tracas. Il était peut-être temps d'y penser sérieusement... Il n'était plus tout jeune et sa charge de shérif commençait à lui peser. Le travail n'était pas écrasant, dans un petit bourg paisible comme Homestead, mais pourrait-il encore faire face à de vrais hors-la-loi, s'il s'en présentait ?

Hank se rembrunit. Il avait reçu la veille un télégramme du Colorado lui conseillant de surveiller de près Glen Townsend. Il ne savait pas encore de quoi il retournait, mais il se doutait bien que cela n'annonçait rien de bon. Townsend avait toujours été une source de problèmes et il y avait peu de chances que la prison l'ait changé... Oui, décidément, il était temps qu'il prenne sa retraite. Homestead avait besoin d'un shérif plus jeune et il méritait un peu de repos.

– Grand-père ! Grand-père, regarde le chevreuil !

Il se retourna juste comme l'animal, effrayé par les cris de Tommy, disparaissait dans un taillis. Son regard s'attarda sur ses petits-enfants. Ils avaient tellement grandi... Sarah avait déjà des allures de jeune fille, et Tommy...

Hank sentit son cœur se serrer. Tommy ressemblait tellement à son père. Mêmes yeux couleur d'ardoise, mêmes cheveux noirs, même sourire éclatant. Et quelle énergie ! Toujours à courir, grimper, escalader...

Tom aussi était casse-cou – intrépide, toujours à se fourrer dans des situations impossibles. Quel âge aurait-il maintenant ? Quarante et un... non, quarante-deux ans. Et Maria en aurait trente-sept si elle n'était pas morte en donnant le jour à Tommy. Seigneur, que le temps passait vite !

Un bruit d'attelage lui fit tourner la tête. Sur la rive opposée, la diligence de Boise s'engageait dans l'étroit défilé où la route rejoignait la rivière, juste en amont de son coin de pêche.

– Elle est en retard, aujourd'hui.

Il regarda sa grosse montre de gousset et hocha la tête.

– Oui, elle est en retard.

– Grand-père, tu as une touche ! lui cria Tommy, attirant son attention vers le bouchon qui flottait sur l'eau verte.

Celui-ci plongea brusquement, entraîné vers le fond par une truite énorme.

– Remonte-la vite, grand-père ! Remonte-la vite, c'est un monstre ! hurlait Tommy en sautant autour de lui comme un cabri.

Mais Hank laissait filer la ligne, ramenant du fil quand la truite faiblissait, lui redonnant du mou quand elle se débattait trop, savourant chaque instant de la lutte. Apprécier les bons moments, c'était au moins une chose qu'il avait apprise dans sa vie. Et la pêche était une activité idéale pour mettre en pratique cette philosophie.

– Tu as raison, Tommy, c'est un monstre, dit-il en ramenant enfin sa prise sur la berge. Ta grand-mère va avoir du mal à trouver une poêle assez grande pour la faire cuire.

Il regarda le gamin batailler avec le poisson pour le décrocher de l'hameçon.

– Alors, jeune homme ? Je te prépare une ligne, finalement ?

– Oh, oui alors !

Hank se retourna vers Sarah pour lui poser la même question mais la fillette avait disparu. Il la chercha un moment des yeux et finit par la découvrir assise sur un rocher, le regard perdu dans le vague.

– Je parie qu'elle pense encore à cette tour idiote qu'elle a vue dans ses magazines, grommela Tommy. Pas étonnant que grand-mère la trouve tête en l'air : elle est toujours en train de rêver.

– Rêver ne fait de mal à personne, pas vrai ? répliqua Hank en lui ébouriffant les cheveux. Viens là que je te prépare cette ligne, et voyons si tu peux nous attraper une ou deux truites de plus pour le dîner.

Michael se laissa tomber comme un poids mort sur la chaise. S'habiller l'avait épuisé. Il cherchait son souffle et la tête lui tournait.

Si Rose me voit comme ça, pensa-t-il, elle me renverra au lit. Et si elle me renvoie au lit, je lui dirai des choses que je regretterai ensuite et toute la journée sera gâchée. Ce serait dommage, nous nous entendons si bien ces temps-ci...

Il soupira. Décidément, il faisait un bien mauvais malade, et rester sans rien faire le rendait fou. Il ne cessait de penser à son père et à Dillon, et ce n'était certes pas le meilleur moyen de dissiper les doutes qui l'assaillaient.

Lui qui avait toujours été sûr de lui, de ce qu'il voulait, commençait à se poser des questions. Dillon n'était peut-être pas le seul fautif dans cette querelle stupide.

L'oisiveté aidant, il se souvenait de certains actes et de certaines paroles qu'il aurait donné cher pour oublier.

Il secoua la tête. Il avait peut-être besoin de repos mais surtout de se changer les idées. Il se leva, marcha péniblement jusqu'à la porte et tendit l'oreille. La maison était silencieuse, Rose n'était pas encore rentrée de l'épicerie. Tant mieux. Avec un peu de chance, il aurait le temps de sortir avant qu'elle ne revienne.

S'agrippant à la rampe pour ne pas tomber, il descendit l'escalier. La tête lui tournait encore mais il ne se sentait pas aussi faible qu'il le croyait. Il traversa la salle à manger avec précaution, sortit sous la véranda et se laissa tomber sur la balancelle.

Il ferma les yeux et respira à pleins poumons l'air frais. Seigneur, que c'était bon d'être dehors, d'entendre à nouveau les oiseaux chanter, le vent bruire dans les arbres !... Il avait l'impression de revivre.

Quand il rouvrit les yeux, quelques minutes plus tard, Rose s'engageait dans le chemin poudreux qui menait au presbytère, accompagnée d'une autre jeune femme qui lui donnait le bras. Elles semblaient en grande discussion et marchaient la tête baissée de sorte qu'elles ne le remarquèrent pas. Rose était particulièrement jolie, ce matin. Cette robe mauve lui allait à ravir. Elle devait le savoir, d'ailleurs, car elle la portait souvent.

Michael fronça les sourcils. Si elle la portait souvent, c'était peut-être qu'elle n'en avait pas beaucoup ? Il décida d'en commander une dizaine à Emma Barber – l'épicière devait connaître sa taille puisqu'elle lui en avait offert une pour leur mariage.

Tout content de lui, il se blottit dans un coin de la balancelle en souriant. Il souriait encore quand Rose, levant la tête, l'aperçut. Ses yeux s'agrandirent de surprise et elle se rembrunit. Aïe, pensa-t-il en se levant pour l'accueillir, je vais avoir droit à un sermon. Il se trompait, elle se contenta de secouer la tête en soupirant :

– Tu es incorrigible. Le docteur t'avait pourtant dit de garder le lit encore quelques jours.

Le ton n'était pas celui d'une infirmière ou d'une garde-malade, mais bien d'une épouse anxieuse, et il en fut ravi.

– Le docteur peut se tromper, comme tout le monde, présente-moi plutôt ton amie.

Cette dernière était une jeune fille brune, séduisante, au teint d'ambre et aux yeux de jais. Elle dépassait Rose d'une bonne tête, mais ses formes étaient moins épanouies et elle paraissait plus jeune. Il suffisait de la regarder pour deviner qu'elle devait avoir assez de robes dans son armoire pour passer tout un mois sans remettre deux fois la même. Une fille gâtée ? Peut-être...

– Laura Rider, dit-elle en jaugeant Michael du regard – et sans ambages, elle ajouta : J'espère que vous avez l'intention de rendre Rose heureuse.

– Laura !

– Je m'y emploierai de mon mieux, mademoiselle Rider.

Laura sourit et lui tendit la main.

– Bien. Dans ce cas, nous pouvons être amis.

– Je t'en prie, assieds-toi, dit Rose en le regardant d'un air soucieux. Tu tiens à peine sur tes jambes.

Il obéit. Elle avait raison, il ne se sentait pas encore très gaillard – et puis comment dire non quand c'était demandé si gentiment ?

– Voilà déjà maman, soupira Laura en se retournant vers la route. Non, non, ne vous relevez pas, monsieur Rafferty. Vous ferez sa connaissance une autre fois. Je lui expliquerai, pour votre accident, elle comprendra. Au revoir, Rose, je me sauve. Je reviendrai te voir dès que je pourrai.

Les deux amies s'embrassèrent et Laura courut

rejoindre sa mère au portail. Elles montèrent dans le buggy, qui repartit vers le bourg.

– Vous avez l'air très proches, toutes les deux, dit Michael en se retournant vers Rose.

– Je crois que c'est ma seule véritable amie.

– Dans ce cas, je suis heureux qu'elle veuille bien être la mienne aussi.

– Laura a son caractère, mais ce n'est pas dans ses habitudes de prendre les gens en grippe sans les connaître.

Michael sourit, de ce sourire chaleureux qui vous enveloppait comme une caresse.

– Tu as le temps de t'asseoir cinq minutes ? Ça me ferait tellement plaisir...

Pourquoi n'arrivait-elle jamais à lui dire non ? Elle devait encore cuire son pain, préparer le déjeuner et finir la lessive qu'elle n'avait pas pu faire hier justement parce qu'il lui avait demandé de rester bavarder avec lui. Il était convenu qu'elle tiendrait sa maison, pas qu'elle jouerait les demoiselles de compagnie...

– Cinq minutes, pas plus, dit-elle en posant son panier pour le rejoindre.

– Tu as de la chance d'avoir grandi ici, soupira Michael en embrassant du regard les crêtes bleutées des montagnes. C'est vraiment un beau pays. Sauvage, tranquille... Rien à voir avec San Francisco. Là-bas, tout le monde passe son temps à courir et les gens ne savent pas se parler sans crier. Je ne pensais pas que je me plairais à Homestead...

– Pourquoi y es-tu venu alors ?

– Pour construire cet hôtel.

– Oui, mais pourquoi ?

Il haussa les épaules.

– Pour prouver quelque chose, je suppose.

– Quoi ?

Il allait répondre lorsqu'il fut distrait par un attelage qui passait sur la route. Rose se retourna elle aussi et reconnut le buggy des Henderson. C'était Norman qui le conduisait, mais elle ne connaissait pas la femme assise à ses côtés.

– Lilian... murmura Michael d'une voix blanche.

Le buggy tourna dans le chemin du presbytère, franchit le portail et s'arrêta devant la maison.

– Nous voilà arrivés, mademoiselle Overhart, dit Norman en sautant à terre pour aider sa passagère à descendre.

La jeune femme releva le jupon d'une somptueuse robe en satin lilas pour prendre appui sur le marchepied. Ses bottines de chevreau ne portaient aucune trace de poussière et pas une mèche de ses cheveux blonds ne dépassait de son chapeau à voilette. Elle arrivait probablement de Boise mais, malgré le long voyage en diligence, elle paraissait aussi fraîche qu'une rose.

– Merci infiniment, monsieur Henderson. Sans vous je me serais certainement égarée.

Egarée ? Entre l'arrêt de la diligence et le presbytère ? Il n'y avait pas cinq cents mètres !

– Tout le plaisir était pour moi, mademoiselle, répondit galamment Norman.

Il souleva son chapeau pour saluer Michael et Rose, ct prit congé.

– Comme je suis soulagée ! s'écria Lilian en se retournant vers Michael qui se levait pour l'accueillir. M. Henderson m'a dit ce qui t'était arrivé, j'étais folle d'inquiétude. J'ai laissé mes bagages en ville pour venir plus vite. Je ne pensais pas...

Elle s'interrompit soudain, prenant conscience de la présence de Rose qui était restée assise sur la balancelle.

– Je ne m'attendais pas à ta visite, dit Michael en réponse à son regard interrogateur.

– Je voulais te faire une surprise.

– Eh bien, c'est réussi.

Lilian fronça les sourcils.

– Qu'avez-vous fait des bonnes manières que vous avez apprises, monsieur Rafferty ? On donne la main aux demoiselles pour monter un escalier, l'auriez-vous oublié ?

Comme elle pointait un menton impérieux vers les quatre marches de la véranda, Rose se leva brusquement et vint se camper à côté de son mari qu'elle retint par le bras.

– Vous avez une rampe, mademoiselle. Michael est bien trop faible pour pouvoir vous aider.

– Michael ! s'écria Lilian, ulcérée. Tu ne vas pas laisser cette... cette fille me parler sur ce ton ? Et d'abord, qui est-elle ?

– Je suis sa femme. Et vous, qui êtes-vous, si je peux me permettre ?

20

Dillon aurait sans doute trouvé la scène cocasse. Et Michael aussi s'il n'y avait pas tenu le rôle principal. Mais là, il n'avait aucune, mais vraiment aucune envie de rire.

– Je crois qu'il vaut mieux faire les présentations, n'est-ce pas ? Lilian, voici Rose Rafferty, ma femme. Rose, Lilian Overhart, une... une amie de San Francisco.

– Je t'en prie, assieds-toi, murmura Rose en lui prenant le bras. Tu es pâle comme un mort.

Il obéit sans protester. Ses jambes flageolaient, et il avait la nausée – mais, cette fois, il savait que les morsures de serpents n'y étaient pour rien. Il regardait tour à tour les deux femmes qui montraient la même stupeur et le même désarroi. Comment pourrait-il racheter le mal qu'il venait de leur faire ?

– Je vous laisse, dit Rose. Appelle-moi quand tu voudras remonter dans ta chambre.

Elle disparut, refermant la porte derrière elle, tandis que Lilian montait l'escalier de la véranda d'un pas de somnambule.

– Je n'arrive pas à le croire, répétait-elle en secouant la tête. Non, je n'arrive pas à le croire...

Michael ne savait que dire. Elle n'y était pour rien s'il ne l'aimait pas. Elle était belle, intelligente – un peu affectée, peut-être, mais guère plus que les autres jeunes femmes de bonne famille avec lesquelles il avait flirté avant elle. Pourquoi lui avait-il laissé croire qu'il l'épouserait ? Pour l'éloigner de Dillon ? Parce qu'il le croyait lui-même ? Tout le monde considérait leur mariage comme allant de soi, et il avait fini par le penser aussi. Si seulement il avait écouté Kathleen... Elle seule avait vu juste.

– Ce n'est pas vrai, n'est-ce pas ? murmura Lilian. Tu ne l'as pas épousée ?

– Si.

– Mais pourquoi ?

– C'est une longue histoire... Je pensais t'écrire. Je n'imaginais pas que tu viendrais me voir...

– Oh, Michael, pourquoi ?

Elle éclata en sanglots.

– Je suis désolé, soupira-t-il sans oser la regarder. Vraiment désolé. S'il y avait quoi que ce soit que je puisse faire...

Lilian s'approcha de lui et lui étreignit le bras.

– Rentre avec moi à San Francisco. Nous irons trouver M. Dover, je suis sûre qu'il pourra t'aider. Un mariage qui s'est fait si vite doit pouvoir s'annuler facilement.

– Tu ne comprends pas...

– Mais si, je comprends. Tu t'es marié sur un coup de tête, tu le regrettes, et tu n'oses pas revenir en arrière. C'est ça, n'est-ce pas ?

– Non. J'aime vraiment Rose.

La gifle partit presque toute seule mais fut moins douloureuse que le regard chargé de peine et d'amertume qui l'accompagnait.

– Lilian, laisse-moi t'expliquer...

– M'expliquer quoi ? Que tu t'es moqué de moi depuis le début ?

– Ce n'est pas vrai. Je n'ai pas vraiment d'excuse pour ce que j'ai fait, mais je ne t'ai jamais dit que je t'aimais ni que je comptais t'épouser, et si je te l'ai laissé croire c'est parce que je le croyais aussi.

– Et tu te trompais, naturellement ?

– Oui, je me trompais. Je ne suis plus l'homme que tu connaissais ; les bals, les soirées mondaines, les sorties au théâtre, tout ce qui faisait notre vie à San Francisco me paraît si futile, aujourd'hui !

– Tu n'as pas l'intention de passer ta vie dans ce trou perdu, tout de même ?

– Je ne sais pas, ça dépendra de Rose... Viens, Lilian, je vais te raccompagner en ville. Nous ferons porter tes bagages à la pension de famille et demain j'organiserai ton voyage de retour.

Il voulut lui prendre le bras mais elle le repoussa d'un geste brusque.

– Laissez, monsieur Rafferty. Vous êtes si faible, votre femme s'inquiéterait...

Elle lui tourna le dos et dévala les marches de la véranda.

– Lilian ! cria-t-il.

Mais elle avait déjà atteint le portail et ne se retourna pas.

Rose avait l'impression qu'elle attendait depuis une éternité puis, n'y tenant plus, elle descendit dans le salon et lança un regard par la fenêtre qui donnait sur la véranda.

Michael était affalé sur la balancelle, seul, la tête entre les mains – si parfaitement immobile qu'elle le crut d'abord évanoui.

– Michael ? appela-t-elle.

Comme il ne bronchait pas, elle courut le rejoindre et s'agenouilla devant lui.

– Michael, ça va ?

– Aussi bien qu'un homme qui ne peut plus se regarder dans une glace.

Il leva vers elle un visage littéralement décomposé.

– Tu es fatigué, c'est tout. On voit toujours les choses en noir quand on est fatigué.

Elle l'aida à se relever.

– Viens, je vais t'aider à remonter dans ta chambre. Tu as besoin de te reposer.

Elle le soutint jusqu'à son lit où il se laissa tomber comme une masse.

– Assieds-toi près de moi, Rose. Je te dois une explication.

– Tu ne me dois rien du tout, je comprends parfaitement.

Elle n'était tout de même pas stupide. S'il redoutait tant le scandale, s'il insistait pour faire annuler leur mariage au lieu de divorcer, c'était à cause de Lilian, bien sûr.

– Je t'en prie, assieds-toi.

Elle obéit à contrecœur. Elle ne voulait pas entendre parler de cette femme qu'il aimait vraiment. Qu'aurait-il pu lui dire qu'elle ne savait déjà ? Qu'elle était belle, riche ? Qu'il voulait, tout compte fait, annuler leur mariage maintenant pour pouvoir l'épouser ?

– Est-ce que je t'ai déjà parlé de mon frère, Rose ?

Elle le regarda avec surprise.

– Lilian et lui étaient presque fiancés quand je l'ai connue, et c'est pour qu'elle rompe avec lui que j'ai commencé à lui faire la cour. Je ne l'aimais pas, j'agissais simplement par dépit, parce que j'étais jaloux de Dillon.

Il marqua un temps puis ajouta :

– J'ai beaucoup réfléchi, ces derniers jours, à lui, à mon père, à nos relations à tous les trois. A tel point que j'en rêvais la nuit mais ce n'est que cet après-midi, en voyant Lilian, que j'ai compris.

Rose sentit son cœur se serrer mais il avait l'air si malheureux qu'elle fit taire sa propre douleur pour essayer de le réconforter.

– Je lui expliquerai, dit-elle, elle comprendra que tout est ma faute. Elle te pardonnera, j'en suis sûre. Nous irons trouver le juge du comté, nous obtiendrons cette annulation et tu seras libre de l'épouser.

Michael leva les yeux vers elle. Son regard était plein d'une immense tendresse.

– Tu ne comprends pas ; c'est toi que j'aime, Rose. T'épouser est la seule chose sensée que j'aie faite depuis des années.

Elle porta la main à sa gorge. Il lui semblait que son cœur avait cessé de battre, que l'air tout à coup lui manquait.

– Il faut que j'aille préparer le dîner, dit-elle en se levant brusquement. Essaie de dormir un peu, je remonterai t'apporter ton plateau.

Elle sortit sans se retourner, dévala l'escalier et courut droit devant elle jusqu'à la rivière.

C'est toi que j'aime, Rose.

Non, c'était impossible... Personne ne l'avait jamais aimée : ni son père, ni son frère, ni même sa mère, qui lui avait toujours préféré Mark. Elle se laissa tomber dans l'herbe en essayant de contenir les larmes qui lui montaient aux yeux. Elle ne voulait pas pleurer. Pleurer était un appel au secours et elle n'avait jamais demandé de l'aide à personne. Elle s'était toujours débrouillée seule et elle continuerait ainsi – parce que c'était la vie qu'elle avait choisie.

Mais l'avait-elle vraiment choisie ?

Ne s'était-elle pas enfermée dans sa solitude simplement par peur de souffrir ? Et n'était-ce pas encore par peur de souffrir qu'elle était en train de tourner le dos au bonheur qui s'offrait à elle ?

Allongé sur le dos, le regard au plafond, Michael n'était pas vraiment fier de lui. Quel gâchis ! Quel terrible gâchis il avait fait de sa vie !

Oh, bien sûr, tout le monde le considérait comme un homme ayant réussi. Il était connu pour son habileté en affaires, respecté de ses employés, craint de ses concurrents. Il avait du succès auprès des femmes et, comme il était toujours prêt à aider quelqu'un dans le besoin, on le disait bon et généreux.

Mais l'était-il vraiment ? Il en doutait à la manière dont il s'était comporté avec son père et son frère depuis dix ans. Dès l'instant où il avait appris la vérité sur la naissance de Dillon, il l'avait traité comme un étranger, pire : comme un ennemi. Quant à son père, John Thomas, il n'avait cessé de s'opposer à lui, disant noir quand il disait blanc et blanc sitôt qu'il disait noir. Non, décidément, il n'y avait pas lieu d'être fier.

Michael soupira. Il ne pouvait pas changer le passé – seulement essayer de racheter le mal qu'il avait fait et de commencer une nouvelle vie. Il priait le ciel pour que Rose accepte de l'aider. Son amour pour elle était la seule chose qu'il n'avait pas envie de renier – parce que c'était un sentiment dénué de tout égoïsme, de tout calcul. S'il ne parvenait pas à se faire aimer d'elle, alors il aurait tout perdu.

21

Michael ne dormit guère cette nuit-là. Trop de questions lui tournaient dans la tête – sur l'enfant qu'il avait été, l'homme qu'il était devenu, celui qu'il aurait aimé être... Quand il se leva, cependant, sa décision était prise. Il savait qu'elle bouleverserait sa vie, mais c'était précisément ce qu'il voulait : rompre avec le passé, prendre un nouveau départ.

Neuf heures n'avaient pas sonné lorsqu'il descendit au bourg poster deux lettres, l'une adressée à Dillon Rafferty, Newton, Oregon ; l'autre à John Thomas Rafferty, San Francisco, Californie. Puis, il alla frapper à la porte de la pension de famille et demanda à parler à Lilian.

– Mlle Overhart est partie, lui répondit Virginia. Elle m'a dit qu'elle louerait une voiture et un cocher jusqu'à Nampa, puis qu'elle prendrait l'Oregon Short Line pour rentrer en Californie.

– Je vois. Merci beaucoup, madame Townsend.

Il s'apprêtait à prendre congé mais elle le rappela :

– Monsieur Rafferty...

– Oui ?

– Je ne sais pas à quoi rime tout cela mais, je vous en prie, ne faites pas souffrir ma Rose. La vie a déjà été suffisamment dure pour elle.

– Ne craignez rien, madame, je ne souhaite que son bonheur.

– Je l'espère.

– Vous pouvez en être sûre.

Il salua Virginia et reprit le chemin du presbytère, s'arrêtant au passage sur le chantier de l'hôtel, auquel il avait à peine accordé un regard à l'aller. Yancy l'avait tenu au courant de l'avancement des travaux, et il fut agréablement surpris par ce qu'il vit. Les murs étaient entièrement montés et l'équipe travaillait d'arrache-pied sur la charpente. Il discuta quelques minutes avec les ouvriers, puis s'excusa : se sentant encore faible, il avait besoin de repos.

De fait, son expédition en ville l'avait éreinté. Il marchait plus lentement et devait souvent s'arrêter pour reprendre son souffle. Arrivé chez lui, il se laissa tomber dans la balancelle avec un soupir de soulagement. Il était fourbu mais content de lui : ses forces revenaient, hier encore il n'aurait même pas été capable de traverser le jardin.

Rose sortit sous la véranda et se figea en le voyant. Depuis la veille, on aurait dit qu'elle le fuyait. Il avait projeté de lui parler quand elle lui apporterait son dîner, mais elle s'était éclipsée sitôt après avoir posé le plateau sur la table de nuit et avait attendu qu'il s'endorme pour venir le rechercher. D'ailleurs, il ne savait pas lui-même ce qu'il aurait pu lui dire. C'était la première fois qu'il était vraiment amoureux, et les mots lui manquaient dès qu'il se trouvait devant elle.

– Je suis allé poster quelques lettres, dit-il du ton d'excuse d'un gamin pris en faute.

Il se leva pour la rejoindre. Il avait envie de voir ses yeux pailletés d'or, de toucher sa peau, de l'embrasser. Rose dut lire ce désir dans son regard car il la sentit se raidir. Elle était comme ces chevaux sauvages qu'on enferme pour la première fois dans un corral et qui tournent en rond en cherchant une issue, prêts à se cabrer au premier geste brusque. S'il voulait gagner son amour, il lui faudrait d'abord l'apprivoiser.

– Je t'aime, Rose. Je sais que tu as de bonnes raisons de douter de moi, mais je t'aime vraiment.

– Michael, non...

Il lui effleura la joue du bout des doigts. La jeune femme frémit mais ne recula pas. Son cœur battait si fort qu'elle n'entendait presque plus la petite voix têtue qui lui disait que l'amour n'était pas pour elle.

– Savez-vous ce que j'aimerais, madame Rafferty ?

Vous emmener pique-niquer sur cette colline, là-bas. On y voit toute la vallée et on peut y monter en voiture. Je pourrais en emprunter une demain, qu'en dis-tu ?

Rose avait mille raisons de refuser mais, cependant, elle acquiesça :

– D'accord, je préparerai un panier de provisions.

– Avec du poulet froid ?

– Avec du poulet froid.

Michael sourit. Elle crut qu'il allait l'embrasser et recula d'un pas pour ne pas lui donner l'impression qu'elle attendait ce baiser.

– Je ferais mieux de retourner travailler, dit-elle précipitamment.

Et elle se hâta de rentrer.

Laura galopait vers la vieille ferme des Hadley. Elle savait que Yancy serait déjà parti travailler, mais c'était mieux ainsi. Elle l'avait vu la veille et ne voulait pas forcer la chance en le rencontrant trop souvent en cachette de son père.

Elle ralentit en apercevant la ferme accrochée au flanc de la montagne. Ce n'était qu'une petite maison de plain-pied, tout en bois, qui ne devait guère compter plus de deux ou trois pièces. Laura sourit. Si Yancy travaillait si dur pour l'acheter, c'était pour elle, parce qu'il voulait l'épouser. Bien sûr, il ne lui avait pas encore fait sa demande. Il ne lui avait même pas dit qu'il l'aimait. Du moins pas avec des mots. Mais, en son for intérieur, elle le savait.

Elle éperonna Plume noire et s'approcha de la seule fenêtre de la maison dont les volets n'étaient pas clos. On pouvait apercevoir la salle à manger, séparée de la cuisine par une simple cloison basse. Les deux pièces étaient propres mais pratiquement vides, de même que la chambre, dont la porte entrouverte ne laissait voir qu'un lit et une armoire.

Le regard de la jeune fille s'attarda sur le lit et elle rougit en s'imaginant blottie contre Yancy sous le gros édredon de plume. Le baiser du jeune homme lui revint en mémoire et elle frissonna en pensant à ce qu'elle pourrait découvrir par la suite.

S'efforçant de penser à autre chose, elle fit demi-tour et reprit le chemin du ranch. Il lui faudrait coudre des rideaux pour les fenêtres et trouver un tapis à mettre dans la salle à manger – peut-être celui de sa chambre, si sa mère lui permettait de l'emporter. Elle lui demanderait aussi si elle pouvait emprunter quelques-uns des tableaux qui dormaient au grenier pour décorer les murs de la maison.

Pour ce qui était de la cuisine... Laura fit la moue. Elle n'était pas vraiment un cordon-bleu. Elle préférait de loin parcourir les collines à cheval que de rester enfermée devant les fourneaux. Enfin, il faudrait bien qu'elle s'y mette si elle ne voulait pas que Yancy meure de faim... Sans compter qu'elle-même n'était pas femme à se contenter longtemps de salades et de sandwiches – Griff Simpson, le contremaître du ranch, la taquinait assez à ce sujet...

« Quel appétit, mademoiselle Laura ! A ce régime-là, vous ne garderez pas longtemps votre taille de guêpe – surtout si vous avez des enfants. »

L'image d'une ribambelle de bambins l'entourant de cris et de rires lui traversa l'esprit. Elle sourit. Décidément, il lui tardait que son père change d'avis au sujet de Yancy...

Plongée dans la rubrique mode du dernier numéro d'*Harper's Bazaar*, Addie étudiait la description du « patron du mois ».

Dentelle et organdi pour cette robe d'un blanc virginal à taille haute et longue traîne. Le corsage drapé dénude les épaules, sur lesquelles retombe un grand voile de tulle maintenu par une couronne de fleurs d'oranger. Le décolleté est orné d'un bouquet assorti, mis en valeur par de la dentelle.

Voilà qui serait parfait pour Laura. Si elle commandait tout de suite le tissu, la robe pourrait être prête à l'automne. Bien sûr, Will voudrait sans doute attendre plus longtemps, mais pourquoi repousser un mariage qui finirait de toute manière par se faire, avec ou sans leur consentement ? Laura et Yancy étaient amoureux, et l'amour, c'est connu, n'est guère patient.

Mon Dieu, pensa Addie, je serai peut-être grand-mère l'été prochain...

Abandonnant son magazine, elle s'approcha du miroir accroché dans le vestibule et examina son visage d'un œil sans complaisance. Hormis quelques fines rides au coin des paupières, il ne trahissait guère ses trente-sept ans. Les traits étaient fermes, l'ovale bien dessiné, et les taches de rousseur dont elle s'était tant désolée adolescente avaient entièrement disparu. Elle passa la main dans ses cheveux. Les boucles rousses étaient toujours aussi drues et rebelles.

Seule sa silhouette semblait avoir changé. Elle était toujours mince, mais ses deux grossesses avaient arrondi ses hanches et sa poitrine. Will ne semblait pas s'en plaindre, d'ailleurs.

Addie sourit en l'imaginant grand-père. La tête qu'il ferait ! Mieux valait ne pas lui en parler sans quoi il interdirait à Laura de se marier avant au moins dix ans...

Alors qu'elle était plongée dans ses pensées, Preston traversa en trombe le vestibule, jetant son cartable dans un coin avant de se précipiter dans sa chambre.

– Maman, s'écria Naomi qui le suivait en larmes, ce n'est pas vrai, n'est-ce pas ?

– Quoi donc, ma chérie ?

– Que les petits de Bergère mourront si je les prends dans mes bras ?

– Mais non, ce n'est pas vrai. Les chiots adorent qu'on les câline... Preston ?

Le petit garçon réapparut en haut de l'escalier.

– Je sais, soupira-t-il en se retournant, je n'aurais pas dû la taquiner. Je suis désolé, Naomi, ajouta-t-il d'un air faussement contrit. Je ne le ferai plus.

Et il dévala l'escalier, puis disparut dans la cuisine. Addie se retourna vers sa fille qui continuait à sangloter, agrippée à sa jupe.

– Là, c'est fini, dit-elle en lui caressant les cheveux. Il ne faut pas écouter ton frère ; du moment que Bergère te laisse faire, tu peux jouer avec ses petits autant que tu veux. Que dirais-tu de goûter, maintenant ? Tu dois avoir faim.

Elle prit la fillette par la main et l'entraîna vers la cuisine, songeant qu'elle avait bien assez à faire avec ses propres enfants sans se soucier déjà de ceux de Laura.

22

Bercée par le trot du cheval, le panier de provisions calé derrière ses pieds sous la banquette du buggy, Rose réalisait pour la première fois que l'été était là. Les champs s'étaient couverts de fleurs sauvages, un soleil éclatant brillait au-dessus des montagnes, et le ciel était pur de tout nuage.

C'était une journée rêvée pour aller pique-niquer.

– Tu es déjà montée là-haut ? lui demanda Michael tandis que le cheval s'engageait dans le chemin abrupt qui menait au sommet de la colline.

Rose secoua la tête. Sauf pour aller voir Laura au ranch, elle ne s'était jamais aventurée si loin d'Homestead.

– Tu verras, le panorama est splendide. C'est un bon endroit pour réfléchir et envisager l'avenir.

Elle le regarda à la dérobée, se demandant ce qu'il entendait par là, mais il semblait déjà penser à autre chose.

– Dieu que j'ai faim... Toute la maison embaumait le poulet rôti, ce matin.

Rose se détendit. Pourquoi se faisait-elle tout un monde de ce pique-nique ? Après tout, ils ne feraient que se promener un peu, manger sur l'herbe et rentrer à Homestead.

Elle aspira l'air frais et se laissa aller contre la banquette du buggy. Finalement, pourquoi bouder son plaisir ? Il faisait beau, Michael était de bonne humeur ; si elle y mettait du sien, ils passeraient un après-midi charmant. Ils n'avaient aucun avenir ensemble mais était-ce une raison pour ne pas profiter du présent ?

Un gémissement plaintif interrompit ses réflexions. Elle regarda autour d'elle mais elle ne vit rien. Bizarre... Elle aurait pourtant juré que le bruit était tout proche.

Michael lui sourit.

– Quand je suis allé emprunter le buggy chez Mme Barber, elle m'a mis en garde contre les ours qui rôdent dans la montagne. Tu en as déjà vu ?

– Non. Parfois l'un d'eux s'aventure dans la vallée mais toujours de nuit et il repart avant que le soleil ne soit levé.

– Je n'aimerais pas en rencontrer un aujourd'hui. Pour une fois que j'ai l'occasion de pique-niquer avec une jolie femme... Heureusement que j'ai emporté ce qu'il faut pour les effrayer.

Rose allait lui demander de quoi il s'agissait, quand le chemin qu'ils suivaient déboucha sur une petite colline.

– Voilà, nous sommes arrivés, dit Michael en arrêtant la voiture.

Il sauta à terre et l'aida à descendre.
– Montons jusqu'à cette grande pierre plate, la vue est plus belle.
La jeune fille le suivit jusqu'à une sorte de table rocheuse qui coiffait le sommet de la colline. On y dominait toute la vallée, dont les champs et les prés formaient un patchwork de verts et de bruns entre les flancs boisés des montagnes. La rivière serpentait au fond comme un mince ruban bleu et les vaches qui paissaient sur les berges semblaient à peine plus grosses que des fourmis.
– Comme Homestead a l'air petit, vu d'ici ! On dirait...
Rose se tut brusquement et tendit l'oreille, croyant entendre à nouveau le gémissement qui l'avait intriguée un moment plus tôt.
– Qu'est-ce que c'est ?
– Notre arme secrète contre les ours.
– Pardon ?
Michael sourit et lui prit la main.
– Viens voir, dit-il.
Il prit un panier d'osier, caché derrière la banquette, et souleva le couvercle à rabats. Un petit chiot blanc et feu apparut.
– Oh, qu'il est joli !
– Elle. C'est une chienne – et une excellente gardienne : Mme Barber m'a assuré qu'elle faisait assez de bruit pour effrayer les ours les plus féroces.
La petite chienne se mit à japper avec énergie. Michael la tira de son panier et la tendit à Rose.
– Tiens, elle est à toi.
– A moi ?
– Je voulais t'offrir quelque chose qui sorte de l'ordinaire, et comme Mme Barber n'avait plus ni diamants ni étoles de vison, je me suis dit que Princesse pourrait être un bon choix.
– Princesse... répéta Rose en souriant.

Elle prit la chienne dans ses bras et posa un baiser sur sa truffe rose. Princesse le lui rendit d'un coup de langue et se remit à japper de plus belle – de contentement, cette fois. La jeune fille était aux anges : elle avait toujours rêvé d'avoir un animal. Elle avait souvent recueilli des chiens et des chats égarés, mais Mark les chassait toujours à coups de pierres.

– Elle te plaît ? demanda Michael.

– Elle est adorable. Vraiment adorable.

– Alors vous êtes faites pour vous entendre.

Ils mangèrent à l'ombre d'un pin, partageant leurs provisions avec Princesse. Les deux jeunes gens avaient le plus grand mal à l'écarter du plaid sur lequel ils avaient étalé leurs victuailles. Souvent, comme ils la repoussaient en riant, leurs mains se frôlaient ; ils les retiraient aussitôt, mais ce contact fugace faisait naître en eux des sensations qui se prolongeaient longtemps après qu'il eut cessé.

Le temps semblait s'être arrêté. Homestead paraissait si loin maintenant. Tous les problèmes semblaient s'estomper dans la brume bleutée qui flottait au-dessus de la rivière.

Allongé sur le plaid, Michael caressait distraitement Princesse qui, épuisée par ses cabrioles, s'était roulée en boule contre lui.

– Ma petite sœur a une chienne qui lui ressemble beaucoup, dit-il.

– Tu as une sœur ?

– Oui. Elle s'appelle Fianna, elle a dix ans. Et j'ai quatre frères aussi : Sean a onze ans, Colin douze, Joseph treize et... et Dillon a pratiquement mon âge.

Il roula sur le côté et se redressa sur un coude.

– Fianna est tout le portrait de Kathleen, ma belle-mère : les mêmes yeux verts, les mêmes cheveux roux... Elle est vraiment très jolie. Quand mon père a rencontré Kathleen, il en est tombé amoureux fou. Je n'aurais jamais cru qu'un homme puisse perdre à ce point la tête pour une femme. Jusqu'à ce que cela m'arrive, bien sûr...

Comme il disait ces mots, Rose se retourna et vit qu'il lui souriait. Ecartant Princesse endormie, Michael s'approcha d'elle jusqu'à ce que leurs deux visages soient très proches l'un de l'autre. La jeune femme ne bougea pas.

– Je regrette vraiment de n'avoir jamais appris un poème d'amour, madame Rafferty, dit-il en plongeant son regard dans ses yeux noisette. Je ne connais pas de mots pour dire ce que j'éprouve près de toi, quand tu me souris, quand nous nous embrassons...

Il posa ses lèvres sur les siennes, délicatement, sans chercher à l'enlacer, ni à l'attirer contre lui. Libre à elle de repousser son baiser.

Mais elle ne le repoussa pas. Elle commençait même à entrouvrir timidement les lèvres quand Princesse, émergeant de sa sieste, bondit sur elle avec un jappement joyeux. La jeune femme sursauta puis éclata de rire.

– Petite sotte ! dit elle en se redressant pour la prendre dans ses bras.

Princesse dut croire à un compliment car elle se mit à frétiller de la queue et lui donna un grand coup de langue sur le nez. Michael l'aurait volontiers étranglée mais il réussit à sourire. Faisant contre mauvaise fortune bon cœur, il se leva et marcha jusqu'à la grande pierre plate d'où l'on dominait toute la vallée. Il avait besoin d'un moment de solitude pour calmer son désir.

– Michael ?

Il se retourna. Rose était debout près de lui, la petite chienne blottie dans ses bras. Ses cheveux défaits retombaient en cascade sur ses épaules, le soleil avait rosi ses joues, et son corsage entrouvert laissait voir sa peau blanche à la naissance des seins. Elle était si ravissante qu'il dut se retenir pour ne pas la renverser dans l'herbe sans autre forme de procès.

– J'ai passé un après-midi merveilleux. Merci pour cela, et merci pour Princesse.

– Ce n'est rien. Je suis heureux de t'avoir fait plaisir.

– Peut-être... peut-être vaudrait-il mieux rentrer, maintenant ? Il doit commencer à se faire tard.

Michael lui sourit tendrement. Elle était si peu sûre d'elle, si vite effarouchée... Mais qu'importe, il saurait l'apprivoiser. Il avait toute la vie pour cela.

23

Virginia frissonna en entendant de nouveaux éclats de voix dans le salon. Mark et son mari n'avaient cessé de se disputer au sujet de l'attaque de banque qui avait valu à Glen huit ans de prison.

Elle ferma les yeux et se laissa tomber sur le tabouret de la cuisine. Elle aurait bien voulu monter dans sa chambre et ne plus en bouger jusqu'à ce qu'ils aient fini de se quereller. Mais Mark et Glen avaient passé l'après-midi à boire et l'alcool les rendait toujours si violents que, s'ils la voyaient traverser le vestibule, ils s'en prendraient sûrement à elle !

Virginia sursauta en entendant un bruit de verre brisé. Elle sentit les larmes lui monter aux yeux. Elle avait travaillé si dur pour arranger le salon et le rendre agréable... Rien que pour la tapisserie elle avait dépensé des mois d'économies et, si Rose ne l'avait pas aidée, elle n'aurait jamais pu acheter les meubles.

– Fiche le camp !
– Mais, papa...
– Je t'ai dit de ficher le camp, c'est compris ?
La porte d'entrée claqua. Virginia entendit des pas dans l'escalier puis plus rien. Apparemment, Mark était parti et Glen était monté se coucher.
Elle aurait dû écouter Rose, partir quand il en était encore temps... Mais où serait-elle allée ? Elle avait toujours vécu à Homestead et cette maison était tout ce qu'elle possédait au monde.
– Encore toi ? Je croyais t'avoir dit de filer.
Virginia n'entendit pas la réponse de Mark mais son père semblait hors de lui. Retenant son souffle, elle se leva, poussa la porte de la cuisine et s'avança de quelques pas dans le vestibule. Les deux hommes se tenaient en haut de l'escalier, face à face, les poings serrés.
– Tu es sourd ou quoi ? File !
– Mais puisque je te dis que je ne répéterai à personne où est caché l'argent... Je veux seulement...
– Je sais très bien ce que tu veux, espèce de petit fouille-merde !
Mark n'eut pas le temps de réagir lorsqu'il reçut le coup de poing que son père lui assena sur la mâchoire. Il perdit l'équilibre, essaya de se rattraper à la rampe, mais en vain. Il bascula dans l'escalier et dégringola jusqu'en bas la tête la première.
Pétrifiée d'effroi, Virginia vit son mari descendre lentement les marches et s'approcher du corps inerte. Il le poussa de sa botte puis, voyant que Mark ne réagissait pas, il l'enjamba pour la rejoindre.
– Tu vas aller chercher le docteur, dit-il en l'empoignant brutalement par le bras. Tu lui diras que Mark a trébuché dans l'escalier. Dis-lui aussi que j'ai été malade toute la journée et que j'étais au lit quand ça s'est passé. Pas un mot de plus, c'est compris ?

Virginia hocha la tête en tremblant. Il lui lâcha le bras et la poussa vers la porte.

– Dépêche-toi. Et ne t'avise pas de dire quoi que ce soit !

Hank se laissa tomber sur son rocking-chair avec un soupir de contentement. Dieu, que la maison était calme, une fois les enfants couchés... Il regarda sa femme qui cousait sous la lampe, son ouvrage posé sur les genoux.

– Je me fais vieux, Doris. Je crois que je vais prendre ma retraite.

– Tu parles sérieusement ?

– Oui. Homestead a besoin d'un shérif plus jeune, et moi j'ai besoin de repos.

Doris secoua la tête.

– Ça fait au moins dix ans que j'entends cette musique-là... Que deviendrais-tu sans ton travail ? Tu t'ennuierais à mourir.

– Pas du tout. Je construirais une jolie maison près de la rivière et j'irais à la pêche.

Sa femme sourit et se remit à coudre sans faire de commentaires. Manifestement, elle ne le croyait pas.

Eh bien, elle avait tort. Cette fois il était décidé. Il avait travaillé toute sa vie sans ménager sa peine, maintenant il allait se reposer. Oui, une petite maison au bord de l'eau... et des journées entières à paresser sous les pins en taquinant la truite...

Quelqu'un frappa à la porte, l'arrachant à sa rêverie. Virginia Townsend se tenait sur le seuil, le visage décomposé, les yeux remplis de larmes.

– Qu'y a-t-il ? lui demanda-t-il. Que s'est-il passé ?

– C'est Mark. Il est tombé dans l'escalier. Il est gravement blessé – mort, peut-être... Je suis allée chercher le Dr Varney mais il n'est pas chez lui. Je vous en prie, shérif, aidez-moi...

– Calmez-vous, dit Doris en la prenant par les épaules. Nous allons chercher votre mari et...

Virginia secoua la tête.

– Glen est malade. Vraiment malade. Il a gardé le lit toute la journée.

Hank aurait juré qu'elle avait encore pâli.

– Venez, dit-il, je vais vous raccompagner chez vous. Pendant ce temps, Doris essaiera de trouver le docteur.

Ils sortirent tous les trois. Ils étaient presque voisins, de sorte qu'il ne leur fallut guère plus d'une minute pour atteindre la pension de famille. Hank y entra le premier et trouva Glen Townsend dans le vestibule, en chemise et robe de chambre.

– Qu'est-ce que vous faites là, shérif ? lui lança-t-il d'un ton hargneux. C'est d'un docteur que mon garçon a besoin, pas de vous.

Sans se soucier de Glen, Hank s'approcha de Mark et s'agenouilla près de lui pour lui prendre le pouls.

– Trop tard. Il est mort.

Virginia chancela. Il approcha une chaise et l'aida à s'y asseoir.

– Je suis désolé. Comment est-ce arrivé exactement ?

– Je ne sais pas, dit Glen sans laisser à sa femme le temps de répondre. Je ne me sentais pas bien, j'ai passé la journée au lit. Mark est venu me dire bonsoir, nous avons bavardé un moment et, juste après qu'il fut sorti de la chambre, j'ai entendu un grand bruit dans l'escalier et Virginia qui hurlait. Je suis descendu, et je l'ai trouvé là.

Hank n'était pas d'un naturel suspicieux, mais il connaissait suffisamment Glen pour se méfier de tout ce qu'il disait. D'un autre côté, Mark était son fils. Quelle raison aurait-il eue de mentir ?

– Et vous, madame Townsend, vous avez vu ce qui s'est passé ?

Virginia regarda furtivement son mari.

– Il... il a trébuché sur une marche. Je crois qu'il avait un peu bu.

Un peu bu... Il devait être ivre mort, comme d'habitude.

– Nous ne pouvons pas le laisser là... Dans quelle chambre voulez-vous que je le porte ?

Hank s'était approché de Mark et le soulevait dans ses bras.

– La première en haut de l'escalier, dit Virginia. C'était... c'était sa chambre d'enfant.

Sa voix se brisa et elle se mit à pleurer silencieusement.

Rose venait de souffler la lampe du vestibule lorsqu'elle entendit frapper à la porte. Elle eut tout de suite un mauvais pressentiment. Cette visite tardive n'annonçait rien de bon.

– Veux-tu que j'aille ouvrir ? lui demanda Michael, sentant son inquiétude.

– Oui, je veux bien.

Il marcha jusqu'à la porte et fit jouer le verrou.

– Madame McLeod ?

– Est-ce que je pourrais parler à votre femme, monsieur Rafferty ? Il est arrivé un accident à la pension de famille.

Rose sentit un frisson glacé courir sur sa nuque.

– Maman ?

– Non, ma chérie. C'est ton frère. Il est tombé dans l'escalier et s'est brisé la nuque. Il... il est mort sur le coup.

Elle ressentit une douleur intense lui étreindre le cœur. Mark et elle n'avaient jamais été proches ; si elle avait envie de pleurer, c'était moins sur leurs souvenirs communs que sur le gouffre d'incompréhension qui les avait toujours séparés.

– Tu ferais bien d'aller là-bas, reprit Doris. Ta mère est effondrée.

– Oui. Oui, bien sûr. J'y vais tout de suite.

– Je t'accompagne, dit Michael en lui prenant le bras.

– Non, reste, tu n'es pas encore suffisamment remis pour...

– Pour être avec ma femme quand elle a besoin de moi ? Ne dis donc pas de bêtises.

24

La semaine qui suivit fut un cauchemar pour Rose. La mort de son frère l'avait douloureusement ébranlée et l'attitude de Virginia l'inquiétait. Depuis l'enterrement, elle restait plongée dans une hébétude proche de la folie. Elle ne quittait plus l'ancienne chambre de Mark et, si sa fille ne l'avait pas forcée à manger, elle se serait laissée mourir de faim. Pour son mari, naturellement, il ne s'agissait là que de pleurnicheries de bonne femme et il ne se privait pas de le dire à Rose quand il n'était pas occupé à se soûler au saloon.

Entre ses vociférations d'ivrogne et le mutisme désespérant de sa mère, la jeune femme serait devenue folle si Michael ne l'avait pas soutenue avec tant de constance et de dévouement. Il avait repris son travail sur le chantier de l'hôtel mais s'en absentait plusieurs fois par jour pour venir la voir et prendre des nouvelles de sa mère.

Dix jours s'étaient écoulés depuis la mort de Mark quand Virginia sortit enfin de son silence. Il faisait une chaleur étouffante, cet après-midi-là. Rose avait ouvert la fenêtre de la chambre mais pas un souffle de vent n'agitait les rideaux. Assise au chevet de sa mère, elle lui faisait la lecture quand un murmure indistinct lui fit lever les yeux de son livre.

– Qu'est-ce que tu dis ? demanda-t-elle en retenant son souffle.

– Il nous tuera tous...

– De quoi parles-tu, maman ?

– C'est ma faute. Ma faute et celle de l'alcool. J'aurais tant voulu être une bonne mère pour vous deux, faire de Mark un homme honnête et droit... Mais il tenait trop de son père. La boisson, la violence... j'aurais dû deviner que cela se terminerait ainsi.

– Comment, maman ? Je ne comprends pas.

Virginia se détourna et enfouit son visage dans ses mains.

– Va-t'en, sanglota-t-elle. Laisse-moi. J'en ai déjà trop dit.

– Maman, dit Rose en lui prenant la main, pourquoi ne viens-tu pas habiter quelque temps au presbytère avec Michael et moi. Tu t'y reposerais mieux qu'ici.

Sa mère se redressa en sursaut, les yeux agrandis d'effroi.

– Non ! Je ne partirai pas ! Cette maison est à moi, personne ne m'obligera à la quitter.

– Ce n'était qu'une idée... Il n'est pas question de te forcer, bien sûr. N'y pense plus. Recouche-toi et essaie de dormir un peu.

Virginia se laissa retomber sur l'oreiller. Rose attendit qu'elle s'endorme puis sortit sur la pointe des pieds et descendit l'escalier.

Elle poussa la porte donnant sur la rue, hésita un instant, puis se dirigea vers le chantier de l'hôtel. Elle avait besoin de voir Michael, d'entendre le son de sa voix. Il avait été si bon, depuis la mort de Mark. Elle ne savait pas ce qu'elle serait devenue sans lui.

Elle l'aperçut de loin en grande discussion avec un de ses ouvriers et s'arrêta pour le regarder, le cœur gonflé de tendresse.

De tendresse, vraiment ?

Un doute affreux la saisit : n'était-elle pas en train de tomber amoureuse de lui ?

Mon Dieu, faites que non ! pensa-t-elle, atterrée. Si elle se mettait à l'aimer, elle deviendrait une de ces femmes soumises qui ne sont plus que l'ombre de leur mari, et adieu la liberté. Aucun homme, même le meilleur du monde, ne méritait un tel sacrifice. Michael avait toujours été adorable avec elle, mais pouvait-elle dire qu'elle le connaissait vraiment ? Qu'arriverait-il si elle se trompait sur son compte – s'il se mettait à boire, s'il devenait violent, si ce grand amour qu'il jurait éternel ne durait que quelques mois ?

Comme elle se débattait au milieu de toutes ces questions, Michael se retourna et l'aperçut. Elle le vit sourire et traverser la rue pour la rejoindre, Princesse sur ses talons.

Pourvu qu'il ne soit pas trop tard ! pensa-t-elle. Pourvu que je ne l'aime pas déjà !

Michael remarqua sa pâleur, mais il la mit sur le compte de la fatigue et de l'inquiétude que lui inspirait sa mère.

– Comment va-t-elle ? lui demanda-t-il.

Rose haussa les épaules.

– Toujours pareil. Elle m'a dit quelques mots mais je crois qu'elle délirait.

– Pourquoi ne te reposes-tu pas un peu ? Tu ne peux pas passer ta vie à jouer les gardes-malade. Laisse donc Mme McLeod ou Mme Barber te remplacer un moment. Elles te l'ont toutes les deux proposé.

– Non, je ne peux pas abandonner maman maintenant.

– Il ne s'agit pas de l'abandonner, mais seulement de penser un peu à toi et de reprendre des forces. *Tu en as besoin.*

Il avait à peine élevé la voix mais il la sentit se raidir

comme s'il l'avait giflée. Décidément, ce ne serait pas facile de la conquérir.

La jeune femme se baissa pour caresser Princesse qui mordillait le bas de sa robe, et la petite chienne se lança dans une sarabande effrénée qui réussit à la faire sourire.

– Rose... murmura Michael.

Elle leva les yeux vers lui et son sourire s'évanouit.

– J'ai peur, dit-elle.

– Je sais.

– C'est trop dur.

– Non, fais-moi simplement confiance.

– Et si je me trompe ?

– Tu ne te trompes pas. Je t'aime, Rose. Je t'aimerai toujours.

Elle le dévisagea longuement puis se détourna.

– Il faut que je retourne là-bas. Je rentrerai vers sept heures pour préparer le dîner.

Il la regarda s'éloigner, le cœur serré. Que pouvait-il faire ? Il devait bien y avoir un moyen de l'aider. Si seulement Virginia pouvait reprendre le dessus... Mais la pauvre femme était folle de douleur et la terreur que lui inspirait son mari n'arrangeait certainement rien. Michael se demandait même si ce n'était pas sa présence, plus que la mort de Mark, qui l'entretenait dans cet état de prostration.

Il hésita. Ce n'était qu'une idée, mais peut-être tenait-il la solution du problème. Marchant à grands pas, il se dirigea vers le saloon. Il était pratiquement sûr d'y trouver son beau-père et il ne fut pas déçu. Il traversa la salle et prit une chaise pour s'asseoir à sa table.

– J'ai une proposition à vous faire, Townsend.

Glen lui jeta un regard suspicieux.

– Quel genre de proposition ?

– Cinq cents dollars.

– Fichtre ! Et qu'est-ce que je devrai faire en échange ?

– Me vendre la pension de famille.

Townsend secoua la tête.

– Pas question, elle vaut bien plus.

– Elle n'en vaut pas la moitié aujourd'hui et elle vaudra encore moins quand j'ouvrirai mon hôtel. J'ai les reins assez solides pour casser les prix, et je le ferai tant que vous n'aurez pas vendu et vidé les lieux.

– Quoi ? Vous voulez dire que vous allez nous jeter dehors, ma femme et moi, alors que...

– Je ne parle pas de votre femme, simplement de vous. Réfléchissez, Townsend : vous faites vos valises, vous signez l'acte de vente et l'argent est à vous.

Michael tira vingt dollars de sa poche et les jeta sur la table.

– Un petit bonus au cas où vous vous décideriez tout de suite... Ah, j'oubliais, il y a encore une condition.

– Laquelle ?

– Vous pliez bagage dès ce soir, et Rose et votre femme n'entendent plus jamais parler de vous.

Townsend lui jeta un regard assassin puis baissa de nouveau les yeux vers l'argent posé sur la table. Finalement, la tentation l'emporta.

– Mille dollars et c'est d'accord.

– Sept cent cinquante. C'est ma dernière offre et je ne la renouvellerai pas.

Il fit mine de se lever mais son beau-père répondit :

– Entendu, ça marche.

– Vous aurez l'argent demain matin.

– Cet hôtel ne vous rapportera jamais un sou et la pension de famille encore moins.

Townsend vida son verre et s'essuya la bouche avant d'ajouter avec un sourire en coin :

– Je vais vous faire une confidence, Rafferty, parce que je sais que vous êtes un type bien et que vous ne reviendrez pas sur votre parole : je ne comptais pas rester longtemps dans ce trou de toute manière.

Michael ne broncha pas. Qu'il ait eu ou non l'intention de partir lui importait peu. Si sept cent cinquante dollars suffisaient à garantir la tranquillité de Rose et de sa mère jusqu'à son départ, c'était de l'argent bien placé.

– Rendez-vous devant la banque demain à dix heures, dit-il en se levant.

– J'y serai, Rafferty. J'y serai.

25

Quand Rose revint de la pension de famille, le soleil se couchait, teintant de mauve le sommet des montagnes. La jeune femme poussa la porte du presbytère et marcha droit vers la cuisine, d'où s'échappait une délicieuse odeur de viande grillée ; en d'autres circonstances, celle-ci lui aurait mis l'eau à la bouche, mais ce qu'elle venait d'apprendre lui avait décidément coupé l'appétit.

– Michael ?

Il se retourna en souriant, un tablier autour des reins.

– C'est vrai ? lui demanda-t-elle.

– Quoi donc ?

– Que tu as acheté la pension de famille ?

Il hocha la tête en souriant.

– On ne peut plus vrai. J'attendais que tu rentres pour te l'annoncer.

– Mais qu'est-ce qui t'a pris ? T'es-tu seulement demandé ce qu'allait devenir maman ? Cette maison était tout ce qu'elle possédait.

– Attends une seconde, je crois que tu n'as pas compris. Que je sois propriétaire des lieux ne change rien pour ta mère. Si j'ai acheté la pension, c'est précisément pour qu'elle puisse y vivre en paix. Ma seule condition était que ton père déménage dès ce soir et qu'il n'y remette plus jamais les pieds. Il est parti ?

– Oui... oui, je l'ai vu prendre ses affaires et Mme Barber m'a dit qu'il s'était installé dans l'ancienne chambre de Mark, au-dessus du saloon. A propos... c'est elle qui s'occupera de maman ce soir et cette nuit.

Michael sourit et lui effleura le front, écartant une mèche folle qui s'était échappée de son chignon.

– Je suis heureux que tu aies décidé de te reposer un peu. Tu es vraiment très fatiguée.

– Michael ?

– Oui ?

– Pourquoi as-tu fait cela ?

– Mais pour toi. Parce que je t'aime, tout simplement.

Il se pencha pour l'embrasser et elle s'abandonna à son étreinte. Elle ne voulait plus réfléchir, plus penser, simplement sentir la douceur de ses lèvres.

– Tu ne veux pas manger ? lui demanda-t-il en la repoussant doucement. J'ai préparé des steaks.

Elle secoua la tête et se blottit contre lui en fermant les yeux. Non, vraiment, elle n'avait pas faim.

Il la prit dans ses bras et la porta comme une enfant jusqu'à sa chambre. Un peu de lumière filtrait encore de la fenêtre – assez pour que Rose vît son visage quand il la coucha sur le lit. Il se redressa pour la regarder et resta un long moment ainsi, immobile, comme s'il attendait quelque chose. Elle ne savait pas quoi et elle s'en moquait. Elle ne désirait que retrouver la chaleur de ses bras.

– Michael... murmura-t-elle.

Il s'assit près d'elle et l'attira contre lui, retira une

à une les épingles de son chignon, qui se déroula en un flot de boucles soyeuses.

– Tu es si belle, Rose...

Elle ferma de nouveau les yeux tandis que sa main, légère comme un papillon, lui effleurait les seins à travers le fin tissu du chemisier. Sans interrompre sa caresse, le jeune homme couvrit sa gorge de baisers. Elle renversa la tête en arrière et bascula dans un monde de sensations où plus rien ne comptait que sa bouche, ses mains, son corps pressé contre le sien.

Ils avaient ôté leurs vêtements, et ils étaient maintenant nus l'un contre l'autre, unis par le même désir impatient. Michael fit courir sa langue sur la pointe de son sein et elle retint son souffle. Il effleura sa cuisse et elle gémit. Il semblait jouer d'elle comme un musicien virtuose, faisant naître sous ses doigts des arpèges insoupçonnés aux arabesques infinies.

– Tu n'as pas peur ?

Elle secoua la tête.

– Tu risques d'avoir un peu mal, la première fois, mais...

– Ça m'est égal. Viens, je t'en prie.

Elle se cambra contre lui, s'offrant tout entière. Il la pénétra avec une telle douceur que la douleur s'effaça bientôt devant le plaisir. Ils ne faisaient plus qu'un. Ils vibraient à l'unisson, bercés par la même musique qui avait bercé tant d'amants avant eux et qui résonnait pourtant dans leurs cœurs comme au premier matin du monde.

Rose gémit doucement, pressant ses hanches contre celles de Michael pour mieux le recevoir. Il plongeait et replongeait en elle, de plus en plus vite, de plus en plus fort, emporté par un désir que plus rien ne pouvait endiguer et qui les submergea au même instant, leur arrachant le même râle de plaisir.

La lune s'était levée et par la fenêtre entrouverte une lumière argentée baignait leurs corps enlacés. Michael sourit. Rose avait dû s'endormir pelotonnée contre lui. Il sentait sur sa poitrine son souffle tiède et régulier. Son abandon le touchait presque autant que la passion qu'elle avait montrée pendant leur étreinte. Peut-être commençait-elle enfin à lui faire confiance ?

– Comment t'es-tu fait cette cicatrice ? murmura-t-elle en effleurant son torse nu.

– Je croyais que tu t'étais endormie.

– Hum, peut-être un moment.

Elle suivit de nouveau du doigt la fine marque blanche sur sa peau hâlée.

– Dis-moi, comment ?

– Je devais avoir dix ou onze ans. Dillon et moi avions pris le plateau du maître d'hôtel et nous nous en servions de luge pour descendre l'escalier. Evidemment, cela s'est mal terminé. Mme Jergens, notre intendante, était furieuse. Non seulement nous aurions pu nous tuer, mais nous avions cassé un vase de Chine qui coûtait une fortune.

– Parle-moi de ta famille, de ton enfance. Je veux tout savoir de toi.

– Tout ? Diable ! Je ne sais pas par où commencer...

Rose sourit.

– Commence par le commencement, c'est le plus simple.

Le commencement... Michael vit défiler devant ses yeux les visages de son père, de Kathleen, de Dillon, des enfants. Il faudrait aussi parler de Mme Jergens et de M. Harvey, le maître d'hôtel, de la grande maison familiale et des Hôtels Palace. Que de souvenirs ! Que de regrets aussi !

– Je suppose que tout a commencé quand mon père est arrivé en Amérique. Il venait d'Irlande sans un sou vaillant, avec pour seul bagage une furieuse envie de réussir. Il a traversé tout le pays et s'est installé en

Californie comme prospecteur. La chance lui a souri. Il a trouvé assez d'or pour réaliser son rêve : construire un hôtel digne d'accueillir les plus grands rois. C'est comme ça que sont nés les Hôtels Palace.

Le reste de l'histoire était moins édifiant, moins flatteur pour lui, surtout. Cependant il poursuivit :

– Pendant plusieurs années, John Thomas a entretenu une maîtresse – également irlandaise, comme lui, et qui venait d'une famille aussi pauvre que la sienne. Je ne connais pas son nom. Il ne me l'a jamais dit et je ne le lui ai jamais demandé. Quand il a rencontré ma mère, une jeune fille d'excellente famille qui venait de San Francisco, il savait que cette union servirait ses affaires. Trois jours avant le mariage, il a rompu avec sa maîtresse en lui remettant une forte somme d'argent.

Michael marqua une pause. Il n'avait jamais demandé à son père s'il avait aimé cette femme et s'il avait souffert de leur séparation.

– Je suis né neuf mois jour pour jour après leur mariage, et ma mère est morte presque aussitôt. C'est Mme Jergens, notre intendante, qui m'a élevé. Ensuite, j'ai voyagé avec mon père, le suivant de ville en ville à mesure qu'il construisait de nouveaux hôtels.

– Tu devais te sentir bien seul, non ?

Il réfléchit un instant. Il ne s'était jamais posé la question.

– Sans doute. Et mon père aussi, je suppose. En tout cas, sa rencontre avec Kathleen lui a redonné goût à la vie. J'avais dix ans quand ils se sont mariés, et Dillon est venu vivre avec nous cinq mois plus tard.

– Dillon ?

– Oui. C'est mon demi-frère. Mon père ignorait que sa maîtresse était enceinte quand il l'a quittée pour épouser ma mère. Lorsqu'elle est tombée malade elle lui a écrit pour lui demander de recueillir l'enfant.

– Oh, Michael...

– Notre père nous a appris la vérité le jour de nos seize ans. Je me suis mis à détester Dillon, à devenir jaloux de l'affection que lui portait mon père, de ses succès à l'université, en affaires, en amour.

Michael ne voulait plus penser à tout cela.

– Tu ne lui en veux plus ?

– Non, plus maintenant. Mais assez parlé de moi... Tu as une cicatrice, toi aussi – là, au creux du bras. Comment te l'es-tu faite ?

– En me battant avec Mark. Nous passions notre temps à nous chamailler, enfants, et cela n'a guère changé ensuite. Quand j'avais sept ans, un jour, il m'a poussée dans un tas de branches, et je m'en suis planté une à la saignée du coude. Le Dr Varney a dû me faire cinq points de suture.

Michael soupira.

– Tu as passé toute ta vie à te battre !

Elle sourit tristement.

– A peu près, oui.

– C'est fini, maintenant. Je te promets que tu n'auras plus à le faire. Plus jamais.

26

Rose était à l'épicerie, le lendemain matin, quand la nouvelle arriva.

– Le chemin de fer ! Le chemin de fer va passer à Homestead !

En quelques minutes, une foule surexcitée envahit le magasin. Il semblait que toute la ville s'y était donné rendez-vous. Les commentaires allaient bon train.

– Vous imaginez ? disait le Dr Varney. Je pourrai commander des médicaments à Boise et les avoir en quelques heures.

– Ce sera diablement plus commode pour vendre nos récoltes à la ville, renchérissait Ted Wesley.

– Et pour nous faire livrer, ajoutait Emma Barber. Quel progrès pour le commerce ! Sans compter que la ville va certainement s'agrandir...

Rose aperçut Michael qui venait d'entrer et la regardait avec un sourire complice.

– Alors c'était cela, ton secret ? dit-elle en le rejoignant. Je comprends maintenant pourquoi tu étais si sûr du succès de ton hôtel.

– J'aurais voulu te le dire plus tôt mais...

– Je sais : secret professionnel. Est-ce que ce sera vraiment une telle révolution ?

– Bien sûr. Personne n'imagine encore à quel point.

Il passa un bras autour de ses épaules et l'attira contre lui. Rose sentit son cœur s'emballer.

Je suis folle, pensa-t-elle. Si j'avais deux sous de bon sens, j'oublierais ce qui s'est passé et... Et quoi ? Qu'est-ce que cela changerait ? Elle était amoureuse de Michael, elle ne pouvait plus se le cacher. Elle avait beau savoir qu'un jour il partirait et qu'elle en aurait le cœur brisé, elle ne pouvait s'empêcher de l'aimer.

Pourquoi avait-il fallu qu'elle le rencontre ? Qu'y avait-il de commun entre l'héritier d'une riche famille de San Francisco et une petite campagnarde dont le père avait connu la prison et passait ses journées à boire ? Bien sûr, aujourd'hui Michael était sincère, mais un jour viendrait où il s'apercevrait que ce qu'il avait pris pour de l'amour n'était qu'une tocade et leur mariage serait terminé.

S'efforçant de ne pas y penser, elle ramena son attention vers les gens qui discutaient autour d'elle. Tout le monde parlait d'organiser une grande fête le soir même, et les femmes emplissaient leurs cabas pour rentrer préparer des crêpes ou des gâteaux.

Rose décida d'en faire autant. Elle ne voulait pas que Michael se doute de ce qu'elle éprouvait et, si elle restait une minute de plus avec lui, elle ne pourrait plus le lui cacher.

Un an. Elle avait un an de bonheur devant elle. Il ne fallait pas en espérer plus.

Quand elle franchit le seuil de la vaste grange où avait lieu la fête, Addie se sentit transportée des années en arrière. La première fois qu'elle y était entrée, c'était aussi pour un bal – le bal des fenaisons. De même que ce soir, le sol de terre battue avait été soigneusement balayé et, comme ce soir, il flottait dans l'air une légère odeur de foin et de paille sèche. Les longues tables couvertes de draps blancs croulaient sous les victuailles, et l'on avait accroché aux poutres les mêmes lampions de papier multicolore.

– Tu te souviens de notre premier bal ? lui demanda Will.

– Si je m'en souviens... Comment pourrais-je oublier ?

– Moi non plus, je ne pourrais pas oublier. Et encore moins la nuit qui a suivi.

Addie rougit et lui donna une tape sur l'épaule.

– Chut ! Si quelqu'un t'entendait...

– Eh bien, quoi ? Ce n'est pas un crime d'aimer sa femme, tout de même.

– Tu es incorrigible...

– Mais j'espère bien ! M'accorderiez-vous cette danse, madame Rider ?

Elle ne put s'empêcher de sourire.

– Avec plaisir, monsieur Rider, dit-elle en lui prenant le bras.

Danser avec lui était toujours aussi magique. Elle oubliait le ranch, les soucis, les enfants ; il n'y avait plus qu'eux deux et la musique. Addie ferma les yeux et remercia le hasard qui l'avait conduite à Homestead dix ans plus tôt. Sans lui, elle n'aurait jamais rencontré Will, ni connu ce merveilleux amour.

Quand la musique s'arrêta, son mari lui prit le bras et l'accompagna à la table où l'on servait les rafraîchissements. Rose Rafferty leur offrit à chacun un verre de punch et ils restèrent un moment à bavarder avec elle.

Comme les musiciens se remettaient à jouer, Addie vit Yancy entraîner Laura au milieu des autres danseurs. Elle sentit Will se raidir et se demanda anxieusement quelle allait être sa réaction mais il ne bougea pas. Il n'y avait pas de colère dans son regard, seulement de la résignation. Il avait compris que Laura était amoureuse et qu'il ne pouvait rien contre cet amour-là. Sa petite fille avait grandi, elle s'éloignait de lui pour commencer une nouvelle vie où il n'aurait plus la première place.

Addie lui étreignit la main. Il baissa les yeux vers elle, lui sourit un peu tristement, puis tous deux regardèrent le jeune couple.

Yancy Jones n'était pas ce qu'il est convenu d'appeler un bon danseur mais il se moquait bien de ce que les gens pouvaient penser de lui. Laura ne voulait pas d'autre cavalier, c'était tout ce qui lui importait.

Il aurait mieux fait de refuser lorsqu'elle lui avait demandé cette danse – ne serait-ce que pour ne pas envenimer les choses avec son père –, mais elle était venue lui prendre la main alors qu'il bavardait avec les cow-boys du ranch et il n'avait pas eu le cœur de la repousser devant eux. D'ailleurs, ils n'allaient pas passer leur vie à se cacher.

Yancy sourit. Encore quinze jours et il aurait ses cent dollars. Si M. Stanford était toujours d'accord pour lui avancer le reste, la ferme des Hadley lui appartiendrait. C'était loin d'être un palace, mais elle commençait à prendre tournure.

La musique se tut et Laura leva les yeux vers lui. Son regard était comme une prière. Il aurait voulu lui dire qu'il l'aimait, l'emmener loin de tous ces gens, aller trouver son père et lui annoncer qu'ils avaient décidé de se marier maintenant – que cela lui plaise ou non.

Mais il était encore trop tôt. Quand il aurait prouvé à Will Rider qu'il pouvait faire un bon mari pour sa fille – quand il se le serait prouvé à lui-même, surtout –, alors il pourrait répondre à la prière muette de Laura.

– Oh, Yancy... soupira la jeune femme, les yeux gonflés de larmes.

Ces larmes eurent raison de toutes ses bonnes résolutions. La prenant par la main, il l'entraîna loin de la foule des danseurs, sortit de la grange, et s'enfonça avec elle dans la nuit étoilée.

Comme ils arrivaient sur le pré fraîchement fauché où étaient garés buggies, carrioles et attelages, il s'arrêta brusquement et l'attira contre lui. Au diable les conséquences, il avait trop envie de l'embrasser.

– On dirait que Yancy est aussi amoureux que moi, murmura Michael à l'oreille de Rose tandis qu'elle regardait les deux jeunes gens se frayer un passage vers la sortie de la grange. Que dirais-tu d'aller danser un peu ? Tu ne vas pas passer la soirée derrière ce saladier de punch.

Sans attendre sa réponse, il lui prit le bras et l'entraîna vers la piste de danse. Rose se laissa faire sans protester. Elle avait beau se dire qu'il aurait pu lui demander son avis, au fond elle était ravie.

– Je te préviens, je ne sais pas valser, dit-elle pour la forme.

– C'est tout simple, il faut suivre la musique.

Et c'était vrai. Elle commençait à s'abandonner au plaisir de la danse quand la voix de son père la fit sursauter :

– Rafferty ! Vous étiez au courant, n'est-ce pas ?

Michael se retourna et vit Glen Townsend qui s'avançait vers lui en titubant.

– Pour le chemin de fer... Vous saviez qu'il allait passer par ici...

L'orchestre se tut. Le brouhaha des conversations baissa jusqu'à n'être plus qu'un murmure.

– Je ne pense pas que ce soit le moment de parler affaires, dit Michael en se plaçant entre Rose et son père.

– Vous ne vous en tirerez pas comme ça !

Townsend agitait son poing d'un air menaçant quand Hank McLeod surgit derrière lui et l'empoigna par le bras.

– Ça suffit, Glen. Suivez-moi jusqu'à la prison, je vous relâcherai quand vous serez moins soûl.

– Ce n'est pas moi que vous devriez arrêter, shérif. C'est lui, cet enfant de putain ! Qu'il se soit envoyé ma traînée de fille avant de l'épouser, c'est une chose, mais qu'il me vole ma maison...

Il n'eut pas le temps d'aller plus loin. L'arrachant à la poigne de McLeod, Michael le saisit par le col.

– Je me moque de ce que vous pouvez raconter sur mon compte, Townsend, mais faites attention à ce que vous dites sur ma femme. Dépêchez-vous de retirer ces mensonges avant que le shérif ne soit obligé de m'arrêter pour meurtre.

Rose regarda furtivement son père. Il était blême.

– Je... je retire ce que j'ai dit, bredouilla-t-il d'une voix étranglée.

– Parfait. Et maintenant, *moi*, je vais vous dire quelque chose. Il se trouve que j'aime votre fille, et je ne laisserai personne, surtout pas vous, colporter des insanités sur son compte. Est-ce que c'est clair, Townsend ?

Il hocha la tête.

– Parfait. Tenez, shérif, il est à vous.

Michael repoussa brutalement son beau-père et se retourna vers Rose.

– Où en étions-nous ? dit-il en passant un bras autour de sa taille.

L'orchestre se remit précipitamment à jouer et ils reprirent leur valse, bientôt rejoints par d'autres couples. Rose s'aperçut à peine que le shérif emmenait son père tant la colère de son mari l'avait impressionnée. Il était clair qu'il l'aimait, sans quoi il ne serait pas entré dans une telle fureur.

Oui, il l'aimait... Mais pour combien de temps ? Chaque fois qu'elle avait cru le bonheur à portée de sa main, il s'était dérobé. Ne serait-ce pas pareil cette fois encore ?

27

Will ne fut pas surpris, le lendemain après-midi, en voyant arriver Yancy. Il l'attendait même plus tôt, après ce qui s'était passé la veille.

Clignant des yeux sous le soleil, il descendit les marches du perron et s'avança à sa rencontre. Yancy arrêta son cheval à quelque distance de lui et porta la main à son chapeau.

– Monsieur Rider, dit-il en mettant pied à terre, je suis venu vous parler de Laura.

– Je sais.

– Je suppose que vous savez aussi que je l'aime et que j'ai l'intention de vous demander sa main.

– En effet.

Will en savait même plus. Il savait que Yancy travaillait à la fois à la scierie et sur le chantier de l'hôtel, et qu'il réparait en plus une vieille ferme au fond de la vallée. Il savait que non seulement il ne ménageait pas sa peine mais que c'était un homme honnête, déterminé et consciencieux. Il savait surtout qu'il était amoureux de Laura et qu'il serait un bon mari pour elle.

Cela dit, ce n'était pas une raison pour lui faciliter la tâche.

– Je ne suis pas riche, reprit le cow-boy en triturant nerveusement son chapeau, mais je ferai en sorte que votre fille soit heureuse et qu'elle ne manque de rien. Je suis en train d'acheter l'ancienne ferme des Hadley. La maison sera bientôt habitable, et j'ai trouvé du travail à la scierie en attendant de pouvoir acheter un peu de bétail.

– Hum !

– J'aime Laura, monsieur Rider. De tout mon cœur. J'espère sincèrement que vous m'accorderez sa main, parce que je n'ai pas l'intention de partir. Ma place est ici, auprès d'elle.

– Je vois... Eh bien, dans ce cas, je suppose que cela ne servirait à rien de dire non. Mais c'est à Laura de décider.

Yancy resta sans voix. Will leva les yeux vers la fenêtre de sa fille et vit le rideau bouger.

– Je crois que vous feriez bien d'aller lui parler tout de suite, dit-il avec un demi-sourire. Elle vous a vu, elle doit être sur des charbons ardents. Bonne chance, Yancy...

Il tendit la main au cow-boy, qui la serra avec émotion.

– Merci, monsieur Rider, vraiment merci.

– Juste une chose, Yancy. Ne m'appelez jamais beau-papa, d'accord ?

Le jeune homme s'esclaffa.

– Ça ne me serait jamais venu à l'idée, monsieur.

– Allez, dépêchez-vous d'aller faire votre demande, le pressa Will. Vous vous sentirez mieux après.

Il regarda son futur gendre disparaître dans la maison et leva de nouveau les yeux vers la fenêtre de Laura. Le ranch allait lui paraître bien vide quand elle ne serait plus là.

Rose étendait son linge dans le jardin du presbytère quand elle vit Laura arriver au grand galop. Son amie arrêta Plume noire juste à temps pour que le nuage de poussière que soulevaient ses sabots ne vienne pas salir les draps fraîchement lavés.

– Ça y est ! s'écria-t-elle en sautant à terre. Nous sommes fiancés ! Yancy a demandé ma main et j'ai dit oui.

Elle sauta au cou de son amie et, la serrant à l'étouffer, la fit tournoyer sur elle-même.

– Calme-toi, dit Rose en riant, et raconte-moi comment ça s'est passé.

Laura lui prit les mains et l'entraîna sous le grand tilleul du jardin.

– Eh bien, voilà, dit-elle en s'asseyant dans l'herbe. Yancy est venu au ranch, il a demandé à papa la permission de m'épouser, et papa a dit oui. Tu imagines ? Nous devons nous marier en septembre. Maman a déjà commandé le tissu de la robe et elle a des tas d'idées pour la noce. Oh, Rose, je voudrais déjà y être ! Et puis, tu sais, Yancy a une maison à lui, maintenant. Je suis allée la voir pendant qu'il était au travail, juste pour me faire une idée. Ce n'est pas grand mais en l'arrangeant bien... Et nous serons tranquilles, nous pourrons nous embrasser toute la journée si ça nous chante, personne ne viendra nous déranger.

Rose eut la gorge serrée en pensant aux baisers de Michael. Ils avaient à nouveau fait l'amour la nuit dernière et ç'avait été encore plus merveilleux que la première fois. Elle aurait voulu pouvoir arrêter le cours du temps, le retenir à jamais auprès d'elle.

– Quel effet ça fait, Rose ? lui demanda Laura en baissant la voix.

La jeune femme sursauta.

– Pardon ? Qu'est-ce que tu disais ?

– Je te demandais quel effet ça faisait quand on... enfin, tu vois ce que je veux dire...

Rose baissa la tête en rougissant.

– C'est difficile à dire. C'est... vraiment spécial.

Son amie la regarda avec surprise.

– Tu l'aimes, n'est-ce pas ? Tu ne fais plus semblant ?

– Non, je ne fais plus semblant.

– Oh, Rose, comme je suis contente pour toi ! J'avais si peur que tu sois malheureuse avec ce M. Rafferty.

Malheureuse avec Michael ? Non, sûrement pas. Mais sans lui, que deviendrait-elle ?

Laura s'étendit dans l'herbe, les mains sous la nuque, le regard perdu dans l'immensité sans nuages du ciel.

– Tu te souviens quand nous venions ici, petites filles ? Nous passions des heures sous cet arbre à parler de ce que nous ferions plus tard. J'étais vraiment timide, tu étais ma seule amie. Et tu avais du mérite, avec la guerre que te faisait ton frère pour t'empêcher de me voir... Tu te rappelles, il disait toujours qu'il ne voulait pas que tu traînes avec une...

Laura se redressa brusquement.

– Mon Dieu ! s'écria-t-elle en blêmissant. Et si Yancy ne savait pas ?

– S'il ne savait pas quoi ? demanda Rose, déroutée par son brusque changement d'humeur.

– Pour mon vrai père. Je ne lui ai jamais dit qu'il avait du sang indien.

– Et alors, quelle importance ?

Comme elle disait ces mots, Rose se rappela ce que son amie avait enduré à son arrivée à Homestead. Mark n'avait pas été le seul à la traiter comme une pestiférée, beaucoup d'autres enfants en avaient fait autant – et même quelques adultes. Les années passant, les choses s'étaient – Dieu merci – arrangées, mais elle gardait probablement un souvenir amer du temps où on l'appelait la Peau-Rouge.

– Mon Dieu, gémit Laura, les larmes aux yeux. Pourquoi n'ai-je pas pensé à lui en parler ?

Rose la serra dans ses bras.

– Je viens de te le dire : parce que cela n'a aucune importance.

Laura n'avait jamais eu aussi peur de sa vie. Elle n'avait plus envie d'éperonner Plume noire, ni de la lancer au grand galop : elle arriverait toujours assez tôt chez Yancy.

Quand elle atteignit la ferme, celui-ci était en train de planter des piquets de clôture torse nu sous le soleil. Il ne la vit pas tout de suite et elle se garda d'attirer son attention. Elle avait la gorge si serrée qu'elle se sentait incapable de dire un mot.

Quelle serait sa réaction quand il saurait que du sang indien coulait dans ses veines ? Rose affirmait que cela ne changerait rien à ses sentiments mais Laura se rappelait trop bien la façon dont certaines personnes l'avaient rejetée autrefois.

Yancy, apercevant Laura dans la cour de la ferme, enfila hâtivement sa chemise et s'avança vers elle avec un large sourire.

– Je n'espérais pas te revoir aujourd'hui, dit-il en l'aidant à descendre de cheval. Ton père sait que tu es ici ?

– Non. Mais je voulais te parler avant... avant qu'il ne soit trop tard. Il y a quelque chose que tu dois savoir. Quelque chose que je n'avais pas pensé à te dire, mais...

– Quoi ? Qu'est-ce que c'est ? Je t'en prie, explique-moi.

– Voilà, ma grand-mère paternelle était une Indienne sioux, de la tribu des Lakotas. Will Rider n'est pas mon vrai père. Addie et lui m'ont adoptée quand j'avais huit ans. Je tenais à ce que tu le saches avant de m'épouser.

Yancy laissa échapper un soupir de soulagement.

– Petite sotte, dit-il en la serrant dans ses bras. Tu croyais vraiment que cela changerait quelque chose ?

Elle se blottit contre lui et hocha la tête.

– Allons, Laura... Tu as fait de moi l'homme le plus heureux de la Terre. J'espère que nous aurons des tas d'enfants, et qu'ils seront aussi beaux que leur mère. Le reste, je m'en moque !

– Ça t'est égal ?

– Complètement. La seule chose qui m'inquiétait, c'est que je ne me sentais pas digne de ton amour. Je ne m'en sens toujours pas digne, d'ailleurs... Mais j'ai la ferme intention de t'épouser quand même, quelles que soient les mauvaises excuses que tu pourras trouver pour essayer de me faire changer d'avis.

Laura trouva enfin le courage de le regarder dans les yeux et ce qu'elle vit la rassura complètement. Il était sincère. Il pensait vraiment chaque mot qu'il prononçait.

– Oh, Yancy, comme je t'aime !

– Je l'espère bien, répliqua-t-il d'un ton faussement bougon. Et que je ne te reprenne plus à douter de mon amour, sinon...

– Sinon ?

– Sinon je te traîne chez le pasteur sans même attendre septembre !

Il l'embrassa fougueusement. Laura se sentit fondre dans ses bras. Septembre... Comme c'était loin ! Jamais elle n'aurait la patience d'attendre jusque-là.

28

Michael regardait Rose coudre à la lumière de la lampe. Ses cheveux retombaient en cascade sur ses épaules, souples et brillants comme un écheveau de soie.

Il sourit doucement. Jamais il ne s'était senti aussi heureux. Depuis son accrochage avec Townsend, le soir du bal, les habitants d'Homestead ne le traitaient plus en étranger. Ils venaient souvent le voir sur le chantier de l'hôtel et s'arrêtaient pour bavarder avec lui comme s'il s'agissait d'une vieille connaissance.

Les travaux avançaient à vue d'œil. Le gros œuvre était déjà terminé et les meubles devaient arriver cette semaine. Michael aidait ses ouvriers pour les finitions et rentrait chaque soir fourbu, mais il oubliait vite sa fatigue, sachant que Rose l'attendait et que la nuit venue ils dormiraient dans le même lit.

Il s'étonnait lui-même du bonheur que lui procurait cette petite vie paisible. Jamais il n'aurait cru possible de vivre loin des clubs bruyants et enfumés, des théâtres et des restaurants – de toutes ces activités qui lui semblaient être aujourd'hui d'assommantes corvées.

Oui, il était heureux. Heureux de lire tranquillement devant la cheminée en regardant sa femme repriser la chemise qu'il avait déchirée le matin. Heureux d'entendre le tic-tac de la pendule dans la maison silencieuse, le bruissement du vent dans les arbres, derrière la fenêtre entrouverte.

Une seule chose manquait à son bonheur : Rose ne lui faisait toujours pas confiance. Du moins pas entièrement. Elle lui abandonnait son corps sans aucune réticence, mais elle gardait jalousement son cœur.

La jeune femme posa son ouvrage et se frotta les yeux.

– Je tombe de sommeil. Je crois que je vais monter me coucher.

– Je t'accompagne. Je suis fatigué moi aussi.

Ils se levèrent d'un même mouvement tout en sachant que ce soir non plus ils ne s'endormiraient pas avant longtemps. Leur désir semblait insatiable, un geste, un regard et ils s'enflammaient à nouveau.

Il était plus de minuit quand Michael s'endormit enfin. Rose resta un long moment blottie dans ses bras puis, voyant qu'elle ne trouverait pas le sommeil, elle se leva sans bruit, enfila sa chemise de nuit et marcha jusqu'à la fenêtre.

La lune était encore cachée derrière les montagnes mais des milliers d'étoiles scintillaient dans le ciel, jetant une pâle clarté sur les ombres du jardin.

La jeune femme soupira de bien-être. Pour la première fois de sa vie, elle se sentait aimée, désirée, chérie. Le sentiment de sécurité que cela lui procurait n'était bien sûr qu'une illusion, elle savait que Michael la quitterait un jour et que leur fragile bonheur s'évanouirait comme un rond de fumée, mais elle ne voulait pas y penser. Pas encore.

Le lendemain, la diligence arriva juste à l'heure.

– Homestead ! cria le cocher.

Il sauta de son siège et alla ouvrir la portière à ses passagers. John Thomas Rafferty descendit le premier, suivi de Kathleen, Joseph, Sean, Colin et Fianna.

– Allons d'abord poser nos bagages, dit-il. Ensuite, je me mettrai en quête de Michael.

– *Nous* nous mettrons en quête de Michael, corrigea fermement Kathleen.

John Thomas fronça les sourcils mais ne répondit

pas. Il n'avait aucune envie de se disputer avec sa femme, et d'ailleurs il savait que cela ne servirait à rien.

– Savez-vous où nous pourrions trouver des chambres ? demanda-t-il au cocher.

– Allez voir à la pension de famille. C'est juste là, au fond de cette impasse.

– Il n'y a pas d'hôtel ?

– Pas encore. Il s'en construit un à la sortie du bourg mais il n'ouvrira qu'en juillet ou en août.

– Vous venez, les enfants ?

La famille traversa la rue et remonta le trottoir de planches inégales qui longeait les façades de l'écurie de louage, du saloon et de la boutique du barbier.

– Michael doit avoir perdu la tête, marmonna John Thomas comme ils s'engageaient dans l'impasse. Il faut être fou pour vouloir s'enterrer dans un trou pareil.

– Fou... ou bien amoureux, corrigea Kathleen avec un demi-sourire.

– Au point de renoncer aux Hôtels Palace ? Allons donc !

– Pourquoi pas ?

– Mais il a toujours rêvé de prendre ma suite ! Il n'avait pas dix ans qu'il en parlait déjà.

– Il s'est marié, cela peut avoir changé sa façon de voir. Peut-être que sa femme...

– Sa femme ! Une petite intrigante qui a flairé le beau parti et s'est débrouillée pour se faire épouser ! Si nous lui proposons assez d'argent, elle le quittera sans sourciller.

– Qu'en sais-tu ? Peut-être l'aime-t-elle vraiment.

John Thomas haussa les épaules. L'hypothèse lui semblait tellement improbable qu'il ne voulait même pas y penser.

– As-tu seulement lu la lettre de Michael jusqu'au bout ? reprit patiemment Kathleen. A t'entendre, on jurerait que tu n'es pas allé plus loin que le passage où il t'annonçait son intention de rester ici et de s'occuper lui-même de cet hôtel.

Ce n'était pas loin de la vérité mais John Thomas n'avait aucune intention de le reconnaître – pas plus que de prêter l'oreille aux divagations romantiques de Kathleen. Décidément, il aurait mieux fait de venir seul. Sa présence n'allait pas lui faciliter la tâche.

Michael et Rose étaient en train de déjeuner dans la cuisine quand on frappa à la porte du presbytère.

– J'y vais, dit la jeune femme en se levant pour aller ouvrir.

Michael posa sa fourchette et tendit l'oreille, curieux de savoir qui leur rendait visite.

– C'est bien ici qu'habite M. Rafferty ? demanda une voix d'homme.

– Oui, en effet.

– Je suis son père, John Thomas Rafferty, et voici ma femme Kathleen. Pourrions-nous le voir ?

Michael blêmit en entendant sa voix. Il s'attendait à une lettre, un télégramme, certainement pas à une visite. Il bondit sur ses pieds et se précipita dans le salon.

– Papa... Kathleen.

– Nous sommes venus dès que nous avons appris ton mariage. C'est bien la moindre des choses, non ? dit Kathleen en riant. Toutes mes félicitations – et à vous aussi, madame.

Michael la serra dans ses bras tandis qu'elle l'embrassait chaleureusement, mais il craignait surtout la réaction de son père.

– Est-ce que je peux entrer ? demanda John Thomas.

– Mais bien sûr. Où ai-je la tête ? Tiens, installe-toi sur le canapé. Et toi aussi, Kathleen.

L'espace d'un instant, il vit la maison à travers les

yeux de son père et se demanda s'il n'était pas fou de vouloir renoncer à son luxueux appartement de San Francisco et à la vie qu'il y avait menée pendant près de dix ans. Puis son regard se posa sur Rose et tous ses doutes s'envolèrent.

– Ne t'inquiète pas, ils vont t'adorer, lui souffla-t-il à l'oreille.

La jeune femme hocha la tête, mais elle était loin d'en être certaine. A la façon dont son beau-père l'avait dévisagée en entrant, elle aurait même juré le contraire.

– Assieds-toi, ma chérie, dit Michael en approchant deux chaises du canapé.

Il s'installa à côté d'elle, lui prit la main, puis se retourna vers ses parents.

– Je suppose que l'annonce de mon mariage a dû vous surprendre un peu ?

– Plutôt, oui, grommela son père en promenant autour de lui un regard réprobateur. Mais l'autre nouvelle nous a surpris davantage !

Rose tressaillit. Quelle autre nouvelle ?

– Je suppose que tu as changé d'avis ? poursuivit John Thomas.

– Non, je n'ai pas changé d'avis.

– Mais enfin, pourquoi renoncer à tout ce que tu... C'est à cause de Dillon, n'est-ce pas ? A cause du marché que je vous ai proposé ? Kathleen avait peut-être raison, j'aurais dû choisir un autre moyen de vous départager. Mais il est encore temps d'y réfléchir : rentre avec moi à San Francisco et je te promets que nous trouverons une solution. Les Hôtels Palace ont besoin de toi, Michael. Et tu as besoin d'eux. Tu ne vas pas passer ta vie à tenir une auberge dans cette petite ville perdue. Tu mérites mieux.

Michael étreignit la main de Rose, qui le regardait avec un désarroi grandissant.

– Je ne sais pas si je mérite mieux, dit-il en souriant, mais tu te trompes au moins sur un point : les Hôtels Palace n'ont pas besoin de moi. Je ne pense pas que tu veuilles encore prendre ta retraite et, le jour où tu décideras de le faire, Dillon, Joseph, Sean ou Colin pourront très bien prendre ta relève. Et pour ce qui est de vivre dans cette petite ville perdue, eh bien, j'en suis aussi surpris que toi, mais cela me convient parfaitement. Et si je me lasse un jour, je pourrai peut-être monter un ranch, qui sait ? J'ai des amis dans la partie, maintenant.

Il fit une pause, puis ajouta :

– Je ne sais pas encore ce que nous ferons mais, quoi qu'il en soit, je pense que c'est à nous et à nous seuls d'en décider, n'est-ce pas, chérie ?

Rose ne sut que répondre. Les dernières défenses de son cœur venaient de céder et ses larmes trop longtemps contenues coulaient sans qu'elle songe à les cacher.

29

Rose était incapable de réaliser que l'élégante jeune femme qui lui souriait n'était autre que son reflet dans le miroir. La robe qu'elle portait – une petite merveille en satin bleu nuit ourlée de dentelle blanche – était arrivée par la diligence du matin en même temps qu'une dizaine d'autres tout aussi somptueuses.

Le garçon de course d'Emma Barber les avait apportées peu après que les parents de Michael les avaient quittés pour rentrer à la pension de famille. Le malheureux avait dû faire plusieurs voyages : il croulait sous les paquets. Outre les robes, il y avait des dessous de dentelle, des gants, des bottines, des ombrelles, ainsi que plusieurs chapeaux ornés de plumes et de rubans.

– Pourquoi, Michael ? avait-elle demandé en contemplant ces magnifiques affaires.

– Parce que tu es ravissante, ma chérie, et qu'une jolie femme doit avoir de jolies choses.

Elle repensa à Lilian. Peut-être lui avait-il dit la même chose, avec la même tendresse, la même sincérité... et cela ne l'avait pas empêché de la quitter.

Secouant la tête pour repousser cette pensée, elle se hâta d'ajuster le corsage de la robe et releva ses cheveux en chignon. Ce n'était pas le moment de se lamenter, elle avait son dîner à préparer. Et quel dîner ! La famille Rafferty au grand complet dînait à la pension et elle était chargée du repas. Une idée de Michael : il voulait montrer à son père qu'elle était un vrai cordon-bleu et que, avec elle derrière les fourneaux, le restaurant de son hôtel ne désemplirait pas. En outre, cela soulagerait Virginia. Il y avait bien longtemps qu'elle n'avait pas eu autant de pensionnaires et, de toute façon, préparer à manger pour dix personnes était au-dessus de ses forces.

Rose soupira. Depuis que son père avait déménagé, sa mère allait nettement mieux, mais serait-elle capable de faire face au surcroît de travail que représentait l'arrivée des parents de Michael et de ses frères et sœur ? Quelque chose s'était brisé en elle après la mort de Mark. Comment réagirait-elle si John Thomas Rafferty se montrait aussi froid qu'avec elle ?

La jeune femme frissonna en se rappelant la manière dont son beau-père l'avait regardée avant de partir. Au mieux, il la méprisait. Au pire...

Tu ne vas tout de même pas avoir peur de lui ? se sermonna-t-elle. *Qu'a-t-il de plus que toi ? De l'argent, c'est tout.*

Elle releva la tête et se regarda une dernière fois dans la glace. Elle ferait en sorte que ce repas soit le meilleur que les Rafferty aient pris. Elle le devait à Michael, parce qu'il venait de lui faire de somptueux cadeaux.

Et parce qu'elle l'aimait.

Mais cela, elle ne voulait pas y penser. Car, dans ce cas, elle serait obligée d'admettre qu'elle craignait le jugement de John Thomas Rafferty. Apparemment, il ne l'estimait pas digne de son fils. Et il avait sans doute raison.

Rose se détourna du miroir et descendit. Résistant à la tentation de s'arrêter à l'hôtel, elle marcha jusqu'au bourg tout en dressant mentalement la liste des choses qu'il lui fallait acheter pour le repas du soir. Elle était si absorbée qu'elle n'eut pas le temps de voir son père surgir de la ruelle sombre qui séparait l'épicerie du saloon. Il l'empoigna par le bras pour l'attirer dans l'ombre.

– Papa ! s'écria-t-elle en sursautant.

– Tiens donc, tu te souviens encore de moi ?

Il empestait le whisky et tenait à peine sur ses jambes mais Rose savait qu'elle ne lui échapperait pas. L'alcool semblait décupler ses forces ainsi que sa colère.

– Lâche-moi, dit-elle en s'efforçant de maîtriser sa peur. Lâche-moi, tu me fais mal.

– Tu me donnes des ordres, maintenant ? Ce n'est pas parce que tu as épousé cet escroc cousu d'or que tu vas me dire ce que j'ai à faire.

– Michael n'est pas un escroc.

– Ah non ? Il m'a acheté la pension de famille une misère ! Alors qu'il était parfaitement au courant pour le chemin de fer – et toi aussi, je parie.

– Tu n'avais aucun droit de vendre la pension, répliqua Rose. Elle était à maman, pas à toi...

Une gifle retentissante l'arrêta au milieu de sa phrase.

– Méfie-toi de ce que tu dis, siffla son père. Ou tu

pourrais bien descendre un escalier un peu vite, toi aussi.

– Quoi ? Qu'est-ce que tu dis ? balbutia Rose, horrifiée.

– Que tu ferais bien de te méfier ! Et ton voleur de mari aussi...

Il la repoussa brutalement et retourna vers le saloon en titubant. Chancelante, la jeune femme s'adossa au mur de l'épicerie. Ce n'était pas possible, elle avait dû mal comprendre. Ou alors il avait voulu l'effrayer en lui laissant croire que la chute de Mark n'était pas un accident. Elle repensa à la mort de Tom McLeod et à l'incendie de la scierie. Là aussi, on avait parlé d'accident, et pourtant elle restait convaincue que son père en était responsable. Mais Mark, son propre fils... Non, elle délirait. Même ivre mort, il n'aurait pas été capable d'un acte aussi monstrueux.

Tu ferais bien de te méfier, et ton voleur de mari aussi...

Rose frissonna. Ce n'étaient peut-être que des menaces d'ivrogne mais, s'il arrivait quoi que ce soit à Michael, elle ne se le pardonnerait jamais.

Michael était fier de son travail et heureux de pouvoir le montrer à son père. Son hôtel ne pouvait certes pas soutenir la comparaison avec les palaces auxquels celui-ci était habitué, mais il l'avait conçu de bout en bout et il était certain de son succès. Ce serait un atout pour Homestead, un objet de fierté pour les gens d'ici – ses voisins, ses amis.

– Beau travail, reconnut John Thomas, qui était pourtant avare de compliments. Tu as prouvé ce que tu savais faire. Tu peux rentrer à San Francisco, maintenant.

– Je croyais avoir été clair ce matin. Rose et moi

sommes heureux ici, nous n'avons aucune intention de partir.

– Mais enfin, tu...

– Papa, soupira Michael, je ne fais pas cela par dépit mais par choix. Ce que j'ai trouvé ici est bien plus important que l'argent et la réussite, et je crois... oui, je crois sincèrement que cela me rend meilleur.

Son père le dévisagea un instant puis secoua la tête.

– Je ne te comprends pas.

– Comment le pourrais-tu ? Tu viens tout juste d'arriver. Rose n'est encore qu'une étrangère pour toi. Je t'en prie, donne-lui sa chance.

John Thomas soupira.

– Une fille que tu ne connaissais pas il y a un mois... Tu ne nous as même pas dit comment tu l'avais rencontrée, ni pourquoi tu étais si pressé de l'épouser.

– Je l'ai connue à la pension de famille, en arrivant ici. Et si je l'ai épousée si vite, c'est que... c'est que cela me semblait la meilleure chose à faire.

– Tu crois vraiment être amoureux d'elle ?

– Je ne le *crois* pas, j'en suis sûr.

John Thomas eut une moue dubitative mais il ne fit pas de commentaires – au grand soulagement de son fils qui n'avait aucune envie de se disputer avec lui, surtout à propos de Rose.

Pendant ce temps, la jeune femme s'activait dans la cuisine de la pension de famille. Virginia et Kathleen lui avaient toutes deux proposé leur aide mais elle l'avait refusée. Elle tenait à ce que le repas soit entièrement son œuvre.

En outre, elle avait besoin de calme pour réfléchir à ce que lui avait dit son père. Elle s'était sans doute inquiétée pour rien. Ses menaces n'étaient probablement que des paroles d'ivrogne. Et même dans le cas contraire, Michael était parfaitement de taille à se défendre, il l'avait déjà prouvé. D'ailleurs, son père ne comptait pas rester à Homestead. Il suffisait de prendre patience et d'attendre qu'il s'en aille.

Rose essuya la sueur qui perlait à son front. Seigneur, qu'il faisait chaud dans cette cuisine ! Elle serait bien sortie prendre l'air mais elle avait encore trop à faire avant le dîner. Heureusement, celui-ci était presque prêt : les pommes vapeur étaient cuites, le rôti grésillait dans le four sur son lit de petits légumes, et deux gâteaux dorés à point refroidissaient sur l'appui de la fenêtre.

Elle était en train de retirer les pommes de terre du feu quand elle entendit la porte s'ouvrir derrière elle.

– Tout va bien, maman, dit-elle sans se retourner. Nous pourrons bientôt passer à table.

– C'est ce qu'on m'a dit, oui.

Rose se retourna si brusquement qu'elle faillit renverser la casserole.

– Monsieur Rafferty ! Excusez-moi, vous m'avez fait peur.

Elle passa la main sur son front puis, gênée, l'essuya à son tablier.

– Ça sent bon, dit son beau-père.

– J'espère que ce le sera.

John Thomas s'éclaircit la voix. Manifestement, il n'était pas venu pour lui faire des compliments sur sa cuisine.

– Mademoiselle, commença-t-il d'un ton grave, je crois que mon fils est en train de commettre une erreur qu'il regrettera plus tard. J'ai essayé de le lui dire mais il ne semble pas disposé à m'écouter, c'est pourquoi je m'adresse à vous. J'espère que vous m'aiderez à lui faire entendre raison.

Rose sentit sa gorge se nouer.

– Que... qu'attendez-vous de moi ? bredouilla-t-elle d'une voix étranglée.

– Je pense que vous le savez. Cinq mille dollars vous semblent-ils suffisants ?

– Cinq mille dollars ? Mais pour quoi faire ?

– Pour quitter Michael, naturellement.

Rose chancela sous le choc, puis elle fut envahie par une fureur noire qui balaya toutes ses appréhensions. Elle s'approcha de son beau-père d'un pas assuré.

– Je n'ai pas épousé votre fils pour son argent, monsieur, et je ne veux pas du vôtre. Je n'avais aucune intention de me marier quand j'ai rencontré Michael, il vous le dira lui-même. Je ne désirais qu'une chose : quitter cette ville, partir, n'importe où. Mais le fait est que nous nous sommes mariés. Je n'ai pas eu à le regretter et je ferai en sorte que lui non plus, parce qu'il s'est toujours montré bon pour moi. Si je dois le quitter, c'est parce qu'il me le demandera. Mais certainement pas pour de l'argent.

Elle se tut. Elle tremblait de tout son corps. Elle espérait que son beau-père ne s'en apercevrait pas, ou qu'il mettrait cela sur le compte de la colère, mais elle avait bel et bien peur.

Pas de lui. De l'avenir.

Elle aussi pensait que Michael était en train de faire une erreur. Un jour viendrait où il se lasserait d'elle. Un jour viendrait où il voudrait la quitter et reprendre le cours de sa vie. Retrouver San Francisco, les Hôtels Palace... et Lilian. Rose le savait mais elle ne se sentait pas la force d'affronter l'inévitable. Pas encore. Pas déjà.

– Pardonnez-moi, mon enfant, soupira John Thomas après un silence. Je crois que je vous avais mal jugée. Vous ne parlerez pas de cette conversation à mon fils, n'est-ce pas ?

– Non. Je ne le ferai pas.

– Merci.

Il sortit, la laissant seule dans la cuisine.

Oh, Michael, pensait-elle, pourquoi suis-je tombée amoureuse de toi ? Et pourquoi m'as-tu épousée si tu dois me quitter un jour ?

– Tu es bien silencieux, dit Kathleen.

Debout devant la fenêtre de leur chambre, John Thomas regardait la lune se lever derrière les montagnes. Il était étrangement taciturne, en effet, et il l'avait été toute la soirée.

– Sais-tu que tu n'as pas dit un mot pendant le repas ? reprit sa femme. C'était délicieux, soit dit en passant – tu n'as pas trouvé ?

– Si, si...

Kathleen reposa sa brosse sur la tablette de marbre et se retourna vers son mari.

– John Thomas, qu'est-ce que tu as ?

– Rien. Ou plutôt si... tu te rappelles ce que Michael disait dans sa lettre, au sujet de certaines choses qu'il avait faites pour prendre la tête des Hôtels Palace et dont il ne se sentait pas vraiment fier ?

– Oui.

– Eh bien, moi aussi, j'ai fait quelque chose dont je ne suis pas fier, pour essayer de le ramener.

Kathleen sourit.

– Je suis sûre que Rose te le pardonnera. Parce qu'elle aime Michael et que tu es son père.

– Comment sais-tu que c'est à elle que je pensais ? demanda John Thomas d'un air surpris.

Sa femme se leva et marcha jusqu'à lui.

– Je te connais, monsieur mon mari, dit-elle en l'enlaçant tendrement. Quand tu as quelque chose en tête... Je sais bien que tu es persuadé de faire pour le mieux, dans notre intérêt à tous. Mais Michael est en âge de faire ses propres choix. Il a assez de cœur et de jugement pour cela.

John Thomas laissa échapper un soupir dubitatif.

– Ne t'inquiète pas, poursuivit Kathleen. J'ai l'impression qu'il a rencontré le grand amour, comme toi et moi...

– Vraiment ?

– Vraiment.

Michael ne fit pas l'amour à Rose, ce soir-là. Non qu'il n'en avait pas envie : il en avait *toujours* envie. Mais elle semblait si fragile, si désarmée... Il serra la jeune femme dans ses bras et l'embrassa doucement sur le front. Peut-être aurait-il dû lui demander ce qui n'allait pas ? Mais il appréhendait sa réponse. Et d'une certaine manière, il la connaissait déjà.

Le malaise de sa femme n'avait rien à voir avec l'arrivée de sa famille. Au début, John Thomas s'était montré plutôt froid avec elle, mais ce soir les choses avaient changé. De toute évidence, Rose l'avait conquis.

Cela n'avait rien à voir avec sa famille à elle non plus, même si Michael pensait que Glen continuerait à la tourmenter tant qu'il n'aurait pas quitté Homestead. Il le ferait plus discrètement, voilà tout.

Mais Rose était de taille à faire face. C'était une battante. Et cela n'avait rien d'étonnant puisqu'elle avait dû se battre toute sa vie.

Mais, justement, Michael ne voulait plus qu'elle se batte. Et surtout pas avec lui. Il voulait qu'elle lui fasse confiance, qu'elle s'abandonne à son amour. Il savait qu'elle l'aimait mais elle ne le lui avait jamais avoué. Quand se déciderait-elle à le faire ? Quand lui dirait-elle enfin : je t'aime ?

30

La semaine qui suivit fut assez déroutante pour Rose. Les Rafferty formaient une famille unie, certes, mais pas de tout repos. Tous étaient excessivement démonstratifs : taquineries, réconciliations, embrassades se succédaient sans arrêt, et quand ils plaisantaient, toute la pension de famille résonnait de leurs rires. Même Virginia était obligée de sortir de sa coquille devant une bonne humeur aussi communicative.

Au début, Rose avait gardé ses distances. Elle ne savait pas vraiment quelle attitude adopter, surtout à l'égard de John Thomas. Mais il était maintenant si charmant avec elle qu'elle se demandait presque si leur discussion du premier soir avait vraiment eu lieu. Lui-même semblait l'avoir complètement oubliée, et elle ne tarda pas à se laisser séduire par sa gentillesse comme par celle de Kathleen et du reste du clan Rafferty. Car ils donnaient vraiment l'impression d'un clan : chaleureux, soudé et, chose inespérée, apparemment prêt à l'adopter.

Michael, de son côté, se montrait si tendre et attentionné qu'elle commençait effectivement à croire que le grand amour n'était pas réservé à des gens comme Laura, Kathleen ou John Thomas. Elle aussi pouvait être heureuse. Et pas seulement pour quelques mois ou quelques années : pour la vie entière. Oui, elle commençait à croire que le bonheur qui l'avait toujours fuie était enfin à portée de sa main.

Elle commençait à croire en Michael.

– Où m'emmènes-tu ? demanda Rose tandis que le buggy cahotait sur la route poudreuse.

C'était la troisième fois qu'elle posait la question et

Michael ne se montra pas plus loquace que les deux premières.

– Attends, tu verras, dit-il en faisant claquer les guides sur la croupe du cheval.

La jeune femme soupira. Ce suspens n'était pas fait pour lui déplaire mais elle se demandait vraiment quelle surprise il lui réservait.

Elle était en train de préparer le repas avec sa mère et Kathleen quand Michael était venu la chercher. Ils ne mangeraient pas là à midi, avait-il annoncé aux deux femmes avant de l'entraîner vers le buggy qui les attendait devant le porche de la pension de famille.

– Qu'est-ce qui te prend ? lui avait demandé Rose tandis qu'il lui donnait la main pour y monter.

– J'en ai assez de te partager. Je te veux pour moi tout seul. Et puis, j'ai une surprise pour toi.

Sans autre explication, ils avaient pris la route de la colline où ils étaient allés pique-niquer. Mais cette fois, il n'y avait pas de panier caché derrière la banquette du buggy, ni aucun paquet mystérieux. Pour une surprise, ce serait vraiment une surprise.

– Ferme les yeux, dit Michael comme ils arrivaient à l'endroit où la forêt cédait la place à la prairie.

La voiture s'arrêta, il sauta à terre et la jeune femme entendit ses bottes crisser sur les cailloux du chemin.

– Nous sommes arrivés ?

– Oui.

La guidant comme une aveugle, il l'aida à descendre puis l'embrassa longuement avant de la soulever dans ses bras.

– Qu'est-ce que tu fais ? demanda Rose en s'agrippant à son cou de crainte de tomber.

– Je t'enlève. Ça se fait quand on est amoureux.

– Mais...

– Il n'y a pas de mais. Ferme les yeux.

Elle obéit et posa sa tête sur son épaule. Elle était si bien dans ses bras que le reste lui importait peu.

Il s'arrêta bientôt de marcher et posa un baiser sur son front.

– Je sais que ton anniversaire n'est que dans trois mois mais je n'avais pas la patience d'attendre jusque-là, dit-il en la reposant à terre. Voilà, tu peux regarder.

Rose cligna des yeux, éblouie par le soleil, puis elle laissa échapper un cri de surprise en voyant, attaché à un arbre, un splendide étalon qui la regardait.

– Il te plaît ? demanda Michael.

– S'il me plaît ? Quelle question !

– Il est à toi. Maintenant, tu pourras aller te promener avec Laura aussi souvent que tu le souhaiteras.

Rose sentit les larmes lui monter aux yeux. Comment avait-il pu se souvenir de son désir d'avoir un cheval ? Elle ne lui en avait parlé qu'une fois, et comme d'un caprice d'enfant depuis longtemps oublié. Pourtant, il avait compris. Il avait su entendre derrière ses mots de femme la voix de la petite fille qui survivait en elle avec ses blessures, ses espoirs et ses rêves.

– Qu'il est beau ! murmura-t-elle en caressant timidement l'encolure de l'étalon.

– Rien n'est trop beau pour toi, Rose. Rien au monde.

Je t'aime, Michael, songea-t-elle tandis qu'il se penchait pour l'embrasser. Mais les mots refusaient encore de franchir ses lèvres, aussi laissa-t-elle son corps répondre à leur place.

Le soleil se couchait quand ils rentrèrent à Homestead. Rose rayonnait de bonheur. Elle se retournait constamment pour regarder l'étalon attaché derrière le buggy.

– Il ne va pas s'échapper, tu sais, lui dit Michael en riant.

– Ce n'est pas ça. Je n'arrive pas à réaliser qu'il est

vraiment à moi. Comme il me tarde de le montrer à Laura !

– Si tu veux, nous pourrons y aller dimanche après la messe.

– Pourquoi pas plus tôt ?

– Parce que je ne serai pas libre pour t'accompagner et que je ne veux pas te laisser le monter seule pour l'instant. Il est tout juste débourré, tu sais, et tu n'es pas ce qu'il est convenu d'appeler une cavalière accomplie... Promets-moi de ne pas le sortir sans moi, c'est trop dangereux. Pas avant de l'avoir bien en main.

Rose se rembrunit mais il prit son silence pour un acquiescement et n'insista pas. D'ailleurs ils arrivaient au presbytère et quelqu'un les attendait sous la véranda.

– Dillon ! s'écria-t-il.

Son frère descendit les marches du porche pour venir à leur rencontre. Il avait les cheveux en bataille et ses vêtements étaient couverts de poussière.

– J'espérais arriver plus tôt, dit-il en souriant, mais ça fait un sacré bout de chemin, depuis Newton.

Michael arrêta le buggy et tendit les guides à Rose pour sauter à terre.

– Dillon...

Il était trop ému pour parler. Comme c'était bon de le revoir, d'entendre à nouveau sa voix ! Et quel plaisir de penser qu'ils n'étaient plus rivaux mais amis, comme autrefois !

– Il paraît que le reste de la tribu est déjà là ?

– Oui, ils sont arrivés la semaine dernière.

– Et John Thomas accepte ta décision ?

– On dirait.

Dillon passa la main dans ses cheveux bruns, l'air embarrassé.

– Tu es vraiment sûr que c'est ce que tu veux ?

– J'en suis certain, répondit fermement Michael.

Dillon se retourna vers le buggy, où Rose attendait

sans rien dire, de crainte de troubler leurs retrouvailles.

– Tu disais que les affaires passaient avant les sentiments, mais je comprends pourquoi tu as changé d'avis, dit-il en s'approchant d'elle avec un sourire charmeur. Vous êtes Rose, n'est-ce pas ? Je suis Dillon. J'espère que mon gredin de frère vous a parlé de moi ?

– C'est... c'est vraiment incroyable comme vous vous ressemblez.

Il lui prit la main pour l'aider à descendre et se pencha à son oreille d'un air de confidence.

– Ne le dites à personne, mais quand nous étions petits, il se passait du cirage dans les cheveux pour qu'on nous prenne pour des jumeaux. Et ça marchait. Naturellement, ajouta-t-il avec un sourire, en grandissant je suis devenu bien plus beau que lui.

Michael le regardait, partagé entre l'envie de rire et celle de le gifler.

Son frère se retourna vers lui et redevint sérieux.

– Je suis heureux que tu m'aies écrit cette lettre. Moi aussi, j'ai beaucoup réfléchi ces derniers temps et je crois que j'ai compris pas mal de choses. Cette séparation aura au moins servi à cela : j'ai réalisé... je ne sais pas comment dire, mais tu m'as manqué. *Vraiment* manqué. Faisons la paix, tu veux ?

Il lui tendit la main. Michael la serra avec émotion, puis, trouvant ce geste dérisoire, il étreignit son frère à l'étouffer.

– Pardonne-moi, Dillon. J'ai été injuste.

– Nous l'avons été tous les deux. Oublions le passé. Et laisse-moi plutôt faire connaissance avec ma charmante belle-sœur.

Dillon avait déjà retrouvé son sourire enjôleur, et Michael ne plaisantait qu'à moitié quand il lui lança :

– Attention, souviens-toi qu'elle est *d'abord* ma femme.

Rose appréciait la simplicité et la bonne humeur de toute la famille Rafferty mais elle avait une tendresse particulière pour Dillon. Sans doute à cause de son incroyable ressemblance avec Michael.

Ce soir-là, tandis que les deux hommes bavardaient, elle se prit à les envier. Elle aurait bien voulu, elle aussi, avoir un frère avec qui partager une telle complicité.

Que je suis sotte ! pensa-t-elle. Dillon *est* mon frère. Et Joseph, et Sean, et Colin. J'ai même une sœur, Fianna.

Elle se tourna vers son mari, le cœur gonflé de gratitude. Il lui avait tout donné : l'amour, la liberté, un foyer, de somptueux cadeaux – et même une famille.

31

3 juillet 1890.

Cette fois, c'était officiel : l'Idaho cessait d'être un simple « territoire » pour devenir un Etat à part entière.

La nouvelle se répandit à travers Homestead comme une traînée de poudre. Même l'arrivée du chemin de fer n'avait pas fait autant de bruit. Tous les habitants de la vallée convergeaient vers la petite ville pour fêter l'événement. Ils arrivaient à pied, à cheval, en voiture ou dans de simples charrettes, seuls ou chargés d'enfants, les jeunes soutenant les vieux, les bébés passant de bras en bras tandis que leurs mères déchargeaient couvertures et paniers de pique-nique. Certains avaient apporté leur violon ou leur harmonica, d'autres avaient les mains vides, mais tous étaient bien décidés à faire la fête.

A l'exception du barman et des filles de salle, Glen était seul dans le saloon. Il entendait les cris et les rires de la foule mais, loin de l'égayer, cela ne faisait qu'aggraver son amertume.

Lui aussi avait appris une nouvelle importante ce matin. Quinn Tracy avait quitté le pays. Sans lui. Glen pouvait faire une croix sur le magot pour lequel il avait passé huit ans derrière les barreaux : à cette heure, son vieux copain était en train de le dépenser tout seul quelque part en Amérique du Sud.

Bon sang, qu'avait-il fait au ciel pour mériter une telle poisse ? Il n'avait jamais eu de chance. Jamais. A peine mariée, son idiote de femme était tombée enceinte. Il l'avait amenée à Homestead, lui avait construit cette maudite pension de famille... et naturellement, sitôt sortie de couches, elle s'était dépêchée de remettre ça. Il avait dû travailler comme un forçat à la scierie pour les nourrir, elle et sa marmaille. Des années, ça avait duré. Et qu'est-ce qu'il lui en restait ?

Rien. Virginia avait la pension, Rose un mari riche comme Crésus, et il n'aurait bientôt même plus de quoi se payer une malheureuse bouteille de whisky

Il remplit à nouveau son verre, le vida d'un trait et se resservit d'un geste rageur.

Sept cent cinquante dollars. Quel imbécile ! C'est le double qu'il aurait dû demander. Sa fille et son gendre hériteraient de mille ou dix mille fois plus, à la mort du vieux Rafferty. Et même si lui, Glen, se retrouvait sur la paille, il pouvait être sûr que Rose ne lui donnerait pas un sou.

Quelle ingrate ! Après tout le mal qu'il s'était donné pour l'élever et lui trouver un bon mari ! Mais elle avait toujours été égoïste, méprisante. Toute petite déjà, elle le regardait de haut. Il pouvait la battre comme plâtre, il n'en tirait pas une larme. Un vrai cœur de pierre !

– Une autre bouteille, Grady ! cria-t-il au barman qui somnolait derrière son comptoir.

Combien d'argent lui restait-il ? Deux cents dollars ? Deux cent cinquante ? Où étaient passés les cinq cents autres ? Il n'avait tout de même pas bu pour cinq cents dollars de whisky. D'accord, il avait mangé au restaurant tous les jours et fait quelques parties de poker malheureuses mais tout de même...

Deux cents dollars ! Que pouvait-on faire avec deux cents dollars ? Une fois le loyer de la chambre et la note du saloon payés, il lui resterait tout juste les yeux pour pleurer. Et tout ça à cause de Quinn et de cette raclure de Rose !

Glen serra les poings et regarda autour de lui, cherchant un dérivatif à sa rage. Il jeta son dévolu sur Betsy, la moins laide des trois filles de salle.

– Hé, amène-toi un peu ici ! lui lança-t-il en tirant une poignée de billets de sa poche.

La fille hésita puis détourna la tête.

– Je t'ai dit de t'amener ! répéta Glen d'un air mauvais. J'ai de quoi payer, alors tu ferais mieux d'être gentille avec moi si tu veux pas que Grady te flanque à la porte.

Le pré derrière l'église était jonché de couvertures multicolores. Des paniers de pique-nique, on sortait des poulets rôtis, des jambons entiers, des gâteaux que l'on partageait sans façon avec les voisins et les amis. On partageait tout ce soir-là : le vin, la joie, les rêves... Le punch passait de main en main et l'on oubliait les vieilles querelles.

C'était la fête.

Virginia regardait tout cela depuis la fenêtre de sa chambre avec un étrange sentiment de détachement. Elle connaissait tous ces gens. La plupart depuis trente ou quarante ans. Elle avait vu leurs enfants grandir, se marier, fonder à leur tour des familles. Et pourtant, ce soir, c'étaient des étrangers.

Rose était parmi eux avec son mari et toute la famille Rafferty. Elle était heureuse, enfin, et Virginia s'en réjouissait. Elle savait qu'elle ne lui avait pas donné toute la tendresse qu'une fille est en droit d'attendre de sa mère, et cela lui faisait chaud au cœur de penser qu'elle avait trouvé cette tendresse auprès de Michael. Elle pouvait mourir en paix. Elle savait que Rose ne connaîtrait pas la même vie qu'elle.

Virginia pensait souvent à la mort ces temps-ci. Comme quand ses enfants étaient petits et que Glen vivait encore avec eux. Chaque fois qu'il la frappait, chaque fois qu'il la jetait sur son lit, elle appelait la mort comme une délivrance.

Pendant près de dix ans, elle avait vécu heureuse, au jour le jour : elle savait qu'elle n'avait plus rien à craindre de lui et cela lui avait suffi. Mais il était revenu, et de nouveau ellc tremblait.

Virginia soupira. Elle espérait que Dieu ne lui fermerait pas les portes de son paradis, car même après avoir vu son marl pousser lcur fils dans l'escalier, elle ne trouvait pas le courage de le dénoncer – elle avait trop peur qu'il ne la tue elle aussi.

Alors, elle se terrait dans sa maison comme une lâche, épiant chaque bruit, sursautant chaque fois que la porte s'ouvrait, se consolant comme elle pouvait en se disant que Rose au moins échapperait à l'enfer qui avait été son lot pendant tant d'années.

La nuit tombait. Les femmes de la vallée remballaient couvertures et paniers pendant que les hommes préparaient un grand feu au milieu du pré. Les violons étaient sortis de leurs étuis, ainsi que les banjos et les harmonicas. Une dizaine de couples dansaient déjà un quadrille endiablé, au rythme de *Changez de cavalières !* de Ted Wesley.

C'était une nuit magique.

Assise un peu à l'écart des autres, Sarah McLeod rêvait. Elle s'imaginait non plus dans un pré mais dans la somptueuse salle de bal d'un château de la vieille Angleterre, entourée de ladies et de lords chamarrés. Ses grands-parents, le duc et la duchesse de l'endroit, donnaient un grand bal où toute la noblesse des environs avait été conviée.

– Sarah ! Sarah ! Ils vont tirer le feu d'artifice !

Brutalement ramenée à la réalité, la fillette se retourna vers son frère en soupirant :

– Ne crie donc pas comme ça, Tommy. Ça fait peuple.

Elle ne savait pas exactement ce que signifiait l'expression, mais elle l'avait lue dans un magazine et aussitôt enregistrée. Elle faisait de gros efforts pour accroître son vocabulaire. Cela lui servirait plus tard, quand elle parcourrait le monde et fréquenterait des gens distingués.

– Allons, dépêche-toi, insista Tommy en la tirant par le bras. Ils vont commencer sans nous.

– Bon, bon, j'arrive...

Elle le suivit jusqu'au fond du pré, où tout le monde s'était rassemblé. Dans la foule, elle reconnut Rose et son mari. Finalement, ils allaient rester ici, à Homestead, Sarah avait entendu Mme Barber le dire à sa grand-mère. Rose avait pourtant fait un beau mariage. Tout le monde prétendait que M. Rafferty était riche à millions, il aurait pu l'emmener n'importe où, s'il avait voulu. Mais non, elle préférait rester ici. Mme Barber avait beau dire que tous les endroits se valent quand on est amoureux, Sarah trouvait que c'était une drôle d'idée.

La fillette soupira. L'amour était une chose, mais elle attendait tout de même plus de la vie qu'un mari et une ribambelle d'enfants. Dès qu'elle serait assez grande, elle quitterait Homestead pour aller voir le monde. Elle irait aussi loin qu'elle pourrait. Elle visiterait Londres, Rome, Paris. Peut-être serait-elle actrice, ou chanteuse d'opéra – le révérend Jacobs disait qu'elle avait une belle voix.

Et puis si elle se mariait un jour, ce ne serait pas avec un simple fermier mais avec un duc, un comte, ou un prince – et elle n'irait pas s'enterrer dans une petite ville perdue comme Homestead !

Rose appuya sa tête contre l'épaule de Michael avec un soupir de bien-être. Comme ils s'entendaient bien... Ils semblaient faits l'un pour l'autre.

– Tu sais, dit Michael en lui caressant rêveusement les cheveux, Homestead va beaucoup s'agrandir, avec le chemin de fer. Nous devrions penser à acheter un peu de terre tant que c'est encore possible.

Rose lui jeta un regard incrédule.

Tu veux dire que tu penses vraiment rester ici ?

– Pourquoi pas ? Tu as envie de partir, toi ?

Elle réfléchit un instant. Rien ne la retenait à Homestead, elle n'y avait pas beaucoup de bons souvenirs, et pourtant...

– Regarde ce ciel, murmura Michael en la serrant dans ses bras. Le ciel n'est pas le même en Californie. Ni les montagnes.

Elle faillit lui répondre que le ciel était le même partout et que les montagnes restaient des montagnes où que l'on aille, mais il avait raison : quand on a passé toute sa vie quelque part, même le ciel et les montagnes y sont différents.

Une détonation assourdissante l'arracha à sa rêverie. Le feu d'artifice commençait. Tel un défi aux étoiles, de larges ombelles d'étincelles illuminaient la nuit.

Rose sourit. La joie qui lui gonflait le cœur semblait exploser soudain comme ces fusées scintillantes, repoussant les ténèbres de ses vieilles peurs.

– Je t'aime, Michael, murmura-t-elle.

Les mots se perdirent dans le vacarme du feu d'artifice, mais quelle importance ! Désormais elle pouvait les dire.

La fenêtre entrouverte laissait entrer la fraîcheur de la nuit, et la lune presque pleine inondait la chambre de sa clarté argentée. La dernière fusée était depuis longtemps retombée en cendres et le feu de joie n'était plus qu'un tas de braises, mais il flottait encore dans l'air une légère odeur de fumée et de bois brûlé.

Etendu sur le lit, Michael regardait Rose se déshabiller. Elle était différente, ce soir. Il n'aurait su dire en quoi, mais quelque chose avait changé entre eux. Il avait l'impression de découvrir sa femme pour la première fois.

Tout lui semblait nouveau, ce soir, jusqu'à la force de son propre désir.

Quand elle fut entièrement nue, Rose ne le rejoignit pas dans le lit comme elle le faisait d'ordinaire. Elle leva simplement les yeux vers lui et attendit, silencieuse, immobile. Le cœur battant à tout rompre, Michael s'approcha d'elle et lui prit le visage à deux mains. Et c'est alors, à son regard, qu'il comprit. Elle ne lui offrait pas seulement son corps mais, pour la première fois, son cœur, sa confiance, son amour.

Elle le déshabilla avec la même lenteur délibérée qu'elle avait mise à se dévêtir, puis posa doucement les mains sur ses épaules.

– Aime-moi, dit-elle dans un souffle.

Il la souleva dans ses bras et la porta jusqu'au lit comme une jeune mariée.

Plus tard, bien plus tard, alors qu'ils sombraient tous deux dans la douce torpeur qui suit l'amour, elle lui répéta tendrement : « Je t'aime. » Mais il dormait déjà et ne l'entendit pas.

32

Rose se réveilla juste avant l'aube, le cœur en fête. Elle n'avait dormi que quelques heures mais elle se sentait parfaitement réveillée et pleine d'énergie.

Ramassant ses vêtements épars, elle sortit à pas de loup de la chambre et descendit s'habiller dans la cuisine.

Elle ouvrit la porte de derrière, laissant entrer la fraîcheur du dehors et une Princesse surexcitée, qui se mit à danser la sarabande autour d'elle.

– Un peu de calme, veux-tu ? dit Rose en la prenant dans ses bras.

Elle s'adossa au chambranle de la porte pour admirer le ciel où les étoiles commençaient à pâlir, mais la petite chienne frétillait avec tant d'impatience qu'elle dut bientôt la reposer à terre.

– D'accord, je vais aller te promener. De toute façon, tu deviens trop lourde pour qu'on te porte. Tu viens ? On va voir les chevaux.

Princesse acquiesça d'un jappement joyeux et toutes deux prirent le chemin de l'écurie qui abritait les deux étalons. Evidemment, Princesse essaya de se faufiler sous la porte des boxes et Rose dut la reprendre dans ses bras.

– Casse-cou ! la sermonna-t-elle. Tu veux te faire piétiner ?

Son cheval, intrigué, tendit la tête vers la petite chienne, qu'il gratifia d'un grand coup de langue.

– Ton premier baiser, dit Rose en riant. On dirait que tu as trouvé ton prince... Prince... C'est un joli nom pour un cheval. Je crois que je vais l'appeler comme ça, qu'est-ce que tu en dis ?

Princesse n'en disait rien, évidemment, mais l'étalon hocha la tête comme s'il approuvait.

– Sais-tu ce que j'aimerais ? dit la jeune femme en se penchant vers lui d'un air de conspiratrice. Que tu me laisses monter sur ton dos et que nous allions nous promener.

C'était son cheval, après tout. Michael prétendait qu'il était à peine débourré, mais il avait l'air très calme. La veille, sur la colline, elle l'avait monté un moment tandis que son mari le tenait par la bride et il s'était montré on ne peut plus docile.

Décidément, plus elle y pensait, plus elle avait envie d'aller se promener, de galoper à travers champs cheveux au vent, de franchir d'un bond des torrents bouillonnants. Bon, d'accord... elle n'était pas assez bonne cavalière pour cela. Mais elle pouvait tout de même aller jusqu'au ranch des Rider montrer Prince à Laura.

Après quelques tâtonnements, elle parvint à seller son cheval. Le tapis de selle avait l'air bien en place, la sous-ventrière correctement serrée, et puis si la selle tournait, elle s'en apercevrait bien, une fois la tête en bas !

La selle ne tourna pas. En revanche, Rose eut un mal fou à se hisser dessus et à chausser les étriers. Elle finit cependant par y arriver et, troussant le jupon de sa robe de façon fort peu distinguée, elle prit le chemin du ranch, Princesse trottinant à côté d'elle.

Encore à moitié endormi, Michael étendit le bras pour enlacer sa femme... et ne rencontra que le drap froid.

Clignant des yeux dans la lumière blanche du petit matin, il s'étira en bâillant et laissa retomber sa tête sur l'oreiller. Dieu merci, il n'avait pas besoin d'aller au chantier aujourd'hui ! Il espérait bien paresser au lit avec Rose au moins jusqu'à midi. Quelle mouche l'avait piquée de se lever si tôt ? Elle avait bien le temps de préparer le petit déjeuner.

Il se redressa, cherchant dans l'air la bonne odeur du café frais, mais il ne sentit rien. Tant pis, il allait se recoucher et attendre tranquillement que Rose monte le chercher. Le seul problème, c'est qu'il risquait d'attendre longtemps. Elle pouvait aussi bien avoir décidé de le laisser dormir et de ne pas s'occuper de lui avant midi. Il était tout à fait partant pour une grasse matinée... mais pas tout seul.

Repoussant les couvertures, Michael se leva, s'habilla et parcourut la maison. Elle était vide. Où diable était-elle allée à cette heure ? Il sortit dans le jardin mais Rose n'était pas là non plus. Elle avait dû aller promener Princesse et, si elles étaient descendues à la pension, il pouvait faire une croix sur ses projets de grasse matinée en amoureux.

Ce n'était pas sa faute, bien sûr. Prince avait envie de galoper, elle ne pouvait tout de même pas le garder au pas pendant toute la promenade ! Et puis, comment pouvait-elle deviner qu'il filerait comme un trait sitôt qu'elle allongerait les rênes ?

En outre, il s'était emballé pour de bon mais elle n'avait pas eu peur. Ses sabots faisaient un bruit de tonnerre, les arbres défilaient à toute vitesse. Cramponnée au pommeau de sa selle, le visage fouetté par le vent, elle avait l'impression de voler, c'était grisant. Du moins jusqu'à ce que Prince bondisse au-dessus d'un ruisseau et qu'elle se retrouve projetée à terre, le souffle coupé.

Elle s'évanouit sous le choc. Quand elle reprit connaissance, Princesse lui léchait la figure et l'étalon avait disparu. Elle aurait été incapable de dire comment elle était tombée et combien de temps elle était restée inconsciente, mais ce qui était sûr, c'est qu'elle avait mal partout. Elle se redressa en grimaçant. Elle avait l'impression qu'on l'avait rouée de coups mais cela passerait sans doute en marchant.

Elle essaya de se relever mais une douleur fulgurante lui transperça le pied. Une grosse épine, longue comme son ongle, était plantée dans son talon. Serrant les dents pour ne pas crier, elle l'arracha et chercha des yeux sa chaussure perdue. Sans succès. Elle avait dû voler dans quelque fourré.

Rose réprima un juron. Décidément, elle jouait de malchance. Rentrer à Homestead en marchant avec une seule chaussure et un pied blessé ne serait pas une partie de plaisir.

Pendant ce temps, Michael battait la campagne à sa recherche. Quand il la découvrit près du ruisseau, serrant à deux mains son pied blessé, sa robe déchirée troussée sur les genoux, sa première réaction fut un immense soulagement : Dieu soit loué, elle était vivante !

Puis une fureur noire l'envahit, aussi violente que la peur qu'il avait ressentie en découvrant le box de Prince vide et la selle manquante.

– Bon sang, qu'est-ce qui t'a pris ? s'écria-t-il en guise de bonjour. Je t'avais pourtant dit de ne pas monter ce cheval sans moi.

Il sauta de sa propre monture et s'approcha de Rose, trop furieux pour se rendre compte que le visage de la jeune femme, d'abord souriant, s'était brusquement fermé.

– J'ai eu de la chance de te trouver si vite. Imagine que tu te sois cassé une jambe ? Et quand je dis une jambe... tu aurais aussi bien pu te rompre le cou ! Tu es complètement inconsciente. Si j'avais su, je ne t'aurais jamais donné cette bête.

– Si elle doit passer sa vie à l'écurie, rétorqua Rose d'un ton acerbe, effectivement, ce n'était pas la peine.

– Je ne te demande pas de la laisser à l'écurie – seulement d'attendre de l'avoir en main avant de la monter toute seule. Et cette fois, tu me feras le plaisir de m'écouter. Montre-moi ton pied, que je voie l'étendue des dégâts.

Il lui prit le talon mais elle se dégagea d'un geste brusque.

– Nc me touche pas !

– Ne sois pas sotte, tu t'es peut-être fait sérieusement mal.

– Mais non, ce n'est qu'une égratignure. Essaie plutôt de retrouver Prince au lieu de dire des bêtises.

– Je m'occuperai de Prince plus tard. Pour l'instant, je te ramène à la maison.

Il voulut l'aider à se relever mais elle le repoussa de nouveau.

– Je ne bougerai pas d'ici avant que tu n'aies retrouvé mon cheval.

– Ecoute, Rose Rafferty, tu es blessée, tu as besoin de voir un docteur... je ne vais pas te planter là pour courir après ce maudit cheval. D'ailleurs, j'ai bien envie de le ramener à Chad Turner et de lui demander de l'abattre.

– Si tu fais ça, je...

Rose n'eut pas le temps de finir sa phrase. Michael venait de la jeter sur son épaule et marchait droit vers son cheval.

– Viens, Princesse, on rentre.

– Repose-moi ! Repose-moi tout de suite !

Elle se débattait avec tant d'énergie qu'il fut presque tenté d'obéir.

– Je te dis de me reposer !

Ce n'était plus la colère qui faisait trembler sa voix mais la peur – la même peur qu'il avait lue dans ses yeux quand ils s'étaient disputés le jour de leur mariage. Il était clair que, pour elle, les coups étaient la conclusion normale de toute querelle de ménage. Il ne l'avait pourtant jamais frappée, au contraire : il s'était toujours efforcé de la traiter avec douceur et ménagement.

Il la reposa à terre tout en gardant un bras autour de ses épaules pour qu'elle pût s'appuyer sur lui. Rose essaya de se dégager mais il l'en empêcha.

– Maintenant tu vas m'écouter, dit-il en la regardant bien en face. S'aimer, ça ne veut pas dire être toujours du même avis. Il nous arrivera de nous disputer, comme tout le monde. Si je t'ai crié après, c'est que j'ai eu très peur et que j'étais furieux que tu te sois conduite aussi stupidement. Il n'y a pas de quoi en faire un drame. Je regrette ce que j'ai dit pour le cheval, il n'est pour rien dans ce qui est arrivé. Et je veux que tu saches que, même si je suis très en colère, même si c'est ta faute, je t'aime et je ne te ferai jamais de mal. Penses-y, Rose. Et maintenant assieds-toi sur cette souche et attends-moi avec Princesse, je vais aller chercher ton cheval.

33

Rose réfléchit longuement à ce que lui avait dit Michael. Elle y réfléchit pendant qu'il cherchait Prince ; sur le chemin du retour ; tandis que son mari nettoyait ses plaies ; et encore au lit, où il l'expédia d'office avec pour mission de se reposer.

Et elle finit par admettre qu'il avait raison. Il était temps qu'elle cesse de tout prendre au tragique et d'imaginer constamment le pire. Si Michael avait dû la battre, il l'aurait fait dès le premier jour : ce n'était certainement pas l'envie qui lui manquait, après leur mariage forcé. Et en dépit de sa méfiance maladive, il n'y avait aucune raison pour qu'il la quitte. Ils étaient mariés, amoureux, très heureux ensemble et cela durerait aussi longtemps qu'ils y mettraient chacun du leur, c'est-à-dire jusqu'à leur dernier jour.

Maintenant, elle devait dire à Michael qu'elle l'aimait. Et pas dans le vacarme d'un feu d'artifice, ni pendant qu'il dormait, mais en plein jour et les yeux dans les yeux.

Résolue, Rose se leva et descendit au salon retrouver son mari.

Un mot l'attendait sur la table.

Je suis allé visiter le ranch des Rider avec mon père et toute la famille. John Thomas voulait à tout prix le voir avant de rentrer à San Francisco. Reste tranquillement au lit et repose-toi. Je t'aime.

Michael

P.-S. : Inutile de préparer à manger, nous dînerons tous ensemble au restaurant.

Zut ! Pourquoi ne lui avait-il pas proposé de l'emmener ? Elle n'était tout de même pas en sucre !

Pendant un instant, elle eut l'idée d'aller seller Prince et de le rejoindre au ranch mais elle y renonça vite. Une chute de cheval, c'était assez pour la journée. Et un sermon aussi. Cela dit, en y repensant bien, ce n'était pas désagréable de se rendre compte que quelqu'un se souciait assez de vous pour entrer dans une colère noire quand vous étiez en danger – surtout quand ce quelqu'un était votre mari et que la colère le rendait encore plus beau.

N'ayant rien de mieux à faire, Rose remonta dans sa chambre, se brossa les cheveux, et enfila une de ses robes. Ensuite, elle prit le chemin de la pension de famille, se disant que sa mère apprécierait peut-être un peu de compagnie.

Hank McLeod reposa le télégramme et passa la main dans ses cheveux gris avec un soupir résigné. Glen Townsend et un certain Jack Adams étaient soupçonnés du meurtre de deux hommes dans le Colorado – deux cow-boys qu'on avait apparemment abattus pour voler leurs chevaux. Les chevaux, précisaient le télégramme, portaient la marque distinctive de leur ranch : une flèche brisée.

Hank n'avait jamais entendu parler de Jack Adams, mais il était facile de faire le rapprochement avec l'individu à la mine patibulaire que Glen avait ramené avec lui à Homestead et qui était reparti quelques jours plus tard. D'ailleurs l'un comme l'autre étaient tout à fait capables d'abattre un homme de sang-froid simplement pour lui voler son cheval.

Pour le vérifier il suffisait d'aller faire un tour dans l'écurie de louage où Glen gardait son cheval.

Hank marcha jusqu'à la porte, décrocha son chapeau et sortit de son bureau. Une série de détonations le fit sursauter et il porta la main à son holster, mais ce n'étaient que des gamins qui allumaient des pétards pour le 4-Juillet. Confondre des pétards avec des coups de feu ! Décidément, il était temps qu'il prenne sa retraite.

Marchant à grands pas, il se dirigea vers l'écurie qui jouxtait l'atelier du maréchal-ferrant. Ce dernier était absent, parti sans doute rejoindre la fête.

Hank poussa la porte de l'écurie – personne non

plus. Tant mieux. Pour ce qu'il avait à faire, mieux valait être seul. Il passa en revue tous les chevaux avant de trouver celui de Glen qui portait effectivement une marque à la croupe, mais il faisait bien trop sombre pour voir laquelle.

Flattant doucement l'encolure du cheval, le shérif le fit sortir de son box et le guida par la bride vers le rai de lumière qui filtrait par la porte entrouverte. Une nouvelle pétarade éclata dans la rue, faisant tressaillir l'étalon qui se mit à piaffer nerveusement.

– Là, tout doux, dit Hank en se penchant pour examiner la marque sur sa croupe.

C'était bien ça. Une flèche brisée.

Il ramena le cheval dans son box en pensant qu'il aurait décidément mieux fait de prendre sa retraite plus tôt. Il ne sortait de son bureau que pour régler des querelles de voisinage ou boucler un ivrogne le temps qu'il dessoûle, et voilà qu'il se retrouvait avec un meurtrier sur les bras ! Vraiment, ce n'était pas de chance.

Il ne pensait pas si bien dire, car Glen Townsend choisit précisément ce moment-là pour pousser la porte de l'écurie. Il était soûl, comme d'habitude, mais il ne lui fallut pas longtemps pour comprendre la situation.

– Les mains en l'air, McLeod, dit-il en dégainant son revolver. Et bien haut, que je les voie.

Hank se retourna lentement.

– Rangez cette arme, Glen, vous ne faites qu'aggraver votre cas.

– Peut-être, mais je n'ai pas envie de retourner en prison, surtout pour des meurtres que je n'ai pas commis.

– Ce n'est pas vous qui avez tué ces deux hommes ?

– Non, c'est Jack. Et je n'ai rien pu faire pour l'arrêter.

A vrai dire, il n'avait même pas essayé. Mais ce n'était pas indispensable de le préciser.

Une série de détonations éclata dans la rue. Glen sursauta, regarda nerveusement par-dessus son épaule puis passa la main sur son front avec un soupir de soulagement. Encore ces gamins qui jouaient avec des pétards.

Son regard se tourna à nouveau vers le shérif. Qu'allait-il faire de lui ? Il fallait qu'il se décide – et qu'il se décide vite.

– Je suis contente de te savoir heureuse, ma chérie, dit Virginia en étreignant la main de sa fille. J'aimerais tant y être pour quelque chose.

– Mais tu y es pour beaucoup. C'est toi qui m'as dit que ce mariage était une chance. C'est grâce à toi que j'ai essayé de le sauver alors que je n'y croyais pas. Et tu vois : ça a marché. Oh, maman, j'aimerais tellement te voir heureuse, toi aussi ! Mais tu verras, quand papa sera parti...

– Ton père ne partira pas. J'en sais trop.

Rose sentit un frisson glacé courir sur sa nuque.

– Comment ça, tu en sais trop ?

Sa mère détourna les yeux.

– J'en sais trop, c'est tout.

– Maman...

– Je n'ai pas été une bonne mère pour toi, Rose. Je le sais et je le regrette amèrement.

Elle soupira et se leva.

– Je crois que je ferais mieux d'aller m'allonger un peu avant que les Rafferty ne reviennent. A ce soir, ma chérie.

Rose resta seule dans le salon. Elle se demandait vraiment ce qu'elle pouvait faire pour aider sa mère. Virginia n'avait jamais été ce qu'il est convenu d'appeler une forte femme mais, depuis le retour de son mari, elle n'était plus que l'ombre d'elle-même.

Rose, accablée par son impuissance, n'avait pas envie de rentrer chez elle, ni d'attendre seule le retour de Michael.

En fin de compte, elle décida de faire un saut au restaurant pour dire bonjour à son ancienne patronne. Zoé serait contente de la voir, et sa conversation l'aiderait à passer le temps.

En remontant la rue, elle croisa un groupe de gamins qui détalaient en riant après avoir jeté derrière eux un ruban de pétards.

Elle se boucha les oreilles mais ne put s'empêcher de sursauter au moment où ceux-ci éclatèrent. Il faudrait pourtant s'y habituer : on était le 4-Juillet, les artificiers en herbe allaient s'en donner à cœur joie toute la journée et une bonne partie de la soirée.

Deux nouvelles détonations éclatèrent juste comme elle passait devant l'écurie de louage, bientôt suivies par des hennissements affolés. Cette fois, les gamins poussaient le bouchon un peu loin : Chad Turner serait furieux s'il les surprenait à allumer des pétards entre les pattes des chevaux.

– Qu'est-ce que c'est que ce raffut ? cria Rose en poussant la porte de l'écurie.

Avant qu'elle ait eu le temps de s'accoutumer à la pénombre, quelqu'un lui saisit le poignet et lui tordit le bras dans le dos.

– Pas un mot, ou sinon gare à toi.

– Papa ? Qu'est-ce que...

Elle n'alla pas plus loin. Un corps inerte au visage maculé de sang gisait sur le sol.

– Hank McLeod ! murmura-t-elle en blêmissant.

– Lui-même. J'espère qu'il ira rôtir en enfer avec son idiot de fils. Je n'ai jamais pu les sentir, et ça ne leur a pas réussi.

– Tu veux dire que l'incendie de la scierie...

– Ne pose pas de question idiote, surtout si tu n'as pas envie d'entendre la réponse. Selle plutôt deux chevaux, qu'on file vite d'ici. Si tu ne me fais pas trop d'ennuis et que ta fripouille de mari accepte d'y mettre le prix, tu vivras peut-être plus vieille que ton frère.

Maintenant, Rose ne se faisait plus guère d'illusions, c'était bien lui qui avait tué Mark, et Tom McLeod, et son père. Il n'hésiterait pas à la tuer elle aussi.

– Tu ne t'en tireras pas comme ça, dit-elle en s'efforçant de cacher sa peur. Je ne dois pas être la seule à avoir entendu les coups de feu.

Son père se contenta de rire.

– Des coups de feu ? Un 4-Juillet ? Allons donc : de simples pétards...

Il avait raison, elle-même s'y était trompée. Il ne fallait rien espérer de ce côté-là.

– Dépêche-toi de seller ces chevaux. Je n'ai pas envie de moisir ici.

Elle obéit. Son père ne l'avait pas tuée parce qu'il espérait soutirer une rançon à Michael, mais qu'elle devienne une gêne pour lui et il l'abattrait sans l'ombre d'une hésitation.

Michael avait hâte de rentrer chez lui. Rose n'était pas gravement blessée mais il s'inquiétait pour elle. Si John Thomas ne lui avait pas annoncé la veille que ses affaires le rappelaient à San Francisco, il aurait volontiers remis à plus tard la visite du ranch pour rester auprès d'elle.

Elle ne méritait guère qu'il la dorlote, après la frayeur de ce matin, mais il n'arrivait pas à lui en vouloir. Elle s'en était tirée sans mal, c'était l'essentiel.

Michael se rappela le regard furibond que Rose lui avait lancé quand il s'était mis à la sermonner près du ruisseau. Peut-être y avait-il été un peu fort ? Elle n'avait pas dit un mot depuis. C'était leur première vraie dispute et il espérait vraiment qu'elle ne s'éterniserait pas.

Une fois au presbytère, Michael monta quatre à quatre l'escalier. Rose n'était pas dans sa chambre. Il redescendit : elle n'était pas dans la cuisine non plus. Ni sortie se promener puisque Princesse était toujours attachée près de sa niche.

Par acquit de conscience, il poussa ses recherches jusqu'à l'écurie. Il y avait peu de chances qu'elle ait voulu réitérer son exploit du matin, mais savait-on jamais... Non, l'étalon était toujours là.

Michael soupira. Décidément, sa Rose était une fameuse tête de mule – et lui un gros naïf d'avoir cru qu'elle resterait sagement au lit. Sans doute s'était-elle levée après son départ et, à l'heure qu'il était, elle devait être à la pension de famille en train de raconter à John Thomas sa folle chevauchée du matin et de lui expliquer que son fils n'était qu'une immonde brute.

Souriant à cette pensée, Michael se mit en route vers le bourg sans se douter une seconde de ce qui l'y attendait.

34

Mais Rose restait introuvable.

Michael commençait à s'inquiéter sérieusement. De plus, il apprit que le shérif McLeod avait été retrouvé blessé de plusieurs balles dans un box de l'écurie de louage. Cette information n'avait sans doute aucun rapport, mais elle accrut son inquiétude.

Quand il arriva sur les lieux, le docteur était déjà là et la moitié de la ville se pressait autour du blessé. Agenouillée près de son mari, Doris McLeod lui soutenait la tête, caressant doucement ses cheveux gris tout poissés de sang.

Hank aperçut Michael et lui fit signe d'approcher.

– Glen Townsend... dit-il dans un râle. Il... il a tué mon garçon. Rose est avec lui.

– Vous voulez dire qu'il l'a enlevée ?

Hank hocha faiblement la tête.

– Mais quand ? Et où l'a-t-il emmenée ?

Le shérif ne répondit rien : il s'était évanoui.

– Je vais aller chercher quelques gars, dit Chad Turner. En faisant une battue, on les retrouvera vite.

Les yeux toujours rivés sur le visage ensanglanté de McLeod, Michael serrait les poings.

– Si cette brute a fait le moindre mal à Rose... grinça-t-il. Dieu me pardonne, mais je le tuerai.

Sur ces mots, il tourna les talons et partit à grands pas chercher son cheval et sa carabine.

Au début, Rose était trop terrifiée pour réfléchir posément. Elle s'agrippait désespérément au pommeau de sa selle – craignant de tomber, mais avoir les poignets attachés ne lui facilitait pas la tâche. Son père était pressé de fuir ; si elle le retardait trop, il était tout à fait capable de l'abattre sans sourciller.

Environ une heure plus tard, la jeune femme se mit à regarder régulièrement par-dessus son épaule. Michael avait dû s'apercevoir de son absence, interroger les gens du bourg... Ce serait bien un monde si personne ne s'était étonné de la voir partir à cheval avec son père. Encore que... Il faisait tellement chaud ce jour-là que, hormis les enfants, il n'y avait pratiquement personne dans les rues. Et puis les gens ne voyaient que ce qu'ils avaient envie de voir, et combien à Homestead se doutaient que Glen Townsend était plus qu'un inoffensif ivrogne ?

Non, décidément, mieux valait ne compter que sur

elle-même. Avant tout, elle devait maîtriser cette peur idiote qui la paralysait.

– Pourquoi fais-tu cela, papa ? demanda-t-elle aussi calmement que possible tandis qu'ils remontaient le sentier qui longeait la rivière. Pourquoi m'emmènes-tu avec toi ?

– Parce que ton escroc de mari m'a roulé en achetant la pension de famille et que j'ai bien l'intention de récupérer mes fonds.

– Tu comptes lui demander une rançon ?

– Exactement. Et laisse-moi te dire qu'elle sera salée.

– Comment sais-tu qu'il paiera ? Il ne voulait pas m'épouser, c'est toi qui l'y as forcé. Il sera peut-être ravi de se débarrasser de moi.

Tout en parlant, Rose frottait ses poignets l'un contre l'autre pour distendre la corde qui les liait. Elle regardait autour d'elle. Il ne suffisait pas de se libérer ; si elle était incapable de retrouver le chemin d'Homestead, elle ne serait guère avancée. Heureusement ils avaient juste suivi la rivière...

– Il paiera, ne t'inquiète pas. Un homme ne se donne pas tant de mal pour une femme qu'il n'aime pas.

– Si c'est à la pension de famille que tu penses, ce n'est pas pour moi qu'il l'a achetée. Il avait peur qu'elle ne fasse concurrence à son hôtel, un point c'est tout.

– Il a de la chance que je n'aie pas eu le temps d'y mettre le feu avant de partir.

– Comme tu as brûlé la scierie après avoir tué Tom McLeod pour lui voler la paie des ouvriers ?

Il y eut un long silence, puis Glen marmonna :

– Tu es trop intelligente, Rosy. Ça te perdra.

La jeune femme baissa les yeux pour ne pas croiser son regard. Pourquoi n'avait-elle confié ses soupçons à personne ? Maintenant, à cause de son silence, Hank McLeod était mort, comme son fils.

– En tout cas, reprit Glen, tu peux prier le ciel que

ton cher et tendre veuille bien me donner assez d'argent pour quitter le pays...

La menace était claire : dans le cas contraire, il la tuerait. Mais il la tuerait sans doute quoi qu'il arrive. Elle était la seule à savoir qu'il était le meurtrier de Hank McLeod. Il ne prendrait aucun risque.

La battue avait commencé. On s'était réparti le terrain et tous les hommes de la vallée s'étaient mis en route par groupes de trois ou quatre. Michael et Yancy Jones chevauchaient côte à côte le long de la rivière, suivis de près par Dillon et John Thomas. Ils avaient repéré la piste de deux cavaliers, mais était-ce la bonne ? Ils se raccrochaient à cet espoir sans oser y croire vraiment.

La nuit tombait vite, près de la rivière. La vallée devenait de plus en plus encaissée à mesure qu'on s'éloignait de la ville, et le soleil se couchait derrière les montagnes bien plus tôt.

Non seulement la lumière était de plus en plus faible mais il commençait à faire froid. Rose grelottait dans sa robe légère et regardait avec envie la veste de son père. Pourtant elle ne se plaignait pas. Elle était encore en vie ; dans sa situation, c'était déjà beaucoup.

Quand la nuit fut tout à fait tombée, Glen s'arrêta enfin.

– Nous allons nous reposer un moment, dit-il. On repartira quand la lune sera levée.

Les poignets toujours liés malgré ses efforts pour se libérer, Rose descendit comme elle put de son cheval. Elle dut aussitôt se raccrocher à la selle : ses jambes ne la portaient plus. Elle ressentait encore les douleurs de sa chute et cette longue chevauchée l'avait brisée.

Elle attendit patiemment que ses forces reviennent, puis fit quelques pas pour se dégourdir les membres.

– Tu ferais mieux de rester près de ton cheval, lui lança Glen. Je ne voudrais pas que tu finisses dans le ventre d'un puma ou d'un lion de montagne. Il me semble en avoir entendu un qui nous suivait...

En effet, les bruits de la nuit n'étaient guère rassurants. Le murmure de l'eau courant entre les rochers n'avait rien de bucolique et le cri des coyotes qui se répondaient d'une cime à l'autre faisait froid dans le dos.

Cesse donc de trembler comme ça, pensa-t-elle. C'est exactement ce qu'il veut : te faire peur pour que tu n'essaies pas de t'enfuir. C'est pourtant ta seule chance. Et puis, quitte à mourir, autant que ce soit sous la griffe d'un puma plutôt que d'une balle entre les deux yeux.

– Papa, est-ce que tu pourrais me détacher les mains ?

– Pour quoi faire ?

Elle sursauta. Elle ne l'avait pas entendu approcher mais il était juste derrière elle.

– S'il te plaît, j'ai envie de faire pipi. Tu dois pouvoir comprendre ça, non ?

Il lui saisit le bras et elle sentit la lame froide d'un couteau contre sa peau. Il faisait un noir d'encre mais cela ne semblait nullement le gêner – à croire qu'il avait des yeux de chat. Pendant un instant, elle faillit renoncer. Il la rattraperait avant qu'elle n'ait fait dix pas... Tans pis, si elle devait mourir, elle préférait choisir son heure. Sans compter qu'au moins son père ne pourrait plus se servir d'elle pour extorquer de l'argent à Michael.

– Pas la peine de te cacher derrière un arbre, l'avertit Glen tandis qu'elle s'éloignait. Reste sur le chemin.

– Tu me crois assez bête pour essayer de m'enfuir ?

– Je me méfie, c'est tout.

– Ne t'en fais pas, je sais que tu es un bon tireur, surtout face à quelqu'un de désarmé.

– La ferme, Rose ! Ne me cherche pas.

Rose ne le « cherchait » pas, elle s'efforçait simplement de gagner du temps. Elle s'était éloignée de quelques mètres sur le sentier et bataillait avec le ruban de satin qui retenait son jupon. Elle parvint enfin à le dénouer et, faisant le moins de bruit possible, elle retira le sous-vêtement qu'elle cacha derrière son dos.

– Dépêche-toi un peu ! lui cria son père.

– J'arrive. J'ai presque fini.

Retenant son souffle, elle se dirigea vers lui. Elle distinguait maintenant la croupe de son cheval. Si son père tenait encore les deux bêtes par la bride, elle avait une petite chance de réussir.

S'approchant à pas de loup, elle donna une grande claque sur le flanc de l'étalon et jeta son jupon en direction de la masse noire qui lui semblait être son père. Au mieux, il le recevrait sur la tête et serait un moment aveuglé, au pire elle réussirait à effrayer davantage les chevaux. Dans les deux cas, il fallait partir, et vite.

Prenant ses jambes à son cou, elle se mit à dévaler la pente abrupte qui descendait vers la rivière. Il fallait à tout prix qu'elle l'atteigne avant que son père ne reprenne ses esprits. Ensuite, elle espérait que le bruit de l'eau couvrirait celui de sa fuite.

Courbée en deux pour éviter d'offrir une cible trop facile, se protégeant comme elle pouvait des branches qui lui fouettaient le visage, elle atteignit enfin la berge, ou plutôt le chaos de rochers au milieu duquel la rivière s'engouffrait. Son élan faillit l'emporter. Elle se rattrapa de justesse à un buisson, mais son pied glissa et elle plongea jusqu'à la taille dans l'eau glacée. Dieu merci, le courant n'était pas trop fort, elle put s'en tirer. Mais elle claquait des dents et une peur panique lui serrait le cœur : si elle avait crié dans sa chute, elle aurait été perdue.

Elle tendit l'oreille mais la rivière faisait trop de bruit pour qu'elle pût entendre quoi que ce soit. Si son père la suivait, elle ne s'en apercevrait que trop tard. Et avec sa robe trempée qui l'entravait à chaque pas, il ne fallait plus songer à le distancer. Son seul espoir était de trouver un endroit où se cacher avant que la lune ne se lève.

– Il faut s'arrêter, Michael, c'est trop dangereux pour les chevaux.

– Mais si Townsend...

– Townsend devra s'arrêter aussi, du moins jusqu'à ce que la lune se lève.

Michael hésita un instant puis mit pied à terre. Yancy avait raison, ils ne pouvaient pas continuer comme ça.

– Je vais poursuivre à pied, dit-il. Vous me rejoindrez avec les chevaux quand il fera plus clair.

Son père essaya de le retenir.

– Ne fais pas l'imbécile, cet homme est dangereux. Il a déjà tiré sur le shérif.

– Raison de plus. Je ne tiens pas à ce que Rose soit sa prochaine victime.

– C'est tout de même sa fille...

– Tu crois que ce détail l'arrêtera ?

Michael s'enfonça dans la nuit, sa carabine à la main. Il n'était pas très bon tireur mais il savait se servir d'une arme et cela risquait de lui être utile. Les yeux rivés sur le sentier, il courait à petites foulées, se guidant au bruit de la rivière quand l'obscurité devenait trop dense.

Huit ou neuf cents mètres plus loin, il s'arrêta un instant pour se reposer, et c'est alors qu'il lui sembla entendre un hennissement.

– Rose... murmura-t-il.

Et il se remit à courir de plus belle en priant le ciel qu'il ne soit pas déjà trop tard.

35

La lune se levait au-dessus des cimes dentelées des montagnes. Sa clarté laiteuse gagnait peu à peu sur l'obscurité, dessinant avec toujours plus de précision le contour des arbres et des rochers.

Recroquevillée au pied d'un gros chêne, la joue collée contre l'écorce rugueuse, Rose regardait son père remonter le sentier dans sa direction. Il avait dégainé son revolver et maintenait son cheval au pas pour scruter l'ombre dense du sous-bois.

Soudain, il s'arrêta. La jeune femme retint son souffle. S'il la voyait, il n'hésiterait pas à tirer.

Glen sauta à terre, obligea son cheval à faire demi-tour et le chassa d'une claque sur la croupe avant de se dissimuler derrière un arbre, son revolver braqué vers l'endroit où il se tenait un instant plus tôt.

Rose ne comprit d'abord pas la raison de ce manège, puis elle vit son mari s'avancer sur le sentier, droit vers son père. Sans réfléchir, elle bondit hors de sa cachette et se mit à crier :

– Michael, attention !

Un coup de feu retentit au moment même où une douleur fulgurante lui déchirait le bras. Elle bascula en arrière et, emportée par son élan, dévala la pente escarpée qui descendait vers la rivière.

Michael vit Glen se ruer vers le ressaut de la rive derrière lequel elle avait disparu. Il s'élança à sa poursuite. Mon Dieu, pensait-il, faites qu'elle ne soit pas morte ! Prenez-moi si Vous voulez, mais, je Vous en prie, laissez-la vivre !

Comme il arrivait au bord de la rivière, il découvrit Rose étendue aux pieds de son père. Glen ne la regardait même pas. Son revolver était braqué sur Michael.

– Jetez cette carabine, Rafferty. Et pas de gestes brusques.

Michael s'exécuta sans mot dire, les yeux rivés sur Rose. Celle-ci n'avait pas bougé. Si elle était encore vivante, elle devait être évanouie.

– Bien... Maintenant, votre revolver. Non, ne le touchez pas, défaites simplement votre ceinturon.

– Pourquoi ne me tuez-vous pas tout de suite, Townsend ? Ce serait aussi simple, non ?

– Votre père paiera plus cher pour vous récupérer vivant. Et comme je ne peux plus guère espérer de rançon pour elle...

Il poussa du pied le corps inerte de Rose, sans plus de ménagement que si ç'avait été le cadavre d'un chien.

Michael faillit lui sauter à la gorge mais il se retint. Si elle était morte, il se moquait bien de mourir aussi... mais du diable si Townsend n'irait pas rôtir en enfer avec lui ! Il fallait attendre que son attention se relâche, alors seulement il frapperait.

Rose reprenait peu à peu connaissance mais, après ce qu'elle venait d'entendre, elle se garda bien de le montrer. Elle savait que son père tenait Michael en joue et qu'il n'hésiterait pas à tirer à la moindre alerte.

– Pas la peine de la laisser là, dit Glen en la poussant de nouveau de sa botte. Autant qu'elle aille engraisser les poissons.

– Non ! Ne faites pas ça ! cria Michael.

Au même instant, Rose saisit la jambe de son père et tira de toutes ses forces pour le déséquilibrer. Un second coup de feu partit. Elle vit Michael bondir sur Glen et le plaquer à terre. Tous deux roulèrent dans l'eau glacée et disparurent en quelques secondes, emportés par le courant.

– Michael ! hurla la jeune femme.

Une tête émergea une dizaine de mètres en avant, puis replongea sous l'écume bouillonnante.

– Michael ?

Elle se mit à courir le long de la rive et s'arrêta en entendant des cavaliers approcher sur le sentier. L'un d'eux sauta de son cheval et dévala la pente jusqu'à elle. C'était Dillon.

– Michael... dit-elle en lui étreignant le bras. Il est tombé à l'eau. Papa lui a tiré dessus, il est peut-être blessé.

– Où est Townsend ? cria Yancy depuis le sentier.

– Tombé à l'eau lui aussi.

Dillon la poussa entre deux rochers.

– Cachez-vous là, on ne sait jamais. Et ne bougez pas jusqu'à ce que nous revenions.

Rose secoua la tête.

– Pas question, je vous suis.

Troussant à deux mains sa robe trempée, elle courut jusqu'au chemin, se hissa sur l'étalon de Michael et partit en direction du canyon où la rivière s'engouffrait une dizaine de mètres plus loin.

Michael et Glen luttaient corps à corps tout en se débattant contre le courant. De furieux remous les entraînaient vers le fond puis les rejetaient contre les rochers de la rive. Mais, ni l'un ni l'autre ne lâchait prise.

Glen parce qu'il savait que tuer était désormais sa seule chance de parvenir à s'enfuir, Michael parce que la certitude que Rose était vivante renforçait encore sa détermination. Townsend lui avait fait assez de mal, il ne fallait pas qu'il ait jamais l'occasion de recommencer.

Empoignant son beau-père par le cou, Michael réussit à lui plonger la tête sous l'eau et il l'aurait sans doute noyé si, juste à ce moment-là, le courant ne les avait jetés contre un îlot rocheux. Michael lâcha prise sous la violence du choc. La rivière formait à cet endroit-là une succession de rapides bouillonnants qui les emporta comme de vulgaires bouchons. Michael voulut rejoindre son beau-père, dont il voyait la tête émerger de loin en loin, mais il comprit vite que c'était une folie. S'il ne regagnait pas la rive, il se noierait à coup sûr.

Se débattant comme un beau diable, il parvint à saisir une branche basse qui affleurait l'eau et se hissa dessus. Epuisé, grelottant, il rampa ainsi jusqu'à la terre ferme et s'y laissa tomber comme un poids mort. Il aurait voulu se relever, courir rejoindre Rose, mais il était tellement à bout de forces que son corps refusait de lui obéir.

Il était impossible de distinguer le corps recroquevillé de Michael des rochers noirs qui jonchaient la rive, mais Rose sauta de son cheval et courut vers lui sans hésiter.

– Michael ! Michael, tu n'es pas blessé ?

– Non, je ne tiens plus debout, c'est tout.

– Mon Dieu, merci !

Se laissant tomber près de lui, elle se mit à pleurer à chaudes larmes. De joie, de soulagement.

– Ça va, tu n'as rien ? dit Michael en souriant faiblement.

Elle secoua la tête, trop émue pour répondre. Yancy, Dillon et John Thomas les avaient rejoints mais elle ne les voyait pas. Elle n'avait d'yeux que pour son mari.

– J'ai eu si peur de te perdre, murmura-t-il en lui étreignant la main.

Elle se pencha et l'embrassa tendrement.

– Je suis là. Tout va bien. Et je t'aime, Michael. Je t'aime de tout mon cœur.

36

Ils rentrèrent à Homestead comme le jour se levait. Yancy avait découvert le corps de Glen Townsend accroché à un arbre mort quelques centaines de mètres en aval de l'endroit où Michael avait réussi à prendre pied sur la rive.

Quand les deux jeunes gens arrivèrent au presbytère, la moitié de la ville les attendait.

– Tout est ma faute, sanglotait Virginia. Si seulement j'avais eu le courage de parler...

Rose la serra dans ses bras.

– Tu n'y es pour rien, maman. Tu sais comme il était : tu n'aurais rien pu faire pour l'arrêter.

– Comment va le shérif ? demanda Michael au Dr Varney qui arrivait avec sa mallette de cuir.

– Je lui ai retiré deux balles de l'épaule – à part ça, solide comme un roc. Une semaine de repos et il sera sur pied. Et encore, ça m'étonnerait que Doris réussisse à le garder au lit si longtemps...

Laura riait et pleurait à la fois.

– Rose Rafferty, tu l'as échappé belle : si tu m'avais fait faux bond pour mon mariage, je ne te l'aurais jamais pardonné.

Zoé Potter était là, elle aussi, et Emma et Stanley Barber, et bien d'autres encore. Tous ces gens que Rose connaissait depuis toujours voulaient l'embrasser, la serrer dans leurs bras. Quand ils se décidèrent à partir, et qu'elle se retrouva enfin seule avec Michael, la tête lui tournait.

Son mari la prit par la taille et, chancelant tous deux de fatigue, ils montèrent dans leur chambre. Leurs vêtements étaient trempés, déchirés, couverts de boue, mais ils ne songeaient même pas à se changer. Seulement à s'embrasser.

– J'ai bien envie de faire une entorse à notre marché, dit Michael entre deux baisers.

– Notre marché ?

– Cette histoire de mariage blanc...

Rose éclata de rire.

– Je croyais que cette clause-là n'était plus valable depuis longtemps déjà.

– Oui, en effet. Mais il y en a une autre que j'aimerais réviser.

– Laquelle ?

– Laisse-moi d'abord te déshabiller, je te dirai après.

Joignant le geste à la parole, il commença de dégrafer son corsage.

– Alors, laquelle ? répéta Rose quand ils furent enfin nus dans les bras l'un de l'autre.

– La durée. Je trouve qu'un an, ce n'est pas assez.

Rose rejeta la tête en arrière pour mieux voir son visage, ses yeux couleur d'azur, ses cheveux blonds comme les blés.

– Que suggères-tu ?

– La vie entière.

Elle sourit et blottit sa tête contre son épaule.

– Même la vie entière ne sera pas suffisante.

5078

Achevé d'imprimer en Italie
par GRAFICA VENETA
le 16 mai 2010

Dépôt légal mai 2010
EAN 9782290025444

ÉDITIONS J'AI LU
87, quai Panhard-et-Levassor, 75013 Paris

Diffusion France et étranger : Flammarion